꽃길만 걸으면 심심하잖아요

꽃길만 걸으면 심심하잖아요

초 판 1쇄 2024년 01월 05일

지은이 한덕희
펴낸이 류종렬

펴낸곳 미다스북스
본부장 임종익
편집장 이다경
책임진행 김가영, 박유진, 윤가희, 이예나, 안채원, 김요섭, 임인영

등록 2001년 3월 21일 제2001-000040호
주소 서울시 마포구 양화로 133 서교타워 711호
전화 02) 322-7802~3
팩스 02) 6007-1845
블로그 http://blog.naver.com/midasbooks
전자주소 midasbooks@hanmail.net
페이스북 https://www.facebook.com/midasbooks425
인스타그램 https://www.instagram/midasbooks

ⓒ 한덕희, 미다스북스 2024, *Printed in Korea*.

ISBN 979-11-6910-438-8 03810

값 20,000원

미다스북스는 다음세대에게 필요한 지혜와 교양을 생각합니다.

꽃길만 걸으면
심심하잖아요

바람처럼 머물다가 돌을 닮아버린 한 제주 어멍의 이야기

글 한덕희 / 그림 김신우

미다스북스

들어가는 글

이삿짐 트럭 꽁무니의 제주 번호판이 작은 도시의 아스팔트 길 위에서 나의 눈길을 붙잡는다. 이제 그만 가자고 손잡고 이끄는 고향 집 오라버니처럼 정겹게 느껴진다. 자주 가보지도 않은 낯선 제주가 이렇게 살갑게 느껴짐은, 오래 쌓인 피로로 엉덩이만 살짝 걸치고 앉아도 눈꺼풀이 감기는 편안함 같은 것은 아닐까? 일탈하여 새로운 곳에서 새롭게 출발한다는 그것 하나만으로도 위안이 된다.

조금 넓은 집 앞마당이 귤밭이니 발품 팔아 뛰어다니며 농사를 배워도 그리 어려운 일은 아니었다. 판로가 없어서 블로그 개설하고 독자들에게 귤을 팔면서 십여 년이 지나갔다. 서로 안부 물으며 세상 이야기하고, 배송 도중 귤이 상하면 변명하는 사이 글솜씨가 늘었나 보다. 이제 돌아보니 육지 어느 곳에서 산 세월보다 여기서 산 세월이 가장 길고 익숙하여서 제주가 고향이라고 말해도 하나도 어색하지 않다. 저지 오름에 잠시 머물다 간 바람처럼 울어멍 농장에 잠시 스쳐 지나가는 일상을 불러모아 본다.

차들이 띄엄띄엄 지나가던 집 앞 네거리에 신호등이 세워지고, 파란불을 기다리며 길게 늘어선 차들의 행렬을 본다. 오늘이 어제가 되고, 색바랜 사진들을 들여다보듯이 삶은 어느새 추억되어 가물가물 멀어져간다. 지나가면 다시 오지 못할 소중한 순간들이기에 간절히 붙잡아 보는 마음으로 틈틈이 써 둔 울어멍의 제주 이야기를 엮는다.

그렇게 길지 않은 제주 생활이었지만 가장 소중하고 행복한 순간들이었기에 내 70여 년의 생이 고스란히 녹아 있는 듯하여 자서전처럼 고이 가슴에 품는다.

목차

제주 어멍,
바람처럼 머물다

1장 제주 송이를 닮아가며

3장 돌담을 쌓으며

4장 아픈 손가락

1부

제주 어멍,
바람처럼 머물다

바람과 돌과 그 여자는 그렇게 어울려 함께 살았다

1장

제주 송이를
닮아가며

제주 정착했어요

참 이상한 가족이다. 우리 제주 가서 살까? 강산이 한 번 바뀌고도 몇 년 더 전의 일이다. 이삿짐 싸서 트럭에 싣고 "아저씨 잘 부탁드립니다." 꾸벅 허리 굽혀 인사하고 트럭을 떠나보냈다. 트럭 꽁무니에 제주라고 쓰인 번호판이 눈에 확 들어왔다가 서서히 멀어진다.

살면서 이사하기란, 멀거나 가깝거나 참 성가시고 어려운 일이다. 설레기도 하고 부담스럽기도 하고 걱정도 되니 몸이 고단하여 파김치가 되었다. 해외 이민이나 별반 다름없는 바다 건너 제주로 이사하자는 제안에 우리는 모두 만장일치 하였다. 반대할 줄 모르는 남편만 어정쩡하게 1년을 버티다가 합류하였다. 서로 믿는다는 소리인지, 자신 있다는 소리인지, 아무 생각이 없다는 소리인지, 감이 잡히지 않는 가족이지만 용기만은 대단했다.

여기 사람들은 외지에서 온 사람에게 '언제 입도하셨어요?'라고 잘 묻는다. 입도라는 말은 말 그대로 입도일 뿐인데 참 낯설고 예사롭지 않게 들린다. 꼭 무슨 사연이 있어서 태풍 많고 배타적인 섬 동네에 굴러들어

오셨어요? 묻듯이 들리니 편한 마음은 아니었나 보다.

바다에 반해서 정착한 사람, 올레길을 떠나서 살 수 없다는 사람, 여행 왔다가 머물러 사는 사람, 이 꼴 저 꼴 보기 싫어서 훌쩍 떠나온 사람, 노후를 여유롭게 보내기 위해 떠나온 노부부, 죄짓고 숨어 살려고 기어든 사람, 참 사연도 가지가지다. 가족회의, 선발대 파견, 이사 등 두 달이 채 안 걸렸다. 물론 우여곡절이야 많았지만, 모든 게 맞아떨어진 덕분에 일사천리로 진행되어서 걱정할 틈도 없었다. 바람 싫어하고 낯가림하고 좀 까칠한 내가 아는 사람 하나 없는 낯선 섬에 둥지를 틀었다. 외국 이민만큼 힘든 결정인데 무엇에 홀린 듯 쉽게 결정하고 빠르게 행동하였으니 각자 무슨 생각으로 "예스." 하였는지 우리는 훗날 얘깃거리가 참 많겠다.

가족이 다 같이 귀농 교육받고 오름 밑 작은 귤밭에 집을 마련하였다. 귀농 가족에게 주어진 혜택도 많아서 우리는 참 쉽게 정착할 수 있었다.

올해는 제주에서 진짜 농군이 되는 해였다. 귤 밭에 처음으로 비료를 뿌렸다. 화학 비료는 싫어서 유기 비료를 썼다. 퇴비, 우골분, 계분, 톱밥 등을 발효시켜 만들었다고 쓰여 있으니 그냥 믿고 싶다. 냄새는 좀 고약해도 농촌의 냄새라고 생각하니 참을 만했다.

아침이면 꿩 소리에 잠이 깨고(진짜 꿔엉 꿔엉 하고 운다), 까치들이 코앞에서 둥지 틀 지푸라기를 주둥이가 미어터지게 물어 나르는 걸 자주 본다. 지붕 위에서 까치들이 떨어진 담팔수 열매 쪼아먹는 소리가 천둥 치듯 우르릉거린다. 수십 마리가 몰려들었나 보다. 콕 콕콕 찍어대니 그 소리가 살벌하다. 두세 마리 마당에서 알짱댈 때는 귀여웠는데 떼거리로 몰려드니 겁이 난다. 사람이나 개미나 떼거리는 힘이 세다. 그래서 겁난다. 떼거리로 몰려서 소리칠 때는 천심이라고 나라님도 꼼짝 못 한다. 휘이휘이 쫓아버렸다.

"그래도 너희는 새들이잖아? 여긴 내 영역이니까 까불지 말어."

올해 맺을 블루베리도 지키고 귤도 지키고, 그래 명분은 얼마든지 있다. 쫓아버리고 싶은 놈이 많다. 뱀, 바퀴벌레, 오소리, 족제비, 지네, 그래 이제는 까치와 꿩도 쫓아버려야 한다. 한 번씩 놀러 오는 건 어쩌겠는가? 하지만 과일이라 이름 붙인 건 다 입을 댄다. 아로니아는 맛이 고약해서 새들도 먹지 않는다는데 우리 집에 오는 새들은 먹성도 좋다. 무화과는 익은 놈부터 입을 대니 익기를 기다리다가 다 뺏겨버린다. 귤도 많이 먹어야 반쯤만 쪼아먹는다. 절약은 인간이나 하는 짓이다.

올해 심은 우리 집 과일나무: 배 2, 감 2, 자두 2, 석류 1, 포도 1, 무화과, 매실 2, 체리 2, 블루베리 3, 복숭아 2, 대추 2, 살구 2, 구기자 3, 오미자 3, 하귤 1, 사과나무 2, 과일은 아니지만 오가피 3, 가죽나무 2.

그 후 14년이 지나고 기후 변화로 견디지 못하는 놈: 배, 사과, 복숭아, 살구, 자두.

새가 먼저 따 먹는 놈: 포도, 무화과, 블루베리, 아로니아.

태풍에 떨어지는 놈: 대추, 감.

낯선 풍습에 두 손 들고 떠나는 사람도 여럿 봤다. 태풍도 눈 꼭 감고 하루 밤 견디고 나면 지나가고, 배타적인 사람들도 어느새 서로 걱정해준다. 뱀도 지네도 자연 속의 일부이니 먼저 와서 텃세 좀 했기로 너무 나무랄 일도 아니다. 누리고 사는 게 많으니 조금 불편하고 마음에 들지 않는 건 덤이라 생각하고 받아들여야 공평할 것 같다. 씨 없는 수박을 도모하는 인간의 이기심에 반기를 든다. 나중에는 껍질 벗긴 사과가 나무에 달리지나 않을까 염려된다.

괸당

날씨 맑은 날 고구마를 수확했다. 가을 운동회 전후하여 고구마를 캐던 어릴 적 추억을 더듬으며 시월 어느 날 작업에 들어갔다.

지난 여름, 치열했던 고구마와 호박 넝쿨의 그 전투는 서로가 지쳐서 휴전에 들어갈 수밖에 없었다. 고구마 넝쿨과 호박 넝쿨이 서로 얽혀서 손도 댈 수 없었으니 휴전이 아니라 끝까지 전투를 한 셈이다. 체계적인 영농계획도 없이 구석구석 빈 공간 찾아서 파종하니 추수할 때는 막연한 기대로 흥분 상태지만, 번번히 실망한다.

낫과 호미로 넝쿨을 긴 멍석처럼 둘둘 말아서 한 쪽 끝을 잡고 끌어당겼다. 옆집 공주파파와 힘을 합하여 줄다리기할 때처럼 당겼다. 군데군데 호박도 뒹굴고 고구마도 한 소쿠리나 캤다. 그때까지 만해도 좋았다. 무같이 큰 고구마도 나오고 난롯불에 구워 먹을 조그마한 놈 주워담느라 분주했다. 뒤쪽 밭고랑에서의 그 느낌은 도저히 표현할 말이 없다.

무성한 넝쿨을 걷어내고 아무리 호미질을 해도 한 고랑 내내 한 개의 고구마도 구경 못했다. 고구마는 처음 재배하는 거라 도통 이해할 수 없었다. 고개를 갸우뚱하며 허무해할 때 집 옆 교회의 목사님 내외분이 오셨다.

함덕에 리모델링하는 예쁜 집이 있으니 함께 구경 가자고 하셨다. 제주에 살면 누구나 한 번쯤 집 짓는 꿈에 부풀어 건축 중인 집구경을 잘 다닌다. 앙증맞은 코스모스가(제주 코스모스는 키가 작다) 재잘대는 해안길을 달렸다. 바람 좋아하는 이들이 바다에서 윈드서핑을 즐긴다. 엄청 빠른 속도로 서로 엇갈리며 물살을 헤치는 멋있는 모습에 카메라 셔터를 연신 눌렀지만 원하는 순간을 잡을 수가 없었다. 눈만 깜빡이면 눈에 들어오는 풍경을 한 컷에 다 담을 수 있는 방법은 없을까? 과욕을 부린다.

구름 한 점 없는 파란 하늘 아래 알록달록 형형색색 서핑족들의 화려한 의상이 하늘과 구별도 되지 않는 바다 위를 서로 얽히듯 미끄러져 지나간다. 새가 되어 하늘을 가로지르며 날아가듯이 바다를 누빈다. 코스모스도 한데 어울려 해안은 멋진 한 폭의 그림이다.

멋진 풍경을 보면 자연을 영원히 소장 하고싶은 욕망인지 한 폭의 그림 같다고 칭송한다. 예술을 자연보다 위에 두는 느낌이 들어서 묘한 기분이 든다. 위대한 자연인가 위대한 예술 작품인가? 자연을 보고 위대한 예술품이라 함은 신의 손으로 빚은 예술품이어서일까, 바벨탑을 쌓는 것일까?

동쪽 해안은 아기자기하고 포근한 서쪽 해안과 달리 또다른 중후함이 있다. 엉성한 듯 넓고 검은 바위 해변에 물새들이 쉬고 있다. 작고 검은 섬에 옹기종기 모여 앉아 고골고골골 합창한다. 한쪽 다리 들고 서 있는 놈, 날개 들어 물기 털어내는 놈, 털 고르느라 부리로 열심히 쪼아 대는 놈, 멍하니 앉아서 먼 바다를 주시하는 놈, 제각각 휴식을 즐긴다. 도란 도란 얘기하는 모습은 보이지 않고 다들 자기일에 열중이다.

인간도 동물이지만 말을 주고받으며 대화하니 다른 동물과 다르게 인간이라 구별된다. '자기 감정을 표현하고 남의 말에 귀 기울이는 동물'이 인간이라고 우리집 식탁에서 일장 연설이라도 해야 하겠다. 말수가 적은 우리집 남자들이 너무 맛있어서 말할 틈새가 없다고 또다시 변명하면 물새 옆에 데려다 놓을 거다.

차창을 비집고 들어오는 비릿한 냄새가 바닷가라고 소리지르는 것 같다. 고골대는 물새들의 울음소리만 들려도 비릿한 냄새가 닫혀진 창문을 두드리며 아우성이니 눈으로도 냄새를 맡을 수 있나 보다.

현장을 구경하고 돌아오는 길에 수산센터에 들렀다. 평소 사모님과 가깝게 지내는 할머니 상점에서 조기를 사기로 했다. 물 좋은 조기지만 한 상자는 너무 많을 것 같아서 사모님과 반씩 나누기로 했다. 사장 할머니는 저울에 달지도 않고 두 무더기로 나눈다. 한쪽이 눈에 띄게 많다. 저울에 달아서 나눠 달라고 이야기해도 듣지 않는다. 사모님이 달아야 한다고 우기시니 마지못해 이쪽을 달아 보더니 몇 마리 덜어내서 저쪽으로 던진다. 또 달아보고 또 몇 마리 덜어내고, 그래도 이쪽이 많다. 추가로 장어를 부탁하니(내 목소리가 작았던지 사모님이 크게 얘기하시니 사모님이 부탁하신 줄 안다) 장어 봉지를 많은 쪽에 털썩 놓더니 포장해서 사모님께 건넨다.

"아니어요, 우리 것은 저거에요."

당황함을 숨기지도 못하는 그 할머니가 귀엽기까지 했다. 사모님께 잘

해드리려다 오히려 작은 봉지를 들고 나가는 사모님께 미안했던지 다른 상자에서 반을 덜어서 따로 주신다. 나는 큰 무더기 차지하고 사모님께 덤으로 받은 조기를 한 봉지 더 얻어서 좋았지만, 괸당의 뿌리는 나에게까지 덮치는구나 싶어서 씁쓸했다.

다 드려도 조금도 아깝지 않은 분들이지만, 다른 사람에 의해서 구분되는 건 그리 유쾌하지 않았다. 목사님 내외분이 아닌 다른 사람과 갔었다면 조금 화가 났을 거다.

괸당은 정의도 공평함도 대의명분도 다 잡아먹는다. 제주 사람 두 셋만 모이면 화제에 한 번쯤 떠오르는 단어가 괸당이다. 괸당이 사라져야 제주가 산다고 사람들은 말하지만 사회 곳곳에 괸당의 뿌리는 고구마 줄기보다 더 무성하다.

관공서나 사업장이나 시장이나 다 마찬가지다. 어디를 가나 괸당 때문에 육지에서 온 사람은 발붙이기 힘들어하며, 긴 세월이 지나도 그 벽은 잘 허물어지지 않는다. 가깝게 잘 지내다가 어떤 일이 일어나면 금방 괸당끼리 똘똘 뭉친다.

우리집 고구마는 시장 할머니가 뿌리라고 주신 요소비료를 생각 없이 한 고랑 뿌렸더니 잎만 무성해지고 고구마는 열리지 않았지만, 제주의 괸당은 어디서 온 걸까?

조선의 귀양지인 먼 제주라는 입지적인 특성으로 인한 배타인가? 척박한 땅과 사나운 바다가 삶의 터전인지라 뭉치지 않으면 살아남기 힘들어서 길러진 생활 수단이었던가. 배타적인 섬사람 특유의 육지 배척인가?

4.3사건 등 어려움을 함께 겪은 동지애인가? 파도 소리와 바람때문에 목소리까지 커진 제주인의 삶의 애환이다.

제주 사람은 친척이나 친한 사람을 괸당이라고 하지만 육지 사람을 상대할 때는 제주 사람이 다 괸당이다. 육지 것(육지서 온 사람을 그렇게 부른다)은 괸당 축에 못 들어서 눈치만 본다.

옛날에 형성된 시골 마을로 이사할 때는 신경이 많이 쓰인다. 타지사람을 유령취급 하면서 자기들끼리 웬만한 건 함께 공유한다. 육지 것이라 칭함을 언제까지 들어야 할까? 토박이 제주인이 육지 가서 살다가 제주로 다시 돌아와도 적응하기 참 힘들다고 들었다. 사노라면, 그렇게 살아가노라면 서로가 서로에게 흡수되는 그런 좋은 날도 오지 않을까 막연히 기대한다.

춤추는 도마뱀 꼬리

　화장실 문을 열고 거실로 한 발짝 내딛는 순간 발이 얼어붙었다. 발끝에서 소름이 저릿하게 온몸을 타고 올랐다. 도마뱀 한 마리가 떡 버티고 쳐다봤다. 집 밖에서는 수없이 봤지만, 거실에서 혼자 있을 때라 숨이 멎을 것 같았다. 인기척을 느꼈는지 쭈르르르 벽을 따라 기어가다가 멈췄다. 저걸 어쩌나? 급한 대로 파리채를 집어 들었다. 예상 도주로를 체크하여 막아 두고 낮은 턱 창문을 활짝 열었다. 모기, 파리가 들어온다는 생각은 떠오르지도 않았고 방충망까지 활짝 열어 만반의 준비를 하였다. 파리채로 탁 쳐서 때려잡지는 못하겠고 집안을 누비고 다니게 할 수는 더더욱 없었다. 빠르게 쭈욱 밀어서 창문 밖으로 던질 요량으로 힘껏 쭈욱 밀었더니 살짝 옆으로 피한다. 요놈 봐라 옆에서 밀고 뒤에서 밀고 몇 번을 시도하였더니 갑자기 손가락 한 마디만 한 길이의 꼬리가 툭 끊어지더니 꼬물꼬물 팔딱팔딱 뛴다. 순간 심장이 턱 멎고 다리가 후들거렸다. 몸통은 살금살금 눈치를 살피고 꼬리는 높이높이 길길이 날뛴다. 모질게 마음먹고 힘껏 밀어 던지니 창문 밖으로 날아갔다. 팔딱팔딱 뛰는 꼬리도 그렇게 날려버렸다. 창문 닫을 생각도 못 하고 주저앉아 버렸다.

한라산 중산간 마을, 산 쪽에 더 가까운, 제주에서도 오지로 명명되는 깡촌에 이사 왔다. 아파트에 살다가 큰 오름 밑자락에 이사 왔으니 산동네 시골마을은 또 다른 낯선 세상이다.

저지 오름은 우리 집 마당 같다. 오름에 있는 풀 나무들이 우리 집 마당에 거의 다 있으니 우리 집은 오름의 일부분이다. 산길을 걸을 때 잎사귀 무늬까지 똑같은 풀들과 나무들을 보면 우리 집 마당인 양 편안하다.

하늘 높이 매가 날아다니고 까치 까마귀가 눈앞에서 알짱대고 까투리는 새끼까지 거느리고 나들이 온다. 아마 귤 나무 밑 돌담 구석에서 새끼를 친 모양이다. 오소리 족제비도 돌아다니고 뱀, 도마뱀, 개구리는 물론이고 지네, 노린재, 쉰발이, 쥐며느리 등 헤아릴 수 없는 많은 곤충과 양서류가 자기들 편한 대로 집 마당을 누비고 다닌다.

밤에는 '나 지금 지나가.' 하듯이 발 쿵쿵 굴리며 뱀에게 알린다. 밟으면 서로 곤란하니까. 언젠가, 마트에 갔다 오니 현관에 큰 뱀 한 마리가 똬리를 틀고 앉아 있었다. 한여름 뙤약볕이 싫었나 보다. 처음엔 등에 물방울이 흘러 떨어지듯 스멀스멀하고 몸서리쳐졌는데 그것도 자꾸 보면 이력이 나나 보다. 가라고 발 굴리며 소리치니 알아듣기라도 하는 듯이 스르르르 미끄러져 간다.

지네에게 물리기도 하고, 다리를 타고 올라오는 새끼 지네를 죽여도 보았으니 생존의 법칙은 나를 강하게 훈련한다. 시골에 살면 자연을 있는 그대로 받아들일 줄 알아야 한다고 어느 지인이 일러줬는데 지금은 즐길 줄 안다고 큰소리도 친다.

자연은 예쁜 꽃과 나비만 있는 게 아니니까 자연의 일부가 되어 함께 어우러져야 살아갈 수 있다.

도마뱀 꼬리가 자꾸 떠오른다. 밖이었다면 팔딱팔딱 뛰는 그 꼬리를 남겨두고 도마뱀은 유유히 달아났을 거다. 물론 신체 일부를 떼어내는 아픔을 겪었겠지만, 속이고 달아나면서 희열에 콧노래라도 불렀을 거다.

사람이 하는 짓과 유사하기도 하다. 꼬리에 꽁꽁 돈을 묶어 두었다가 좀 불리하고 곤란한 일 겪으면 꼬리 탁 끊어 팔딱팔딱 뛰게 현혹하고 매끄럽게 미소 지으며 돌아설 지도 모른다. 어쩌면 알면서도 떨어진 꼬리에 붙은 돈을 주울 수도 있겠다. 팔딱팔딱 뛰던 도마뱀 꼬리도 오래 뛰지 못하고 어느 입속에 들어갈지도 모르겠다.

가면 뒤의 저 숨은 얼굴을 조심해야겠다. 내가 저 숨은 얼굴의 주인공이 될 수도 있겠다. 현혹할까? 현혹당할까? 짙은 화장의 얼굴과 민얼굴을 어떻게 구별하여 가려낼까? 물질 만능의 화려한 조명 아래 본색은 숨어들고 눈에 보이는 건 거죽뿐이다. 못다 한 숙제가 마음에 걸린 듯이 뭔가 해야 할 일이 남은 것처럼 어수선하다.

엊그제 산길에서 본 살벌한 삶의 현장이 떠오른다. 길옆 풀숲에 널브러진 깃털과 작은 솜털의 나풀거림이 생생하게 떠오른다. 언제 어느 곳에서나 삶은 치열하게 전개되는데, 그게 자연현상이라고 생각하며 살아야지 별 수 없다. 꼬리를 끊어서라도 도망가던지, 떨어진 꼬리를 주워 먹던지, 얼이 빠져 멍하니 지켜보던지 다 살아가는 방법이니 내가 간섭할 일은 아닌 듯하다.

아니 그런데, 그렇지만, 꼬리 끊지 말고 잽싸게 도망가야지 왜 꼬리는 끊어? 삶의 현장에서 정답을 찾음은 아니 될 일이라오.

의금 씨 형제는 훌륭했다

텃밭에서 캔 고구마 난로에 넣어두고, 다리 쭉 뻗고 소파에 길게 늘어진다. 겨울 해는 짧지만, 간단하게 점만 찍은 듯한 점심인지라 배가 출출하다. 달콤하게 고구마 굽는 냄새가 진동을 하니 꿀물 자르르 흐르는 말랑한 고구마가 눈에 선하여 입안에 침이 고인다. 군고구마는 타박한 밤고구마 보다 삶으면 맛도 별로 없는 물고구마가 제격이다. 탁 쏘는 김치 한 조각 곁들이면 겨울 간식에 이만한 게 없다. 싸하게 매운 연기가 솔솔 새어 나오니 타고 있나 빨리 꺼내야겠다.

저녁 반찬은 된장찌개를 할까? 텃밭에서 파 한 뿌리 뽑고 겨울바람에 억세진 상추라도 좀 뜯어야겠다. 부드럽지 않지만, 겨울 상추쌈은 대단한 반찬이다. 앞집에서 얻은 자반 고등어는 난롯불 석쇠에 구워 먹을까? 프라이팬에 자글자글 지져 먹을까? 고등어는 찬 바람 불어야 맛이 오르니 지금부터 제 맛이다. 이번 겨울도 고등어 굽는 냄새가 돌담 너머 시골 동네를 누비겠다.

심심하면 바닷가로 나가서 보말 잡아 죽도 끓여 먹고, 육지에서 보기 힘들다는 그 제주 돼지고기도 5분 거리 축협에 가면 잡고기로 싸게 판다.

어디든 거의 밭과 길이 붙어 있는데, 양배추, 브로콜리, 마늘, 양파, 무 등 사시사철 푸르다. 추수 끝난 곳이 우리 밭이다. 돌아다니며 이삭 주우면 한 5년은 먹을 양인데 딱 먹을 만큼만 주워 온다.

처음 제주 이사 오고 쓸데없는 짓 많이 했다. 버려지는 게 아까워서 이리저리 택배로 보내주기도 했지만, 다 부질없는 짓이라는 걸 금방 깨달을 수 있었다. 다 과욕이고 오지랖이고 헛된 짓이었다. 깨닫는 데 그리 오래 걸리지 않았으니 그래도 참 다행이다. 괜히 미안해하고(정품이 아니라서), 사양하느라 진땀을 빼고(답례를 바람이 아니라고), 택배비며, 박스 값 푼돈 나가고, 하는 일 없이 동동거리며 여유 없이 바빴으니 이 짓을 왜 했을까?

방어 철이면 대방어 사다가 몇 등분 나누어서 냉동해두고 참치처럼 수시로 회도 즐긴다. 봄이면 산책길에서 뜯어온 한 줌 쑥으로 쑥국 끓이고, 귤 밭 둘러보다가 민들레 한 줌 뜯으면 달래 넣어 새콤하게 무쳐서 밥 비벼 먹는다. 길가에 흐드러지게 피어 있는 유채꽃은 살짝 데쳐서 초고추장에 찍어 먹으면 참 맛있다. 작은 꽃봉오리가 톡톡 터지면서 알싸한 향이 입안에 퍼지다가 콧속을 맴돌아 정수리까지 솟아오른다. 오가피 순, 방풍나물, 당귀 잎 등 육지에서 이름도 듣지 못했던 나물들이 집 마당에 있으니 보물창고다.

3분 거리에 오름이 있다. 헬스클럽, 에어로빅 부럽지 않을 가파른 등산로가 정상까지 잘 닦여 있고 둘레길도 숲을 이룬다. 소나무, 닥나무, 담팔수, 보리수, 예덕나무, 천선과나무, 청가시나무, 송악, 자귀나무, 까마귀쪽, 삼동사이로 칡덩굴과 망개 줄기가 뒤엉켜서 산자락을 뒤덮는다.

마주치면 한쪽은 비켜서야 겨우 갈 수 있는 좁은 길이지만 산책길은 잘 닦여 있고 사시사철 그늘져서 직사광선을 막아준다.

손바닥 크기의 자금우는 크리스마스 사랑의 열매처럼 빨간 열매를 달고 산비탈 길옆에 융단처럼 깔려 있다. 도시의 작은 화분에서 본 꽃나무가 산비탈에 지천으로 널려 있으니 부자가 된 듯이 여유롭다.

산을 30분쯤 오르면 정상에 이르는 데 바다가 발 아래 내려다보인다. 멀리서 풍차도 돌아가고 바다 위에 고깃배들도 떠다닌다. 풍력으로 전기를 생산하는 풍차가 흉물스럽다고 말들이 많지만 내가 보기엔 참 좋다. 바다에서 돌아가는 바람개비는 하얗게 반짝이며 동화 속을 헤맨다.

제주 섬에 속한 작은 섬들도 유영하며 제주 풍경에 한몫을 한다. 풍요롭고 따뜻하고 편안하여 남을 돌아볼 여유마저 생긴다. 누가누가 생각나고 잘 되었으면 하고 진심 어린 기도도 새어 나온다. 여기가 나의 천국이다.

나의 평안을 깨는 두 친구 의금 씨 형제가 있다. 육지에서 온 덩치 큰 의금 축, 의금 조 형제는 훌륭한 부모님 슬하에서 좋은 교육을 받은 명문가의 자제들이다. 만나면 옴짝달싹 못하고 얼어붙는다. 피해가면 뒤통수 맞을 것 같고 정면 돌파하려고 손을 쑥 내밀면 힘에 겨워 몸살을 앓을 것 같다. 초라하게 작아져서 숨도 쉴 수 없다. 누구에게 물어도 축과 조는 훌륭한 친구다. 정 많고 의롭고 깍듯이 예의 바르고……. 정의 척도라고 세상 사람들은 다 칭찬한다. 이 두 친구가 앞장서면 화해도 시키고 단절도 시킨다. 참 대단한 친구들이다. 하지만 나는 겁난다. 축과 조 형제는 복병처럼 두렵다.

얼마 전 시어머니가 돌아가셨다.

사랑하는 자식들의 찬송가를 자장가 삼아 조용히 눈을 감으셨다. 통장 하나를 남기면서 유언하셨다.

　"나의 장례식에 오시는 손님들에게 내가 음식 대접할 테니 조의금은 받지 마시게."

　그날 식장 분위기는 말로 표현할 수 없을 만큼 평온하고 따뜻했으며 슬프지만, 가슴 미어지는 아픔은 없었다. 고인의 인품을 칭송하며 그분의 이야기에 모두의 마음은 훈훈해졌다.

　몇 년 전 의금 씨 형제의 이야기를 썼지만, 마무리가 마음에 들지 않아서 고치고 또 고쳐도 더 손을 쓸 수가 없었다. 시어머니는 나의 엉성한 글에 마무리를 멋지게 할 수 있도록 도와주셨다. 평생 가난하게 살다 보니 사람 구실 못하고 산다고 평소에 자주 말씀하셨는데, 당신 장례식에서 조의금 때문에 마음 아파하는 사람이 없었으면 하는 바람이셨을까?

굴뚝 연기

활활 불이 탄다. 장작이 탁탁 소리를 내며 난로 안에서 춤을 춘다. 불꽃 나래 일렁이며 춤사위도 시원스레 난로 안을 휩쓸어 감싸 안는다. 불은 형체도 없으면서 붉은 기운이 싸잡아 안 듯이 휘몰아 감고 올라가는데 무엇이든 한번 잡으면 놓지 않으려는 듯이 둘둘 말아서 꿀꺼덕 삼킨다.

난로 속에 머리를 들이밀고 픈 충동을 한 번씩 느낀다. 뜨겁다는 생각이 들지 않고 너무나도 아름다워서 무아지경에 이른다. 가까이 얼굴을 들이밀다가 화끈한 열기에 화들짝 한 발짝 물러설 때도 있다. 불길이 장작을 핥고 지나가면 종잇장보다 더 얇은 하얀 재가 나풀거리며 위로 날아오른다.

날씨라도 궂은 날이면 시골집 뜨락의 나지막한 굴뚝에서 모락모락 피어나는 하얀 연기가 한마당 가득히 깔린다. 아이는 아궁이에 묻어둔 감자를 뒤지느라 코끝이 까매지고 매캐한 연기에 눈물을 찔끔거리며 애꿎은 부지깽이만 두드린다. 반쯤 탄 감자를 부지깽이로 두드려 하얀 속살을 베어 문 까만 입술에 웃음이 번진다.

그 시절을 그리워하며 아이와 감자 고구마 구워 먹으며 살고 싶었는데 반백이 되어서야 꿈을 이룬 것 같다. 간절히 소망하면 온 우주가 힘을 합하여 이루어지게 도와준다더니 나의 연금술사는 오늘도 나에게 빛이 되어 주었다. 비록 아이들은 다 컸지만, 난로에 고구마 구워 먹을 생각에 마음이 들뜬다.

작은 꿈들이 하나하나 이루어질 때 삶의 희열을 느낀다면 너무 소박한 꿈을 꾼 건가. 개도 안 물어갈 하찮은 거지만 나에겐 그래도 큰 행복이다. 멋진 레스토랑에서 와인 잔 부딪치고 국제 공항을 폼 나게 드나드는 것에 비할까마는 작은 꿈들이 영그는 기쁨도 삶의 희열이라고 감히 말해 본다.

들이마시는 공기마저 상큼하게 느껴지니 오늘 하루도 그렇게 지루하진 않았나 보다. 소농이지만 땀 흘려 일하고 가을이면 거둬들일 뭔가가 있다는 것은 행복한 일이다.

노을 빛 귤이 하늘을 물들이고 담벼락에는 줄 콩이 탐스럽게 늘어지고 대추는 토실토실 여물어 간다. 마당 구석구석 돌아다니면 누런 호박도 몇 덩이 주워 온다. 꾸지뽕 열매도 익어가고 염색시기를 놓친 밤톨 같은 제주 토종감도 익어간다.

때로는 유유자적하며 오늘이 어제 같고 어제가 내일이 될지라도 심심하지 않게 삼라만상이 친구가 되어주니 여기서 더 달라고 하면 과욕이다. 남들이 보면 무미건조하게 보일지 모르지만 자연 속에 안기어서 소박하게 황혼을 받아들임도 그리 나쁘지 않다.

지난 여름내내 나무를 주워 모았다. 태풍에 넘어진 삼나무, 부러진 귤

가지, 목재소에서 버린 나무토막을 담벼락에 차곡차곡 쌓아 올렸다. 담벼락에 그득히 쌓인 장작을 보니 배가 부르다.

　난로 설치하던 날의 황당한 일이 떠오른다. 벽난로 구입하고 내열 벽돌로 방화벽을 쌓아 놓고 벽에 연통구도 뚫어 놓고 설치 기사를 기다렸다. 설치기사는 대뜸 연통구에 연통부터 설치한다. 벽에 난로가 너무 가까울 것 같아서 뚫어 놓은 연통 구 무시하고 안전하게 설치해 달라고 부탁했다. 들은 체도 않더니 일이 터졌다. 난로와 연통이 어긋났다. 고개를 갸우뚱하더니 난로를 옆구리가 보이도록 돌려 앉힌다.

　"난로가 앞이 보여야지요."

　"안 그래도 열은 다 퍼져요."

　"난로 앞을 보게 해 주세요. 불꽃이 보이게요."

　또 고개를 갸우뚱한다.

　"아! 됐다! 방화벽 뜯어내고 석고보드 한 장 붙이면 되겠네."

　벽을 뜯어내자고 한다. 애써 붙여 놓은 내열 벽돌을 뜯어내자고 말도 안 되는 소리를 한다. 벽 보고 이사를 하라고 한다. 난로에 맞게 다시 연통 구 뚫고 투덜투덜 일은 대충 마무리되었는데, 기사 아저씨 입 내밀고 말을 않는다. 자기들 시행착오로 엉터리 일하고 바르게 고쳐 달라는 요구에 기분이 상했나 보다. 지붕 위에 세운 굴뚝도 바람에 흔들리고 난로 시운전도 안 해준다.

　"불 한 번 때 보세요."

　하고는 나가 버린다. 난로 사용법을 물어도, 딸려온 부품들의 기능을 물어도 묵묵부답이다. 어이없게 한 수 더 써서 밉상스럽게 군다.

"난공사니까 20,000원 더 주세요."

너무 속상해서 주위 분들께 얘기했더니 제주에서 일 시키면 흔히 당하는 일이라고 한다. 특히 여자가 일 시키면 더 심해진다고 하니 제주 여자 거세다는 소리는 다 헛말인가 보다. 미리 공사 대금 받고 도망가는 사람은 많이 봤지만, 엉터리 일하고 화내는 사람은 또 처음이다. 지금은 많이 달라졌다고 하지만 제주에서 집 지으려고 하면 지은 집 사라고 지인들은 권한다.

연기가 모락모락 피어오르는 굴뚝을 보면 왠지 마음이 편안하다. 방도 따뜻할 것 같고, 모여 앉은 사람들의 표정도 평화로울 것 같고, 도란도란 나누는 이야기도 재미있을 것처럼 느껴진다.

나지막한 뜨락에 퍼지는 하얀 연기는 구수한 밥 냄새가 난다. 풋고추 알싸한 된장찌개 냄새도 함께 나는 듯하여 밥 먹고 가라는 소리가 듣고 싶다. 그냥 연긴데 거기서 밥 냄새도 나고 된장찌개 냄새도 나다니 추억은 언제나 한껏 치장하고 나타나는 가보다. 거기에다가 낮게 깔린 하얀 연기의 촉촉함도 느껴지니 지독한 병에 걸렸나 보다.

중학교 때 학교 옆 가까운 거리에 화장터가 있었다. 화장터 굴뚝에서 나오는 연기는 하얗게 하늘로 똑바로 올라갔다. 메뚜기 굽는 냄새가 났는데 도시락 보자기로 코를 막는 아이도 있었다. 그때는 혐오 시설로 항의하는 사람도 없었다. 겪어야 하는 일이라고, 옆에 그런 시설이 있으니 당연히 겪어야 하는 일이라고 생각했으니 사람들이 덜 똑똑했다. 격세지감이 느껴지는 일이지만, 덜 똑똑하고 더 바보스러운 면도 있었지만 푸근함도 함께하여 덜 외로운 세상이었다.

　창문에 턱을 고이고 앉아 하늘로 올라가는 연기를 하염없이 바라보는 조금 감성적인 아이도 코 막고 돌아앉은 아이도 아무 생각 없이 뛰어다니는 아이도 함께 어울렸다.

　우리 집 굴뚝 연기는 지붕 위에서 양옆으로 피어오르는데 밥 얻어먹고 싶은 사람도 없을 것 같다. 불 때서 밥하는 것 구경도 못했을 테니까 굴뚝 연기에서 밥 냄새를 어찌 맡을까. 고구마라도 구워야겠다.

매화 피는 끝자락에

우리 집 매화가 활짝 피었다. 한겨울인데 가지마다 마디마디 불그레 물이 들고 한두 송이 꽃이 피는가 싶더니 어느새 작은 나무를 온통 뒤덮어 버린다. 매화 피는 끝자락에 복숭아꽃, 배꽃, 살구꽃, 자두꽃 앞다투어 피더니 어느새 벚꽃이 저지오름 밑자락을 다 덮어버렸다. 이맘때가 되면 길가의 유채꽃도 저마다의 자태를 뽐내며 흐드러지게 핀다. 길 옆 노란 융단 길이 길게 펼쳐져서 파도처럼 넘실대며 출렁인다.

하늘은 푸르고 미세먼지도 좋음이라고 뜬다. 바람도 잔잔하고 따뜻하니 집에 앉아 있으면 꼭 누가 부르는 듯하여 괜히 서성이다가 집을 나선다. 이럴 땐 마트 나들이가 딱 맞다. 산길 따라 10분쯤 자동차로 달리면 시원한 8차선 도로가 바다를 끼고 넙죽이 엎드린다. 산 길옆도 넓은 길 인도 옆도 유채로 뒤덮인다.

제주는 관광지답게 어디를 가나 사철 꽃으로 뒤덮인다. 형형색색의 꽃들과 파도 한점 없는 짙은 봄 바다와 하나둘씩 떠다니는 크고 작은 배들이 함께 어울려 한 폭의 그림을 이룬다.

자연이 위대할까? 예술 품이 위대할까? 멋진 풍경을 보면 한 폭의 그림이라고 사람들은 예찬한다.

창밖으로 스쳐 가는 예술품에 넋을 잃고 멍해 있다가 순간 소스라치게 깜짝 놀랐다. 며칠 전 차 타고 지나갈 때 달려 있던 브로콜리가 노랗게 꽃이 다 피었다. 온 밭이 노랗다. 2모작 3모작이 가능한 제주인지라 추수철을 가늠하기가 어렵다. 추수한 건지, 키우는 중인지, 수확을 포기한 건지, 짐작할 수도 없는 밭이 수두룩하다. 이삭줍기도 난처하고 그냥 지나치기엔 아까운 생각도 들고……. 저놈을 밭에 들어가서 딸까? 망설이다가, 언제 추수할지 기다리다가, 갑자기 오늘 노란 꽃을 본 거다. 수확 포기할 줄 알았으면 진작에 딸걸. 아쉬워서 돌아보고 또 돌아보고 노란 꽃만 자꾸 뒤돌아보았다.

옛날엔 서리라는 게 있었다. 수박 서리, 참외 서리, 밀 서리, 김치 서리……. 재미 삼아 놀이 삼아 동네 악동들은 수박밭과 참외밭을 뒤진다. 주인은 알면서도 눈감아 주기도 하고, 부모들은 보리쌀 됫박 퍼 담아서 슬며시 사립문 옆에 밀어 두기도 한다. 고구마 삶아서 구들목에 옹기종기 모여 앉아 누구네 김치가 맛있더라 하면 주인집 아이가 앞장서서 김치 서리를 나선다. 그중 나이 든 언니들은 엄마 몰래 쌀 됫박 퍼오라고 시킨다. 모둠 떡도 해 먹으면서 아이들은 참 푸근하게 자랐다. 학생이니까 배우는 과정이니까 용서가 되었고, 악의 없는 거짓말은 알면서도 속아주는 넉넉함이 있었다.

시골 마을이라도 채소는 도시와 똑같이 비싸다. 한 번쯤 도시 마트에 가보면 농촌보다 채소가 더 싼 것을 보고 놀랄 때가 한두 번이 아니다. 모든 게 도시가 훨씬 싸다. 대형마트일수록 모든 게 비교할 수 없을 만큼 싸니 시골 사람은 이리저리 치여서 더 힘들게 산다.

비닐봉지에 들어 있는 콩나물 한 봉지를 샀다. 비닐봉지를 들여다보니 또 옛날 생각이 났다. 요즘은 무엇이나 비닐 포장이다. 아무리 비닐 안 쓰려고 해도 포장이 그러니 어쩔 수가 없다.

돌가루(시멘트)포대를 왼쪽 오른쪽 척척 접어 고깔을 만들어서 거기다 콩나물을 쑥쑥 뽑아 담는 아주머니에게 우리 엄마 한소리 하신다.

"아이고, 아지매 손도 작다."

그러면 씩 웃으며 콩나물 한 줌을 쑥 뽑아서 봉지에 더 담아준다. 덤으로 얻은 게 더 많을 성싶다. 비닐봉지가 없어서 신문지에 두부를 둘둘 말 아줘서 오다가 두부 반쪽을 잃어버리고 엄마에게 혼났지만 그래도 그때 가 그립다.

바로 밑의 여동생이 엄마 치마꼬리 잡고 시장에 따라갔다. 엄마는 큰 선심 쓰고 아이스케키 하나를 손에 쥐여 줬는데 동생은 한 입만 베어 물 고 손에 쥐고 왔다. 아끼고 아끼던 아이스케키는 여름 날씨에 다 녹아버 리고 꼬챙이만 손에 있다. 서럽게 통곡하던 어린아이에게 다시 한번 얘 기하고 싶다.

"나 절대 따먹지 않았어. 엄마 따라 가지도 않았어. 엄마가 너만 데려 갔잖아."

수박에 넣을 얼음 사러 갔다가 냄비에 물만 담아왔던 황당했던 일도 생각난다. 가게 주인이 얼음을 갈아서 담아준 거다. 여름에 얼음 구경한 것도 얼마되지 않았던 시절이니, 모두가 서툴렀다. 아버지는 꾸중하시고 엄마는 먹어보지도 못한 얼음 수박인데 아이가 어찌 알겠느냐고 수박을 두고 부부 싸움만 했다.

그러고 보니 새끼줄로 묶인 작은 얼음을 달고 지나가던 자전거를 본 기억이 있다. 잘못하긴 했는데 뭘 잘못했는지 몰라서 그냥 울었던 기억이 난다. 얼음 넣은 기막힌 수박을 먹어보고 싶었는데, 그날은 수박 먹은 기억도 나지 않는다.

상추, 돌나물, 콩나물 무치고, 달래랑 두부 반 모 넣어 된장찌개 보글보글 끓여야겠다. 청양고추 한두 개 썰어 넣으면 더 맛있겠다. 보리밥 비벼 먹으면 맛있겠다. 고추장 볶음도 한 술 넣고 참기름도 한 술 넣어야지. 참! 깨소금도 듬뿍 뿌리고……. 옛날엔 밥 늘리려고 보리쌀 섞었는데 요즘은 보리쌀이 더 비싸다. 세월도 참 많이 변했다. 저지 오름 밑에 노루 새끼 내려오면 밥이나 한술 먹여 보냈으면 참 좋겠다.

제주 갈옷은
그래서 그렇게 고왔나 보다

감 따러 갔다. 고산 우리 형님 네 뒷밭에는 큰 감나무가 있는데 밤톨 같은 작은 감이 열린다. 감물 들이는 제주 토종 감이다. 익으면 먹지도 못하는 작은 감이지만 물들이면 예쁜 색깔이 나온다. 형님 뒤따라 다니며 졸랐더니 매년 조금씩 주시더니만 올해는 그걸 다 주셨다.

남편은 돌담 위에 올라가서 손으로 따고 나는 밑에서 고개를 치켜들고 땄다. 단단하게 붙어 있는 풋감이라 돌려서 비틀어도 잘 떨어지지 않는다.

볕 좋은 날 곱게 씻어서 꼭지 따고 갈아서 꼭 짰다. 옛날엔 돌 절구에 찧어서 천과 함께 밟으면서 물들인다 하는데 믹서에 갈아서 짰다. 몇 년 전부터 준비해 둔 무명천을 삶아서 풀기 빼고 깨끗이 빨았다. 갈아 둔 감물에 무명천을 차곡차곡 개켜서 넣고 발로 짓이기며 밟았다. 잔디 위에나 돌담 위에 그냥 널어놓으면 된다기에 앞마당 잔디 위에 쭉 펼쳐서 널어 두었다. 바람에 날아가지 말라고 돌을 눌러 두고 뒤집어가며 붉은색이 날 때까지 굽듯이 말렸다. 감물이 조금 남아서 색깔 바랜 옷들도 주물러서 널어 두고 불그레 물든 바싹 마른 염색 천을 찬물에 헹궈서 다시 널었다. 말리고 또 담그고 또 말리고…. 며칠을 그렇게 했다. 마당 가득히 널린 갈색 천을 보며 함께 익어가는 듯이 뿌듯했다.

천의 종류에 따라 말리는 방법에 따라 색깔도 참 다양하다. 연한 홍시색, 진한 커피, 카키, 붉은 벽돌 등 섬유 성분과 직조 상태에 따라 형형색색 변하는 모습에 가슴 두근거리며 빠져들었다.

갈옷은 참 곱다. 투박해서 더 곱다. 비단 모시처럼 고운 결보다 삼베 마다리(자루의 경북, 전남 방언) 같은 거친 결이 더 멋스럽다.

제주인의 삶이 고스란히 녹아 있는 전설 같은 옷이니 멋스럽다 함은 결례 같아서 차라리 억척스럽고 듬직하여 믿음이 스며 나오는 옷이라고 말하고 싶다. 척박한 땅과 거친 노동과 땀과 갈옷은 서로 잘 어울렸다.

처음에는 잘 물들지 않은 것처럼 보이지만 세탁하고 햇볕에 바랠수록 점점 진해지는 게 배타적인 이들의 삶과 참 닮았다. 땀도 잘 흡수하고 바람 잘 통해 빨리 마르고 흙구덩이에 굴러도 표시도 안 난다. 얼룩도 지지 않으니 세탁하기 좋고 툭 털어 입으면 되니 다림질도 필요 없다.

갈옷과 괸당과 제주 옹기는 가만히 들여다보면 같은 피가 흐른다. 구릿빛 피부와 갈옷의 땀 서린 한은 거친 땅위에서 당당하게 품위가 있다. 제식구끼리 똘똘 뭉쳐서 지역 이기심이라고 욕은 먹지만, 괸당은 이들만의 정이 흐른다. 꼭 제주에만 있는, 다른 데서는 찾아볼 수 없는 정서가 있다.

부모와 자식이 한 울타리에 따로 집 짓고 안거리 밖거리 하며 딴 살림 하지만, 그 결속력은 대단하다. 외부에서 보면 천하에 몹쓸 짓이라고 흉 거리지만 깊이 들여다보면 참 합리적인 방법이라는 생각이 들 정도로 서로 잘 지내고 있다.

자기 일에 충실하며 웬만하면 서로 간섭하지 않고 폐도 끼치지 않으려 한다. 그러면서도 자식 몫이라며 끔찍이도 주머니 끈 졸라맨다.

길흉사 때는 알고 지내는 한집안의 각 사람에게 개인적으로 부조금 주고받는다. 길흉사가 있을 때면 식구끼리 부조금 챙기느라 분주한 모습은 외지인의 눈에는 민망스럽기도 하다. 좀 이해가 안 되는 일이지만 그게 제주 문화다.

괸당은 친척이라는 말인데 이웃에 사는 제주인은 다 괸당이라 칭한다. 요즘은 많이 좋아졌지만, 타지에서 온 사람은 괸당 문화에 밀려서 웬만해선 살아가기 힘들다. 육지 것이라고 부르며 백안시한다. 제주 사람이 육지 생활 오래 하다가 다시 제주로 내려와도 적응하기 무척 힘들다고 하니 외지인이야 오죽할까?

염색 천을 거둬들였다. 돌에 눌린 자리는 조금 옅은 색으로 물들고 접힌 자리와 바람 불어 겹쳐진 자리에 약간 얼룩은 있어도 참 정겹다. 돌에 눌렸다고 불평하지 않고 그냥 조금 옅게 물이 들 뿐이다. 갈옷은 강한 햇볕 아래서의 거친 노동과 땀을 대변하니 삶의 애환을 고스란히 느낄 수 있어서 더욱 애틋하다. 너무 정이 많아서 내 식구와 가까운 내 이웃을 너무 지나치게 껴안지만, 상대가 그렇게 하지 않을 때는 화를 낸다.

섬이라는 지역적인 특성과 배척당했던 역사, 서로 껴안지 않으면 살아남을 수 없었던 지난날의 역경, 고이 지켜진 정이란 정서가 한데 어울려 괸당을 낳은 것 같다. 유배지의 한이 괸당을 낳았고, 척박한 땅이 갈옷과 어울렸고, 투박하고 엉성하여 물 담아보고 사간다는 제주 옹기마저 포용하는 것은 제주인의 정서가 빚어낸 진주 같은 보물이다.

화산으로 인해 만들어진 섬이니 용암 부스러기인 붉은 송이가 흙이다. 제주인의 구릿빛 피부와 갈옷과 바람 때문에 들리지 않아서 소리 질렀다는 큰 목소리는 화산의 아들 송이의 품에서 그래서 그렇게 잘 어울렸나 보다. 한 풀 접고 순수한 마음으로 다가가면 무한히 품어주는 남정네의 마음 같으니 괸당은 사랑이라고 조심스레 디밀어본다.

무지개사랑 우리 형님

우리 형님은 제주 토박이다. 물질하고 밭일하고 허리 한번 못 펴시다가 꼬부랑 할머니가 되었다. 귤 밭에서 거의 생활하시면서 귤은 드시지 않는다. 얻어 온 떡 몇 개에 생수 한 병이면 점심에 족하고, 꼬부라진 허리가 펴지지 않아서 싱크대에서 일도 못 하신다. 쭈그려 앉아서 음식 만드는 모습을 보면서 낮은 싱크대가 있었으면 참 좋겠다고 생각했다.

꼬다마(제주에선 작은 비상품을 그렇게 부른다) 한 바가지 퍼 주시면서

"이거 먹어져엉? 먹을라만 갖다 먹어라."

나에게 형수님이라 부르는 옆집 삼춘(삼촌의 제주도 사투리로 성별 관계없이 어르신들을 부르는 호칭)은 우리 형님을 어머니라 부른다. 개떡 같은 촌수가 찰떡처럼 엮여서 우리는 많이 돌아다녔다.

산책길에서 만난 밭일하는 아저씨와

"안녕하세요. 날씨 참 좋습니다."

로 시작된 만남은 옆 동네 아저씨의 식사 초대로 이어졌다. 남편은 답례로 점심 한 끼 샀다. 그 자리에 이웃 동네 할아버지 내외가 동석하고, 그리고 우리는 함께 몰려다니는 사이가 되었다. 크고 낡은 승용차에 비

좁게 타면서도

"야, 너네 차 참 좋다. 에야콩 팡팡 쐬니 거 시원하다야."

한치물회, 자리물회 철 따라 맛집 찾아다니고, 방어 축제 가는 길에 보리떡도 사 먹고, 전복죽 보말 국수 말고기 집도 놓치지 않았다.

우리 형님은 공짜로 얻어먹는 걸 참 싫어하셔서 마늘 밭 품삯 받는 날이면 꼭 불러내셔서 된장 풀은 자리 물회를 사 주셨다. 신세 지기 싫어하는 깔끔한 성미 덕에, 한낮 땡볕 숨이 턱턱 막히는 밭고랑에서 일한 품으로 우리는 얻어먹어야 했다.

낡은 승용차에 가득 타고 구실 거리 만들어서 싸고 맛있는 집 찾아서 돌아다녔다.

어느 해 함덕 해수욕장에서 우리는 아이들처럼 웃고 떠들며 놀았다. 짓궂은 남정네들은 우리 아주버님을 사각팬티만 입혀서 물에 밀어 넣었다. 가랑잎만 굴러가도 깔깔대는 소녀들처럼 다 늙은 사람들이 뭐가 그리 즐거운지 애들처럼 시끌벅적했다. 슬쩍슬쩍 칭찬 섞인 농담에 붕 떠서 즐거워했다. 다 늙어서 아무도 해주지 않는 칭찬을 서로 퍼부어가며 즐거워하니 밑지는 장사는 아니다.

지난 봄, 아주버님이 돌아가셨다. 이가 아프다고 치과 치료받으시고 잇몸 부었다고 부드러운 음식 찾으시다가 그냥 자리에 누우셨다. 사람도 못 알아보시더니 어느 날 돌아가셨다. 두 분은 티격태격 잘 싸우셨고, 연세도 많으시고, 돈 걱정도 없으시고, 또 우리 형님은 워낙 강한 분(오랜 해녀 생활)이라 별로 신경 쓰지 않았다. 잘 계시겠거니 생각만 했다.

제주 생활을 익힐 즈음이라 하는 일 없이 바빴다. 2~3년 맺어온 악동

동기들은 만남이 뜸해졌고 자동 해체되었다.

　어느 날 전화가 왔다.

　"영이 에미냐? 이 매정한 것아 어째 한번 오지도 않냐?"

　평소엔 만나도 반가운 기색조차 잘 비치지 않던 무뚝뚝한 분이 흐느껴 우신다. 아들딸 유산 싸움이 법정까지 가고 용돈마저 끊겼다고 하니 불길한 예감이 든다. 자식들이 많아서 노령 연금마저 혜택이 없어서 생활이 걱정이시단다.

　"이런, 이럴 수가."

　하고 격분했더니 용돈 주려는 것을 거절했다고 하신다.

　"그래도 그건 아니지."

　"얘야, 너도 나중 되어 봐라. 우리 아들 내일모레 환갑인데 아직 서너 살 아기처럼 느껴진단다. 애처로워서 그 용돈 받을 수가 없구나……."

　유독 아들에게만 강하게 집착하신다. 작은딸에겐 용돈도 받고, 한 푼도 물려주지 않은 맏딸에게는 모든 게 섭섭하고 괘씸해서 전화도 받지 않으신다.

　"지가 어찌 나한테 그럴 수 있나? 내가 얼마나 믿고 의지했는데……."

　"구들장 지고 있어도 영감이 최고야. 영감한테 잘해라 영감 없으니 다 무시해."

　몇 년 전 형님 네 커다란 제주 항아리를 탐냈더니

　"안돼! 그건 우리 아들 거야. 고롬, 우리 아들 줘야제."

　하시던 소리가 귀 끝을 맴돈다.

"널 위핼랑 감자 긁는 놋숟갈 내 찾아 주마."

몇 년이 지났건만 그건 잊어버리신 듯하다. 아주버님 살아 계실 때 편찮으셔서 병원에 모시고 간 적이 있다. 몇 시간 돌아다니며 검사 다 마치고 병원 구내식당에 갔다. 국수 한 그릇 먹다가 친척분을 만났다. 당황한 형님은 나에게 귓속말로 빠르게 말씀하셨다.

"병원에서 우리 우연히 만났다고 해라. 부탁해."

처음엔 무슨 말인지 잘 몰라서 어리둥절했다. 부모를 남이 병원에 모시고 왔으니 행여 아들 욕 먹이는 일이 될까 봐 안절부절못하시는 우리 형님이셨다. 형님에게 아들은 삶의 목표다. 살아온 이유이며 살아야 할 이유다. 우리 형님의 아들 사랑은 미워할 수 없는 슬픈 사랑이다. 그게 아니라고 깨우쳐 주고 싶지도 않은 아프고 위대한 사랑이다. 잡히지 않는 무지개를 향하여 팔을 허우적거리면서, 보는 것 만으로도 아까워하셨다.

얼마 전, 어느 날 전화가 왔다. 모 씨를 아느냐는 물음에 무슨 일이냐고 물었더니 경찰인데 휴대폰 1번에 저장된 번호이기에 참고할 일이 있어서 그런다고 한다. 큰아들 찾아서 가신다기에 행복하게 잘 사시라고 빌었는데 돌아가셨다고 한다. 어떻게 돌아가셨는지 왜 돌아가셨는지 물어볼 데도 없고 또 안다 한들 어쩌겠는가?

아주버님 장례식에서 부조금을 드렸더니 급하게 허리춤에 말아 넣던 형님이셨는데 지금은 부조금을 드릴 데도 없다. 세월은 무정하고 나는 매정하고, 우리 형님도 어지간히 무던하신 분이다. 무소식이 희소식이라 위안하며 살았는데 이제는 무슨 말로 나를 위안할까? 자고 나면 저승길이라 했는데 부표에 붙들어 둔 세월에 어찌 그리 무심했을까?

구름아 우리 밥이나 한 끼 하자

마당 넓은 집으로 이사 온 다음 해에 등나무 한 그루를 심었다.

동네 아낙들이 놀러 와서 한마디씩 거든다. 그늘만 만들어 주는 아무 짝에도 쓸모없는 나무인데 그걸 왜 심었냐고 한다. 여름에는 뱀이 올라가서 쉴 수도 있으니까 멀찌감치 심는 게 좋을 거라는 충고에 께름칙하기도 했다.

늦봄 목련이 질 때쯤이면 보라색 꽃송이가 주렁주렁 열린다. 주목받을 만큼 화려한 꽃은 아니지만, 보랏빛 물결이 잔잔한 파도 되어 일렁이면 가슴깊이 어딘가 숨겨둔 보물이라도 있는 것처럼 설렌다. 매달린 연보랏빛 꽃송이가 바람에 흔들리면 깊은 안개 속을 헤매는 듯 몽롱하게 보랏빛 흔들림에 파묻힌다.

등꽃 아래서 나물을 다듬는다. 봄이 오면 시골은 나물 천지다. 쑥은 뜯어서 쑥떡도 만들지만, 도다리 넣어 국을 끓이면 기가 막힌다. 쌉쌀한 쑥 향이 생선의 비린 맛을 묘하게 감싸 안아서 부드러운 쑥 향 감도는 구수한 국이 된다. 어린 머위 잎은 고추장에 들기름 둘러 무치면 매콤달콤하면서 쌉싸름한 향이 환상적이다. 달래는 오이와 함께 초고추장에 무쳐도 맛있지만, 된장찌개에 넣어 끓여도 콧부리를 지나 정수리까지 달래 향이 뻗친다. 방풍 어린잎은 초고추장 찍어 먹어도 괜찮고, 된장 조금 넣어 전 부치면 이 맛에 시골 산다는 말이 절로 나온다.

"씨유 레이러 바이."

가볍게 만났을 때 서양 사람들은 보통 이러고 헤어진다는데 우리는 어떻게 헤어질까? 언제 같이 차라도 한잔하자. 같이 밥이나 한 끼 할까? 우리 술 한잔해야지. 헤어질 때 이러면서 헤어지는 사람 참 많다. 먹는 것을 소중하게 생각하는 우리네 문화다. 요즘은 인사가 안녕하세요로 거의 통일되어 있지만 예전엔 만나면 인사를 다들 이렇게 하며 살았다.

밥은 먹었어, 진지 드셨습니까, 아침 잡수셨습니까, 손님이 오셔서 식사 때가 되면 밥 드시고 가라고 붙잡는다. 사양하면 숟가락 하나 더 놓으면 된다고 강권한다. 밥그릇을 다 비우면 더 드시라고 권하고 사양하면 어떤 이는 밥을 퍼서 먹던 밥그릇에 더 퍼 담아줘서 난감하게 한다.

찬물도 순서가 있다. 먹을 복은 타고난다. 방귀 길 날 때 보리 양식 떨어진다. 목구멍이 포도청이다. 밥상머리 교육. 상추쌈도 마주 보고 눈 딱 불셔가며('부릅뜨며'의 경상도 사투리) 먹어야 맛있다. 먹는 데서 정 난다. 소금 먹은 놈 물 쓰인다. 금강산도 식후경. 맛있는 반찬을 말할 때 밥도둑. 밥심으로 사는데 많이 먹어라. 먹고 죽은 귀신 때깔도 곱다. 거지도 옷을 잘 입어야 밥 얻어먹는다. 논에 물들어가는 것과 자식 입에 밥 들어가는 것만큼 보기 좋은 건 없다. 먹고 살자고 하는 짓인데 우선 먹자. 먹는 게 제일 남는 장사다. 먹을 땐 개도 안 건드린다.

먹는 데 관련된 많은 말들을 읊다 보니, 먹는 데 참 한이 많은 민족이라는 생각이 든다. 먹는 일에 인생의 모든 일이 녹아 있는 듯하다.

사는 데 많은 것이 필요하지만 먹는 게 제일 중요하니 직업을 꽉 잡고 있어라. 옷 매무새도 예의 바르게 하고 이웃과 정겹게 나눠 먹으며 사이 좋게 잘 지내고 사람으로 해야 할 도리와 법도를 잘 지켜라. 가족이 가장 자주 모이는 식탁에서 아이들 교육 잘 하고 건강 챙기며 은혜를 소중히 여기라.

속담 한마디 한마디에 세상 사는 법이 다 녹아 있다. 살기 위해 먹는다면 좀 고상해 보이고 먹기 위해 산다면 좀 저속해 보인다. 무얼 위해 살든지 일단 먹어야 하니까 '무얼 먹을까?'가 목적으로 온다 한들 누가 뭐라할 수도 없겠다. 무얼 위해 사느냐고 물으면 대답할 말이 없지만, 살기 위해 먹는다면 좀 서글프고 재미없다.

차라리 음식을 즐기는 동물 다움이 마음을 끌지만, 그것도 생명 유지를 위한 본능의 도구이니 사는 것 자체가 바로 본능이다. 먹기위해 사는 것이 바로 살기위해 먹는 것이라는 역설도 가능하니 먹는 즐거움을 부담 없이 누려도 되겠다.

스쳐 지나가는 이 계절에 나는 무엇을 갈무리할지 손가락을 꼽아본다.

무말랭이는 햇빛에 한 번 더 바싹 말리고, 취나물 뜯어서 묵 나물 만들고, 머위는 부드러운 잎만 뜯어서 삶아 냉동하고, 방풍은 어린잎만 골라서 피클 만들고, 그렇지 쑥은 너무 세어지기 전에 말려서 가루 내고, 조금 센 잎은 쑥떡 해 먹어야겠다. 섬오가피 어린잎은 쌈장에 찍어 삼겹살과 함께 먹으면 맛있다. 시원한 막걸리도 한 사발 마시고. 그래, 그러면 참 좋겠다.

있는 듯 없는 듯 잎사귀에 살짝 가려져 축축 늘어진 연보랏빛 등꽃을 본다. 향기라도 강하든지, 탐스러운 색깔이라도 타고나서 화려하게 하늘을 수 놓던지, 꽃말이라도 예쁘게 타고나던지, 나무 그늘에 숨어서 축축 늘어져서 핀다.

무엇을 타고 올라가지 말고 꼿꼿하게 바로 섰으면 선비들의 눈총 따위는 받지 않았을 것이다. 무엇을 타고 기어오름이 선비들의 눈에 거슬려서 뜰에 심지도 않았다고 하니 참 가엾다.

아무짝에도 쓸모없다는 등나무 그늘에서 나는 나물을 다듬는다. 바람 살랑살랑 불고 향도 은은하게 퍼지니 좋기만 하다. 이거 왜 심었느냐고 흉보지만 그래도 좋기만 하다.

요즘은 낙하산도 타고 내려오고 엘리베이터 타고 고속 승진도 하는데 그까짓 거 좀 타고 올랐기로 정원에 심지 않겠다고 하니 웬 놈의 심술을 그렇게 부렸을까 선비님들은.

구름아 우리 밥이나 한 끼 하자!
먹어야 살고, 살아야 또 맛있게 먹지.

소확행이로소이다

가벼운 점심을 마치고 등나무 그늘에 모여 앉았다. 탁자 위에 조그만 커피잔 늘어놓고 이야기 꽃을 피웠다. 먹지도 못하는 등 열매는 죽죽 늘어져서 등꽃이 피었다는 흔적만 남기는데 보랏빛 향기는 아직도 코끝을 맴돈다.

18개월간의 오름 매니저 임무를 끝내고 한자리에 모인 저지오름 조의 송별 파티는 훈훈하다. 기뻐서 시작한 일을 아쉬워하며 마무리하였으니 이만하면 만족할 만한 퇴임식이다.

태풍이 지나가면 서로의 안부를 물으며 연장 들고 뛰어오고, 귤 말랭이 만든다고 부산을 떨 때는 무릎 맞대고 앉아서 몇 시간이고 일 도와주던 고마운 동료들을 친구로 얻었으니 늘그막에 이보다 더 좋은 일이 어디 또 있으리요. 돈 벌고 친구도 얻고, 성숙으로 접근하는 수련 기간도 함께 얻었으니 더 무엇을 바라리요. 사회를 위해 크게 한 일도 없는데 나이 들어서 용돈 걱정도 해주니 이만하면 살만한 세상이다.

거의 매일 산을 오르내리며 많은 탐방객과 새로운 이야기로 하루를 엮으면서 세상 사는 이치를 배운다. 숲길을 걸으며 나도 모르게 빠져든 깊은 사색은 나라는 존재를 살피게 하고 생을 돌아보는 성찰의 시간도 허락한다. 깊은 학문도 없으니 형이상학이나 존재의 의미까지 거론할 입장은 아니지만, 살면서 부대끼는 희로애락의 깊은 바다를 유영하며 그때는 하며 곱씹고 음미한다.

둘레길을 돌고 산 정상도 헉헉대며 오른다. 산 정상을 목표로 삼되 산 꼭대기는 쳐다보지 않는다. 한 발 한 발 그냥 걸으면, 한 발이 최선인 양 묵묵히 걸으면, 어느새 나의 발은 정상 언저리에 다다른다. 어떻게 저 높은 계단을 오르나 얼마쯤 더 올라가야 정상에 다다르나 걱정하고 염려하면 더 힘들어진다. 그냥 묵묵히 한 발 한 발 걸음을 옮기다 보면 어느새 목적지에 다다른다.

꿈은 크게 가지되, 되어가는 과정에 너무 연연하지 말라는 깨우침이다. 그냥 묵묵히 한 발씩 한 발씩 그냥 걸어라!

탁자 위에 늘어놓은 커피잔의 어수선함도 극성스레 모여드는 파리떼의 성가심도 짙은 등그늘의 편안함에 대수롭잖게 손사래치며 하품을 한다.

2장

농부가 되는
길목에서

미나리 한 줌으로 깨달은 농심

지난겨울 뿌리 달린 미나리 한 줌을 샀다. 깨끗이 씻어서 줄기 부분만 손가락 두 마디 길이로 썰었다. 고추장, 고춧가루, 된장, 식초, 설탕 한 술 넣고 참기름 듬뿍 뿌려서 살살 무쳤더니 미나리 향 솔솔 나며 상큼하게 맛있다. 도토리묵 생각이 절로 난다. 시원한 막걸리도 한잔 있었으면 참 좋겠다.

뿌리 부분을 병에 가지런히 담아서 따뜻한 창가에 두었더니 싹이 트고 하얗게 새 뿌리도 자란다. 한 뼘쯤 자랐을 때 채소밭 가에 심었다. 아침 저녁 물을 주며 정성을 쏟았더니 파릇파릇 잘 자란다. 물에서 자라는 키 큰 미나리를 밭에 심으니 땅에 딱 붙어서 잘 크는 게 신통하다. 환경에 적응하느라 기를 쓰다 보니 부드러운 줄기는 억세지고, 돌미나리라는 이름도 얻게 되었나 보다.

잘못되면 조상 탓한다던데 조상 탓할 거 하나도 없다. 물 없어서 못 자란다고 불평하는 미나리 하나도 못 봤다. 못된 놈 조상 탓할 명분도 없어지니 그냥 열심히 살 수밖에 다른 도리가 없다. 저걸 뜯어서 초고추장에 무쳐 먹나, 매운탕을 끓일까? 아니 만두소에 넣으면 참 상큼하겠다. 살짝 데쳐 잘게 썰어서 고추장 한술 넣어서 비빔밥해 먹으면 참 맛있겠다. 들며 나며 들여다보고 물도 주고 또 들여다보고 애지중지 키웠다.

알맞게 자라서 한 줌 뜯어볼까 생각하고 있을 때 옆집 공주마마(그 집 개 이름이 공주다)가 놀러 와서 들여다봤다.

"저거 좀 뜯어가면 안 돼요?"

가슴이 쿵덕 내려앉았다. 손을 달달 떨며 몇 줄기 뜯는데 눈치챘는지 공주마마가 그만 뜯으라고 자꾸 안 가져간다고 사양을 한다. 한 줌 뜯어 손에 쥐어 보내고 나니 속이 막 상했다. 얼굴이 화끈거리고 등 줄기에 땀도 났다. 아까워서라기보다 옹졸함을 들킨 것 같아서 더 속이 상했다. 차라리 안된다고 아직 키우는 중이라고 상큼하게 거절했으면 아무 일도 아닌데 우유부단함이 일을 키웠다. 수락과 거절의 개념이 확실하지 않으면 서로 불편하고 때로는 상처를 남긴다. 척하느라 내 마음을 살필 여유도 없이 어정쩡하게 어물거리다가 서로가 불편해진다. 농촌 인심 어쩌고 떠들었는데 헛소리였나 보다. 정말 창피했다. 쏟은 물을 어떻게 주워 담을 수도 없고 변명할 말도 없어서 어정쩡하게 보내고 나니 심란하기만 하다.

옛날 생각이 났다. 추석이면 성묘 갔다가 고향 친지 댁을 방문한다. 고향을 지키고 계시던 그분들은 고추, 호박, 얼갈이배추까지 뽑아 주신다. 감가지도 꺾어 넣고 이것저것 챙겨 주시는 그분들의 마음을 고마워하면서도 응석 부리듯이 속으로 토를 달았다.

"넓은 땅에 뿌리기만 하면 잘 자라는데 좀 넉넉히 주시지……."

늘 얻어먹기만 하던 옆집과 나눠 먹을 생각에 욕심을 부렸다. 철없고 어리석은 투정에 지금도 생각하면 부끄럽고 가슴이 아리다. 검게 그을린 주름진 얼굴에 하얀 이를 드러내 보이며 웃어주던 아지매(아주머니)의 투박한 손이 나를 부끄럽게 한다.

농부의 마음은 욕심이 아니라 정성 들여 가꾼 것에 대한 사랑이란 걸 지금은 어렴풋이 알 것 같다. 지천으로 사과가 널려 있어도 썩은 사과 골라 먹고, 배추 한 포기 시든 파 한뿌리도 허투루 하지 못한다. 배추 겉잎 줄줄이 엮어서 담벼락에 걸어 두고 무청도 버리지 못한다. 하나하나가 사랑스럽고 소중해서 지나가다 잘못 밟아도 마음이 아파서 다시 토닥여 심어준다. 내일은 너무 빽빽해서 솎아주는 일이 있더라도 그렇게 한다.

땀과 정성이 녹아 있는 밭의 작물들은 그냥 먹거리가 아니라 마음의 일부다. 아직 농부라고 말할 수도 없는 햇병아리지만, 어렴풋이 땅의 냄새를 알 것도 같아서 감히 농부라는 말도 스스럼없이 하게 되나 보다.

모든 유기물은 죽으면 흙으로 돌아간다. 돌아간다는 소리는 거기서 나왔다는 소리도 된다. 지렁이가 죽어도 배추가 썩어도 사과 껍질을 던져도 한결같이 그 자리엔 흙이 쌓인다.

무덤가도 산비탈에도 고사리는 자라고, 소나무 우거진 그 자리도 흙으로 덮여 있다. 흙은 모든 유기물을 수용하여 식물을 키워내고 동물에게 먹거리를 제공하며 세상을 평정한다. 동물과 식물을 넘나들며 순환하니 땅 이야말로 만물의 근본이다. 모든 것은 땅에서 나고 땅으로 돌아간다. 땅을 관리하는 이가 농부이니 농자천하지대본이라는 말도 과언은 아닌 것 같다.

농부가 되는 길목에서 삼라만상을 호령하는 뿌듯함에 목을 쑥 빼고 헛

기침 한번 한다. 하룻강아지 범 무서운 줄을 모르고 기고만장하니 이를
어이하면 좋을꼬?

　꽃길만 걸으면 심심하잖아요

이런 우라질 꿩시키

우리는 모두 숨을 죽였다. 창문은 이중창으로 막혀 있지만, 행여나 그들에게 방해될까 봐 말도 조용히 했다. 바로 눈앞에서 장끼가 화려한 꼬리를 길게 드리우고 어슬렁거리면 저만치 까투리가 콩콩 뛰어다닌다. 참새만 두 발로 콩콩 뛰는 줄 알았는데 까치도 까투리도 바쁘면 콩콩 뛴다. 앞마당에 까치 세 마리가 어우러져서 대가리 쥐어뜯으며 싸운다. 한 놈이 도망가면 쫓아가서 쪼아대고 다른 놈이 또 따라오고, 콕 콕콕 쪼아대며 누가 누구랑 싸우는지 구별도 못 하겠다. 서로 부리로 대가리를 쪼아대며 난리가 났다. 눈앞에서 벌어지는 희한한 장면을 넋을 잃고 구경했다. 왜 싸우는지 알려주지도 않았지만 알려고 하지도 않았다. 싸움이 있는 곳엔 다 그만한 이유가 있다. 별일 아닐 거라고 단정 지음은 너무 무례한 일일 것 같아서 그만한 이유를 그냥 유추해 본다. 아침 연속극에 자주 등장하는 사랑 싸움인 것 같다.

어느 세계나 사랑싸움은 흔한 일이지만, 동물의 세계에서는 밀고 당기며 감추지 않고 더 치열하게 싸우는 것 같다. 솔직한 감정으로 다가갈 때와 물러설 때를 빨리 깨닫는 것 같다. 인간처럼 치정에 얽힌 너저분한 진

흙탕 싸움이 없으니 차라리 산뜻하다.

팜 나무 밑동을 까치들이 다 뜯어 가서 휑하니 패였다. 나무 기둥을 둘러싼 북슬북슬하고 억센 털을 밑동에서 뜯어가는 이유를 모르겠다. 볼이 미어터지게 물고 와서 팽나무 가지 위에 얼기설기 갖다 붙이는 것 같은데 둥그스름하게 예쁜 집이 지어진다. 작은 나뭇가지도 갖다 붙이고 때로는 플라스틱 조각까지 갖다 붙인다. 엉성하고 어설픈데 태풍 불어도 날아가지 않는 걸 보면 참 신기하다. 삶의 터전을 나의 정원에서 찾았는데 행여 방해라도 줄까 봐 조심스러워진다. 참새 새끼 제비 새끼는 구경했는데 까치 새끼는 아직 구경하지 못했다.

귤 밭에 꿩 가족이 어슬렁거리면 근처엔 다가가지도 않고 멀리서 바라보기만 한다. 장끼는 혼자서 우아하게 자태를 뽐내며 어슬렁거리는데 까투리만 새끼들을 몰고 다닌다. 어찌나 예민한지 닫힌 창문인데도 시선을 느끼는 듯 까칠하게 고개를 좌우로 까딱인다.

참새는 머리가 나쁜지 내가 만만해선지 들깨 밭에서 쫓아내고 1분도 되지 않아서 다시 우르르 몰려든다. 동박새는 닫힌 창문에 부딪혀서 다치기도 하고 더러는 죽기도 한다. 창문에 종이를 바를 수도 없고 참 안타깝다. 꼭 동박새만 머리를 들이받는다.

딱따구리는 야자수 기둥에 매달려서 따다다다 쪼아대며 웬만한 소리에는 미동도 하지 않는다. 대가리 꼭대기에 빨간 왕관을 쓰고 연미복을 입은 것처럼 말쑥한 자태로 점잖게 매달려 경박하게 쪼아댄다.

방아 꽃에 윙윙거리며 모여드는 벌새는 날갯짓 소리가 벌떼처럼 요란하다. 어떤 이는 무슨 나방이라고 하지만 저게 어찌 나방인가? 파르르 떠는 날갯짓 소리가 윙윙거리는 벌처럼 요란한데 벌새가 분명하다. 서너 마리만 방아 꽃 주위를 돌아도 벌통이 있는 것처럼 요란하다.

나도 자연의 일부라는 걸 잊어버리고 잠깐 여유를 부렸나 보다. 한 치 앞을 모르고 희희낙락하며 손익 계산서에 빨간 불이 켜진 줄도 모르고 여유를 부렸다. 적자생존의 법칙을 잊은 거니 시골살이 철들려면 강산이 한 번은 바뀌어야 하나 보다.

요즘은 아침에 일찍 일어나서 손바닥 탁탁 치며 채소밭과 마당을 뛰어다닌다. 놈들이 새벽잠이 없어서 너무 일찍 일어난다. 훠이 훠이 소리까지 질러가며 발바닥 땀 날 때까지 뛰어다닌다. 너희들 잡히면 다 죽었어!

봄을 기다릴 여유조차 없이 겨울 끝자락부터 콩을 심었다. 유전자 변이 콩이 한동안 뉴스에 자주 오르고, 국산 콩값이 고기 값보다 비싸게 느껴져서 자주 밥상에 올리지도 못했다. 땅도 넉넉한데 자급자족하자면서 콩을 심기로 했다. 종자로 쓰려고 좋은 콩만 골라서 심었는데 싹이 트질 않는다. 한 번 더 심고 또 기다렸지만, 소식이 없다.

어느 날 유심히 들여다봤다. 이상한 광경에 눈을 비비고 다시 봤다. 해물 찜 할 때 콩나물처럼 대가리 없이 줄기만 듬성듬성 박혀 있다. 꿩 새끼, 까치 새끼가 다 뜯어먹고 줄기만 남았나 보다. 화가 치밀어서 작대기 들고 다 도망가고 난 빈 마당을 휘젓고 뛰어다녔다. 옆집 공주 파파가 웃으며 한 수 거든다.

"넉넉하게 심어서 좀 나누어 먹어요. 새가 먹으면 얼마나 먹는다고…."

더듬어 보니 우리 동네에서 콩 심은 집 구경 못 했다. 비싼 콩을 왜 사먹나 흉을 봤더니 그만한 이유가 있었다. 고백하지만, 까치나 꿩이 먹지 않았어도 우린 콩을 먹지 못했을 거다. 콩은 5~6월에 심는다는 걸 우린 한참 나중에 알았다. 너무 일찍 심으면 콩잎만 무성하지 콩은 열리지 않는다고 한다. 올여름에 콩잎만 잔뜩 먹을 뻔했는데 덕분에 미리 막을 수 있었다.

난 콩잎을 별로 좋아하지 않지만, 고등학교 때 내 친구 도시락 반찬은 늘 콩잎이었다. 나는 콩잎을 밥 위에 척척 얹어 먹으며 맛있다고 호들갑을 떨었고 그 친구는 내가 싸 온 고추장이 맛있다고 밥을 비벼 먹었다. 아련히 떠오르는 추억에 그 친구가 코끝이 찡하게 보고 싶다. 올해는 콩잎 장아찌 만들 수도 있었는데 생각하니 부아가 치민다.

"이런 우라질 꿩 시키 잡히기만 해봐라."

꾸어엉 꾸어엉 울어대며 푸드덕 날아오르는 저놈을 무슨 수로 잡을 수 있을까? 못 잡을 줄 뻔히 아니까 오늘도 그들 가족은 귤나무 밑을 어슬렁거리며 잘도 돌아다닌다. 창문 닫고 숨어서 밖을 내다본다. 아직도 숨죽이고 가만히 내다보는 걸 보니 작대기 들고 뛰어다닌 건 괜한 엄포였나 보다.

봄의 향연

농촌의 봄은 황금 밥상이다. 겨우내 꼭꼭 숨겨둔 정기가 따뜻한 햇볕을 받으며 언 땅을 비집고 올라온다. 시금치, 상추, 쑥갓, 아욱, 깻잎 순, 부추, 유채는 밭에서 자라고 돌담 밑에는 돌나물이 오동통 살이 오른다. 뿌리 캐다 심어 놓은 쑥은 쑥쑥 자라서 떡 해 먹어도 되겠다.

통통배 선장 아저씨께 얻어 심은 두릅은 이제 한 밭을 이룬다. 움이 터서 살짝 벌어졌을 때 꺾어야 제맛이지 하루만 지나도 한 뼘이나 자라서 질이 떨어진다. 초고추장에 찍어 먹어도 상큼하지만, 된장 넣어 무쳐 먹으면 두릅 본연의 향이 살아난다. 한 뼘 정도 자란 놈은 전을 부치면 이 또한 별미다. 쌉사름한 맛이 기름과 어울려서 묵직한 향이 입안을 가득 채운다.

고산 형님께 얻어 심은 가죽(참죽의 경상도 방언)은 우리 집 스타다. 떴다 하면 젓가락 공세에 금방 바닥이 난다. 제주 사람들은 가죽을 먹는 나물인지도 모른다. 주방장이 시골스러워서 우리 집 식구들은 이상한 나물들을 잘 먹는다. 가죽, 두릅, 참비름, 쇠비름, 오가피 순, 머위 등 가리지 않는데 그중에서 가죽을 별나게 좋아한다. 고추장과 설탕 조금 넣고 무쳐 놓으면 질리지 않는 독특한 향에 고기반찬은 '저리 가라'다. 씹어 삼킨 나물의 묘한향은 코 끝에서 다시 살아나서 콧부리로 타고 오르니 그 진한 향은 가슴까지 전해진다.

협재 아우님에게 얻은 취나물과 달래는 담팔수 나무 밑 그늘진 곳에 심었는데 내년이 기대된다. 작년에 얻어 심은 머위는 잘 자라서 매끼 식탁에 올려도 다음날은 더 풍성하게 자란다. 초봄의 발그레한 어린 머위는 쓴맛도 별로 없이 그윽한 향만 풍긴다. 독초도 초봄의 어린잎은 독이 없어서 먹을 수 있다 하니 모든 게 크면서 독을 품나 보다.

공주네를 섭섭하게 했던 그 미나리도 수돗가에 옮겨 심었더니 매일 뜯어먹어도 금방 자란다. 귤나무 아래 미처 못 뽑은 민들레 잎도 쌉사름하게 입맛을 돋운다. 귤 밭에선 민들레 꽃도 잡초이고 약초로 쓰이는 민들레 잎도 잡초다. 새콤달콤하게 겉절이도 해 먹고 신김치와 섞어서 전도 부친다. 섬오가피도 빠뜨릴 수 없다. 새순이 돋아서 꽃봉오리처럼 오동통할 때 초고추장에 찍어 먹거나 살짝 데쳐서 무쳐 먹어도 맛있다. 조금 더 자라면 어린잎 뜯어서 고기쌈도 싸고 도가니탕에 넣으면 잡내도 잡아준다. 오름을 오르내리며 땄었는데 고성 형님께 한 그루 얻어 심었더니 올해는 무성하게 자라서 귤 밭까지 침범해 들어온다.

제피나무 어린잎을 피클에 넣었더니 그게 또 별미다. 사찰 음식 전문점에서 한 수 배웠더니 요긴하게 쓰인다. 방아 잎은 말려서 후추처럼 볶음밥에 뿌리고 비린 생선에도 뿌리고 매운탕에도 참 괜찮다. 된장찌개에 한 줌 넣어도 별미다.

둘러보면 먹거리가 참 많다. 돌담 옆의 양하는 늦여름엔 꽃을 따서 무쳐 먹지만 봄엔 어린잎을 따서 된장국에 넣어 먹으면 시원하다. 방풍나물, 고들빼기, 달래, 돌미나리, 냉이….

이 풍성한 봄의 향연에 누굴 초대할꼬. 무수히 많은 사람이 뇌리를 스쳐 가지만 간절히 원하는 사람이, 정말 간절히 원하는 사람이 있을까? 그깟 봄나물 먹는데 무슨 간절까지 거창하게 갖다 붙이고 나니 풍이 지나친 듯하여 무안하다. 거친 봄나물의 향기에 흠뻑 취할 수 있는 사람은 시골의 봄을 아는 사람이니 마음이 통할 것 같아서 해보는 소리다. 부드러운 음식만 찾는 요즘 사람들은 거친 음식의 쌉사름한 향을 거북스러워한다.

행복은 자기가 만드는 것이라 하니 봄의 향기도 나만의 것인 양 흠뻑 취해 본다.

오늘도 이 왕국에서 포효한다.

삼라만상이여, 그대는 나의 편이니 나 그대 품에 안겨서 세상을 호령하리라.

둥이(업둥이 검정개인데 둥이라고 부른다)! 앉아! 조용히! 까불지 말고! 눈을 째려보며 거만하게 폼 잡고 활보한다.

저지 오름 밑, 작은 나의 왕국에서 우아하게 손을 들고 폼을 잡는다. 백성이여, 그대는 편안한가? 나의 어린 백성은 납작 엎드려서 눈만 끔벅인다. 시큰둥 쿵 쿵 빨리 간식이나 줘. 주인님아!

꽃길만 걸으면 심심하잖아요

참전을 망설이며

우리 집 식구들은 늙은 호박을 좋아한다. 요즘 젊은 사람들은 늙은 호박을 별로 좋아하지 않지만, 우리 집 애들은 어릴 적부터 자주 접해서인지 늙은 호박을 좋아한다. 그것도 주로 아침 메뉴에 등장하는데 군소리 없이 잘 먹는다. 호박 껍질 벗겨 채 치고 소금, 설탕 조금 뿌려서 잠시 재워 두었다가 찹쌀 가루로 버무려 기름 넉넉히 두르고 지진 호박전, 동부 넣고 호박을 푹 삶다가 찹쌀가루 솔솔 뿌려 뜨거운 김에 수제비처럼 엉기게 만든 호박범벅, 그냥 쪄서 올리고당만 약간 뿌린 호박찜 등 다양하게 즐긴다. 정말 좋아하는지 마지못해 먹는지 잘 모르겠지만 편하게 생각하고 들이민다.

호박 속을 긁은 것을 채소밭에 버렸다. 한겨울 지나면서 썩은 것도 버리고 호박씨도 버렸더니 까치, 비둘기, 꿩들이 뻔질나게 드나든다. 봄이 되어 찬바람이 잦아드니 호박 싹 몇 개가 삐죽이 솟아났다. 하도 신통치 않아서 거름도 주지 않고 별로 신경 쓰지도 않았다. 여름이 다 되어가도 호박 달린 암꽃은 피지 않고 수꽃만 여기저기 잔뜩 피었다. 밭에 심으면 그냥 크는 줄 알고 채소밭 한쪽 끝에 고구마 모종도 조금 얻어서 심었다.

꿩들의 습격에 망까지 덮어씌워서 극적으로 살려낸 콩 모종 몇 개 사이로 상추 쑥갓 사이로 어느덧 호박 넝쿨은 자라서 기어 다녔다. 호박도 열리지 않고 줄기도 시원치 않아서 저러다 말겠지 생각하며 대수롭잖게 지나쳤다.

며칠 전, 새벽에 귤 밭을 둘러보았다. 그러다, 발이 굳어 버렸다. 호박 넝쿨이 채소밭을 지나 귤 밭까지 점령해버렸다. 귤 가지 사이를 헤집고 뱀 대가리처럼 고개를 치켜든 호박순 몇 개가 무서웠다. 빳빳이 치켜든 고개는 타의 침범을 조금도 허락하지 않을 듯 기세 등등했다. 소름이 돋을 정도로 무서웠다. 뱀을 원래 싫어하지만 뱀 때문만은 아닌 것 같다. 살기 위한 투쟁에 정말 살기마저 감돌았다. 여린 듯한 넝쿨손이 귤 잎과 가지를 얼마나 칭칭 동여맸던지 손으로 뜯어도 뜯기지 않아서 낫으로 넝쿨손을 끊었다. 그리고 긴 호박 줄기를 채소밭 속으로 던져 주었다.

"그래 살아봐라. 지금부터 너희들 마음대로 살아봐라. 어떻게 살든 너희들 몫이다. 내가 너희에게 자유를 준 것이니 어디 한번 마음껏 살아봐라!"

저지오름 성의 성주는 뒷짐 지고 느긋하게 호령한다. 우유부단한 성주는 모든 죄를 여린 백성에게 떠넘기며 반성의 기미도 없다.

그리고 며칠 전 장마가 끝나고 채소밭을 둘러봤다. 정말 울어야 할지 웃어야 할지 어안이 벙벙했다. 고구마순, 상추, 깻잎, 호박순, 콩, 고추, 가지 등 한데 어우러져 밭에 발도 들여놓지 못하겠다.

여기저기 호박꽃은 만발하고 군데군데 아기 엉덩이만 한 호박들은 뒹굴고 주렁주렁 열린 고추와 가지들 사이로 여전히 호박순은 고개를 치켜

들고 두리번거린다. 고구마순은 줄기 마디마다 뿌리가 내려서 아예 온 밭을 덮어버렸다. 풀 따위는 발붙일 여지도 없다. 아뿔싸, 내전이다. 치열한 전투가 벌어졌다.

내가 뭔가 많이 잘못한 것 같은데 어디에다 손을 대야 할지 모르겠다. 참전해야 하나? 어느 쪽 손을 들어줘야 하나? 그냥 같이 어우러져 살면 안 될까? 자유롭게 회전 교차로를 지나듯이 서로 양보하며 그렇게 살면 안 될까? 땅속엔 고구마 열리고 땅 위엔 가지 고추 열리고 조금 후미진 곳에 호박 누렇게 익어가면 참 편할 텐데.

어차피 전쟁은 벌어졌고 수습할 책임은 오로지 나의 몫이니 싹수가 노란 놈부터 추려낸다. 적자생존이니 기세 등등한 놈은 도와줘서 세를 키워야 하지 않을까? 경제적 손익을 따져서 구분해야 하나?

성주는 중용을 지켜 백성을 편하게 섬겨야 하는 것만 알고 질서 지켜 살아가는 법을 가르치지 못했으니 엄연한 직무 태만이다. 헝클어진 실타래처럼 손을 댈 수가 없다. 올해도 누런 늙은 호박의 풍미를 외면할 수도 없고 군고구마의 유혹도 뿌리칠 수 없지 않은가. 풋고추 가지도 여름만의 별미인데.

큰소리 땅땅 치며 호령했는데, 중무장하고 임전 태세를 갖추었는데, 일보 전진은커녕 작전도 짜지 못하겠다. 이래서 나는 훌륭한 성주가 되지 못하는가 보다. 저지 오름 밑의 성주는 오늘도 고민에 빠진다. 오름 밑에서 깊은 고민에 빠진다. 만백성의 기고만장한 요구를 다 들어줘야 하는 나라님의 고민에 비할까마는 성주는 괴롭다. 성주는 인품만 바르다고 사랑만 베푼다고 참주인은 아니다.

밭의 정세를 바르게 판단하고 식물의 특성에 따라 키워 줄 놈, 뽑아 버릴 놈, 넝쿨 따라 오르도록 지지대를 세워줘야 할 놈, 햇볕 많이 드는 곳에 심어야 할 놈, 여름 상추처럼 반그늘을 만들어 주어야 할 놈 등 각양각색의 식물들을 관리할 줄 알아야 한다. 때맞추어 비료도 줘야 하고 물 관리도 해야 한다. 시장경제도 생각하여 출하 시기도 맞추어야 하고 과잉공급을 피하여 가격 폭락도 막는 등 대세의 흐름도 읽어야 한다.

저지 오름 밑의 성주는 밭이 넓지 않음을 다행으로 여기며 오늘도 뒷짐 지고 여유 부리며 걷는다. 직무 태만이든 직권 남용이든 나는 모르쇠다. 이런 성주를 폭군이라 했던가.

생손앓이

귤이 노랗게 익어간다. 온 하늘을 뒤덮어서 붉은 노을만큼이나 화려하다.

지난여름 태풍은 몸서리쳐지게 무서웠지만 지나가면 산통처럼 언제 그랬냐는 듯이 기억이 무디어진다. 가지가 부러지고 잎사귀가 다 떨어지는 극심한 고통 속에서도 잘 익어가는 귀한 놈들을 보며 태풍도 지나가는 바람일 뿐이라고 위로한다.

때맞추어서 해야 할 일을 묵묵히 해 나가며 핑계 삼지 않는 저들에게 삶의 태도를 배운다. 봄에 귤 꽃이 흐드러지게 만개하면 숨을 쉴 수 없을 만큼 그 향기는 강하다. 취한 듯 몽롱한 상태에서 귤 밭을 헤매고 다니다가 내면 깊숙이 서 꿈틀대는 또 다른 나를 발견하고 설렌다. 삶을 정리하는 이 나이에 다시 뭔가 할 수 있다는 새로운 희망이 새록새록 피어나면 세포 하나하나 살아 움직임을 느낀다.

해마다 고목에 새순이 돋고 때맞추어 꽃이 피고 열매 맺는 순환은 싱그러움을 넘어서 엄숙해진다. 해마다 되풀이되는 과정이지만 한 번도 식상하거나 지루하지 않다. 매번 되풀이될 때마다 신비롭게 터져 나오는 탄성을 주체할 수가 없다. 새순이 돋고 노르스름한 꽃망울이 짙은 녹색 잎 사이사이 번져가면 꽃도 피기 전에 향기가 이슬에 녹아내린다.

남의 속사정도 모르면서 담 너머로 귤 밭을 들여다보고 함부로 얘기하지 말라고 귤들이 절규하면 할 말은 없다. 산 위에서 내려다보면 인간 세상도 아지랑이가 피어오르면서 평화롭기만 하다.

될성싶지 않은 꽃은 후드득 저절로 다 떨어지고 녹두 알 만한 귤들이 빛 바랜 꽃잎 사이로 얼굴을 빠끔히 내밀면 앙증맞고 귀여워서 눈을 뗄 수가 없다.

6, 7월 햇빛에 살이 오르고 너무 다닥다닥 붙은 열매는 자연 낙과하여 개체 수를 스스로 조절한다. 노랗게 변하여 떨어지는 낙과를 보면 참 신기하다. 한여름 땡볕에 영글어 가는 풋귤은 녹색이 진하여 검푸르기까지 하다. 탱탱 소리가 날 만큼 단단하지만 익어 갈수록 부드러운 탄력이 느껴진다.

추석 전후 한두번쯤 불어닥치는 태풍만 견뎌주면 그해 농사는 한숨을 돌린다. 귤나무가지가 부러질지 언정 귤이 바람 불어 떨어지는 일은 거의 없다. 풍경소리를 내며 달그랑거려도 꼭지 떨어지는 일은 없다.

아침엔 둥이(검둥이 개)와 귤나무 사이를 헤집고 다니며 논다. 개들은 신맛을 싫어한다는데 우리집 둥이는 귤도 잘 먹는다. 탐스러운 귤들을 어루만지며 다니다가 하나 따서 먹으려고 손을 뻗는다. 어느 것 하나 선뜻 따서 입에 가져가지 못한다. 너무 예뻐서 이놈 저놈 만지기만 한다.

그게 참 이상하다. 가위 사용하지 않고 귤을 따면 꼭지는 붙어 있고 귤 껍질이 꼭지 따라 뜯겨 나가면서 떨어진다. 온전한 귤이 아닌, 껍질이 꼭지 따라 뜯겨 나간 귤을 보면 귤 까서 먹기가 괜히 미안해진다. 가위로 잘라서 상처 없이 온전한 모습을 유지해주는 게 최소한의 예의라고 생각되니 그게 귤 밭 주인의 마음인가보다.

해가 야자나무 꼭대기를 지나면 슬슬 귤을 따기 시작한다. 아침 이슬 말리고 햇빛에 한 번 더 구워서 딴다. 이맘 때쯤이면 천지에 널린 게 귤인데도 파치(너무 크거나 작거나 생채기가 나서 상품가치가 없는 귤)를 추려내지 못하겠다. 작은놈은 작아서 예쁘고 큰 놈은 큰 대로 듬직하다. 다 예쁘게 보여서 자를 갖다 놓고 명분을 줘가며 파치를 골라낸다.

생채기가 많은 귤은 유난히 맛있다. 바람에 스치고 가지에 부딪히며 껍질에 상처가 생기면 나무는 그놈에게 집중적으로 영양을 공급하나 보다. 아픈 손가락에 마음이 쓰이듯이 온 힘을 다하여 상처 난 그놈을 어루만진다. 어쩜 우리네 삶과 이렇게 똑같을까? 어미 사랑은 동서고금 동식물의 모든 사랑을 초월하나 보다. 지난 세월 돌아보면 외롭고 힘들 때가 참 많았다.

"힘들어 못 살겠소."

유치하게 눈물 보이며 푸념도 많이 했다. 어머니란 존재는 뭐든 다 해결할 수 있다고 생각하고 서운하였나 보다. 말없이 돌아앉은 어머니의 등이 아득히 멀어 보여서 더 서러웠다. 여리디여린 내가 이렇게 강하고 담대하게 살고 있음을 어머니께 감사드린다. 나의 어머니의 강한 기운이 나를 일으켜 세웠음을 어머니가 돌아가신 지 한참 뒤에 깨달았으니 너무 더디게 철이 들어간다. 아직도 눈에 보이는 것만 보이니 철이 들면 보이지 않던 것도 보이려나?

어머니는 생채기가 난 귤을 보듬듯이 그렇게 보듬으셨는데 생채기가 난 귤은 제 살 여물기에 바빠서 부러진 나무 둥치의 고통은 염두에도 없었다. 어리광은 어린아이만의 특권인데 어머니 앞에서는 언제까지나 어린 아이인가 보다.

꽃길만 걸으면 심심하잖아요

아직도 그대는 내 사랑

한밤중에 일어났다. 시계 불빛에 의지하여 찾아가던 화장실 길이 너무 환하여 홀린 듯 창문을 열었다. 밀려 들어오는 밤공기의 시원함 사이로 서늘한 기운이 스며들었다. 어디선가 늑대의 울음소리가 들릴 듯한 묘한 분위기에 목덜미가 서늘하셨다.

구름에 달 가듯이 흘러가는 달이 아니라 만지면 바스러져서 흘러내릴 듯한 커다란 얼음 조각 같은 그런 달이었다. 푸른 달빛이 밤을 잠재우며 막 깎은 잔디 위로 스멀스멀 기어들면 지난여름 태풍에 부러진 야자수의 남은 기둥은 하늘 꼭대기에서 음산하게 서성인다.

마당을 덮고 있는 등나무의 넝쿨순이 바람을 잡으려는 듯 산발하고 활개 짓을 한다. 돌담은 기어 다니듯 엎드린 채 달빛을 들이마시더니 검은 빛으로 물들어 서서히 움직인다. 검은 용이 슬금슬금 마당 한구석을 돌아 들어오며 꿈틀거린다.

푸른 달빛 아래 펼쳐지는 정령들의 축제에 신비롭고 두려워서 끼어들지도 못하고 숨어서 지켜본다. 서늘한 바람은 목덜미를 타고 내리는데 달빛은 흔들리지도 않고 스며든다. 달빛이 베푸는 푸른 밤의 축제인가?

정령들의 축제에 초대받은 달빛인가? 숨어서 축제를 즐긴다.

바람에 실려 온 귤꽃 향이 폐부 깊숙이 빨려 들어온다. 푸른 달빛을 타고 들어와 코끝을 간지럽히며 설레게 한다. 향이 너무 강하여서 귤꽃을 별로 좋아하지 않았는데 흐드러지게 피어 짙은 향을 뿜어대니 당해낼 재간 없어 하였더니 어느새 친해졌나 보다.

하얀 꽃들이 활짝 피고 진한 향을 한바탕 뿜고 나면 시들어가는 갈색 꽃잎 사이로 녹두 알 같은 작은 열매가 고개를 내민다. 너무 많이 열린 것 같다고 걱정할 사이도 없이 나무는 알아서 개체 수를 줄인다. 태풍이 불어도 떨어지지 않는 귤들이 노랗게 변하여 자연 낙과하면 신기함을 넘어서 신비롭기까지 하다.

귤 꽃이 만발하여 하얗게 덮이면 진한 향기가 돌담 너머 하늘 가득히 퍼진다. 뿜어져 흩어지는 귤꽃 향기에 정신마저 혼미해져 귤밭을 헤맨다. 몽환적인 분위기는 새벽도 해거름도 가리지 않고 나를 불러내어 설레게 하니 사랑에 푹 빠진 게 분명하다.

향기는 있는 듯 없는 듯하여 한 번 더 돌아보게 하는 게 매력인데 사람을 홀려서 정신마저 놓게 하니 다다익선이 좋은 것 만도 아닌 것 같다.

귤꽃이 피는 시기에는 흐드러지게 핀 하얀 귤 밭을 몽롱하게 돌아다녔는데 올해는 해거리 하는지 반의반도 피지 않았다. 듬성듬성 피어 있는 귤 꽃이 보기 싫어서 밭에 잘 나가지도 않았다. 잎도 보이지 않을 정도로 하얗게 뒤덮어서 숨도 쉴 수 없이 뿜어대는 향기에 취하여 헤매었는데 텅 빈 낯선 모습에 실망하였나 보다.

그대는 오늘 밤 이렇게 나를 찾아왔다. 푸른 달빛을 타고 찾아왔다. 가습 깊이 들이마시고 또 한 번 들이마시고….나는 은은한 향기에 취하여 발걸음을 옮길 수가 없다. 있는 듯 없는 듯하여 흩어진 향기를 찾아서 코를 벌름거린다.

내가 찾지 않으니 한밤중에 나를 찾아온 그대에게 나는 어찌 이리 할 말이 하나도 없을까. 지난 10년간 한 번도 홀대 받은 적이 없는 그대는 아무런 변화도 없는 듯 나의 홀대를 염두에 두지도 않는다. 푸른 달빛에 실려 온 그대에게 나는 뻘쭘하게 서서 코만 벌름거린다. 하늘 가득 흩뿌리던 그대의 향기에 나 잠시 오만하여 그대의 소중함을 잊었나 보오. 나 내일이면 그대를 찾아가리라.

하늘을 뒤덮지 않아도, 향기에 취하여 몽롱하지 않아도 괜찮다. 하얀 꽃잎이 노란 꽃술을 품고 밤새 내린 이슬에 영롱하게 반짝임을 이미 보았으니 잠시 등한시했다고 잊을 리가 있을까. 초록 잎 사이로 이슬 머금은 하얀 꽃잎은 변함없이 여전하게 향기로 피어오르는데 내 어이 이렇게 둔해졌을까?

짙은 향기든 은은한 향기든 그대는 내 사랑이니 나 그대의 입술에 입 맞추리라.

꽃길만 걸으면 심심하잖아요

입도 뻥긋 못 하겠다

태풍 무이파가 지나갔다. 비켜 지나간다더니 관통했나 보다. 밤새 지붕이 들썩이며 날아갈 것처럼 후드득거렸고 야자수는 집을 덮칠 듯이 흔들려서 오금이 저렸다. 뭔가 삐걱거리며 부딪치고, 우당탕탕 부서지는 소리에 집이 내려 앉을 것 같다. 빨리 지나가기만 바라고 또 바라며 잠을 청했다.

차라리 눈에 보였으면 저래서 저 소리가 났다는 생각이라도 들지만 깜깜한 밤중이라 부서지는 듯한 요란한 소리는 더 두려웠다. 밤새 한숨도 못 잤다고 생각했는데 잠이 깼으니 자긴 잔 모양이다. 날밤을 새울 것 같았는데 그 요란한 소리에도 잠이 들다니 참 신기했다. 생각이 무디어져야 몸이 살아남는다고 스스로 방법을 찾았나 보다.

쥐 죽은 듯이 조용함에 오히려 잠이 깼다. 간밤의 무섭던 바람 소리가 들리지 않음에 번쩍 정신이 든다. 갑자기 새벽의 적막을 깨뜨리며 새들이 짹짹거리더니 여기저기서 짹짹짹짹 떼창을 한다. 지난밤의 안부를 서로 묻는지 동네 새들이 다 모인 듯하다. 소리가 더 카랑카랑해지더니 새벽을 완전히 점령해 버렸다. 깜박 노루잠에 지나간 건가. 지나고 조용해져서 잠이 든 건가.

귤나무가 많이 상했다. 6~7그루 찢어지고 뜯기어 나가서 뒤엉켜 있다. 떨어져 나간 큰 가지에 탐스럽게 달린 열매들이 나를 슬프게 한다. 짙은 녹색이던 열매들이 군데군데 노르스름하게 물들기 시작하고, 두어 달만 지나면 금빛 자태를 마음껏 뽐낼 귤들이 가지째 나뒹굴고 있다. 떨어진 이파리는 손으로 구겨 놓은 듯이 찢겨서 어지럽게 쌓여 있다.

나무마다 저 나름대로 특색이 있다. 야자수는 댕가당 부러지는데 귤나무는 갈라져도 부러지진 않는다. 대나무는 부러질지언정 굽혀지지 않는다는데 그건 옛날 말이고 부러지지도 뿌리째 뽑히지도 않는다. 큰 팽나무는 대부분 뿌리째 넘어지고 외래종인 체리는 작은 바람에도 뿌리째 뽑힌다.

옆집은 비닐하우스가 망가져서 귤나무를 깔아뭉갰다 한다. 어떻게 손을 쓸 수도 없고 보고만 있다고 하니 나는 입도 뻥긋 못하겠다. 수십 년을 위풍당당하게 버텨 오던 앞집 할머니 댁 당나무가 우리집 귤나무를 덮쳐버렸다. 서너 그루가 깔려서 어떻게 해야 할지 생각할 엄두도 나지 않는다. 넘어진 너도 불쌍하고 깔린 우리 귤나무도 불쌍해서 어쩐다니. 혼자 사시는 앞집 눈먼 할머니 생각에 입도 뻥긋 못하겠다. 당나무가 넘어갔는지 귤나무가 부러졌는지 아무것도 모르고 계실 텐데……. 바람 소리에 놀라서 아직도 웅크리고 계시지는 않는지. 어쩌면 눈먼 채 수십 년을 버텨 오신 할머니의 지혜가 지난밤을 잘 지켜 주셨을지도 모른다. 사람은 한쪽의 기능이 부실해지면 다른 쪽에서 그 기능을 도울 뭔가가 꼭 나타남을 많이 봤다. 절실하게 간절해지면 몸은 총동원하여 방법을 찾아

나선다.

뒷집 방풍림 삼나무가 뿌리째 뽑혀서 우리 귤나무를 짓누르고 있다. 방풍림에 빨리 일어나서 비키라고 할 수도 없고 주인한테 교육 잘못했다고 항의할 수도 없다. 천재지변이니 어쩌나? 넘어지고 자빠지면 그대로 죽어버리는 그들의 생인데, 그래도 우리는 살아있으니까…. 입도 뻥긋 못하겠다.

우리 올레길에 옆집 돌담이 무너졌다. 자동차를 덮치지 않은 것에 감사할 뿐이다. 지난 태풍 때 넘어진 돌담을 너무 얼기설기 대충 쌓았나 보다. 잘 쌓은 돌담은 웬만한 바람에 끄떡도 하지 않는데 너무 서툴렀나 보다. 바람이 불어서 넘어진 것이니 어찌하겠나. 누구를 탓할 일도 아닌 것 같다. 입도 뻥긋 못하겠다.

전쟁터 같은 마당에서 설거지한다. 서툴지만 돌담은 두드려가며 쌓았다. 체리 나무는 이제 겨우 땅에 뿌리내려 1년된 놈인데 살기는 살려나? 마당을 뒹구는 나뭇잎들을 빗자루로 쓸어 모은다. 그냥 바람 불어 떨어진 나뭇잎이 아니라 쥐어뜯어 놓은 듯이 부서진 나뭇잎이 온 마당에 널브러져 있는데 짙은 풀냄새가 진동한다.

정낭(제주 옛날 대문) 옆에 우뚝 서 있던 큰 팽나무가 부러졌다. 대부분이 뿌리째 뽑히는데 두 그루가 연리지처럼 붙어 있어서 그런지 하나가 부러졌다. 가로질러 누워 있는데 저걸 어쩌나? 넘어진 큰 나무는 톱질해서 장작 만들고 기울어진 귤 나무는 빨리 일으켜 세워야겠다.

어디서 날아온지 모르지만, 샌드위치 패널 큰 조각이 귤 나무 옆에 처박혀 있다. 누구네 집 창고 지붕 같은데 저건 어쩌나? 폐기 처분도 힘들고 전리품 치고는 아무짝에도 쓸모가 없다.

지금쯤이면 육지에 상륙했을 텐데 큰 피해가 없었으면 하고 빌어 본다. 올레길에 떨어진 나뭇잎들을 대충 쓸고 하늘을 올려다봤다. 우중충한 게 비라도 내릴 기세다. 아직 화가 풀리지 않았는지 바람이 또 한차례 거세게 휘몰아쳐 지나간다. 귤나무가 후드득 흔들리며 귤들이 서로 부딪힌다. 입 꼭 다물고 그냥 입 꼭 다물고 떨어진 나뭇가지를 긁어모은다. 불평하면 꿀밤 한 대 쥐어 박힐 것 같아서 나는 입도 뻥긋 못하겠다.

그래 참 다행이다. 그래도 이만하면 참 다행이다.

꽃길만 걸으면 심심하잖아요

울어멍의 사랑

한밤중에 도리깨로 보리타작하듯이 소나기가 지붕을 두드렸다. 4일째 꼭 밤에만 폭우가 쏟아진다. 괜히 마음이 심란하여 창문 닫고 비설거지한다. 시골 살림이라 비 맞아도 툭툭 털어 엎어 두면 아무 일도 없지만, 괜히 마음이 바빠진다.

굵은 빗줄기는 천둥처럼 우드드드 지붕을 두드리고 우리 둥이(검둥이 개)는 제집에서 주둥이만 내밀고 엎드렸다. 눈 꼭 감고 엎드려 있으니 배짱 편해 보이지만 체념한 듯, 어쩌면 즐기는 듯, 묘한 평화가 맴돈다. 창밖 어스름한 불빛에 맴도는 평화는 참선으로 무아의 경지에 오른 둥이의 모습인가 싶을 정도로 숙연하다.

잠은 오지 않고 반들반들 빛나는 항아리들만 닦고 또 닦으며 들여다본다. 거실 옆 빈 곳에 지붕을 덮고 창고 겸 효소 실을 만들었더니 드나들기 참 편하다. 밤이고 낮이고 들락거리며 정을 쏟는다. 하얀 베 보자기를 쓰고 인고의 시간을 견디는 몇 개의 항아리 옆에서 귀를 기울인다. 숙성의 고통을 쓰려려 하지 않고 파 파 푸 한숨으로 뿜어낸다. 깊은 숨을 들이마시며 우주의 정기를 불러오더니 뽀글뽀글 소리도 영롱하게 뿜어낸다. 여러 개의 항아리가 합창하듯이 뽀글뽀글 파피푸를 외치니 한밤중의 음악회다. 달콤하고 오묘한 향기마저 뿜어대니 환상의 음악회다. 밤은 깊어 가는데 터져 나오는 항아리속의 사연에 귀 기울이다 잠을 청한다.

지난 여름, 밭에 쇠비름이 너무 많이 나서 뽑아버렸다. 뿌리를 위로하여 버려도 산다. 삶아서 초고추장 넣어 무쳐 먹고, 질리니까 씻어서 볕에 말렸다. 몸에 좋다 하니 가루로 만들면 잘 활용할 수 있을 거라는 막연한 생각에 땡볕에 말렸다.

한여름의 땡볕에 일주일을 말려도 대가리 바짝 치켜들고 해를 향해 꼿꼿이 선다. 밤이슬에 살아나고, 아침이면 지난 고통 훌훌 털고 다시 일어선다. 지독한 놈들! 저 강한 생명력! 버리기엔 정말 아깝다. 탐나는 저 강인함을 취하고 싶다. 다시 뜯어 깨끗이 씻어서 설탕과 버무려 효소를 담갔다. 며칠 후 거품이 일면서 발효가 시작되더니 달콤한 향기가 난다. 먹어보니 맛도 괜찮다.

어떤 식물이든 그 자체의 영양소보다 그들의 효소가 당분을 먹고 자라서 새로운 물질로 비약한다는 게 마음을 끌었다. 어차피 포도당이지만 살아서 발효한다는 게 뽀글뽀글 살아있다는 게 신통했다. 발효액에 관해서 워낙 말들이 많아서 믿음은 덜 가지만, 약효가 있건 없건 그게 큰 문제는 아니다. 뽀글뽀글 발효하여 오묘한 향을 풍기면, 효소가 살아 있다는 확신이 들어서 정이 간다.

오일장에 가서 투박하지만 은은하게 윤이 나는 항아리를 골라서 샀다. 항아리를 반들반들 윤이 나게 닦아서 엎어 두고, 오름과 들판을 새까맣게 타서 돌아다녔다.

쇠비름, 아기비단풀, 뽕잎, 양하, 꾸지뽕나뭇잎, 차조기, 깻잎, 늙은 호박, 질경이, 씀바귀, 여뀌, 방풍 등 독성이 없다는 건 다 뜯어서 모았다. 독성이 있다 해도 많은 종류를 함께 담으면 독성이 없어진다고 하니 여러 종류를 다 모았다.

인터넷 뒤져보고 책도 사보고 여러 사람 말도 참고하며 많이 공부했다. 결론은 45%~47% 당도가 되게 채소, 과일을 설탕으로 버무려서 바람 잘 통하는 음지에서 3개월 정도 숙성하면 발효가 완성된다. 물기가 적은 야초류는 적정 당도의 시럽을 만들어 잠길 정도로 부어주면 된다.

사람마다 다 다른 자기만의 방식이 나를 혼란스럽게 하지만, 적정한 농도의 당분이 온도에 의해서 변화되면 효소가 되고, 그게 좀 더 숙성되면 술로 변하고 더 숙성되면 식초가 되는 게 원리다. 항아리마다 산야초 이름과 날짜를 적어서 명찰을 붙인다. 한 방 가득 항아리 줄 세우고 반들반들 닦아준다.

밀봉하고 숙성 중인 놈, 베 보자기 덮어쓰고 초산이 되기를 기다리는 놈, 초막 터뜨려주며 조심스레 달래 줘야 하는 놈, 아랫부분 설탕까지 잘 녹여주면서 정성을 쏟아야 하는 놈, 참 다양하다. 매일 항아리 뚜껑 열고 향기 맡고 저어주며 정성을 들인다. 저들이 다 숙성되고 합방될 때 어떤 오묘한 향이 만들어질까?

파트리크 쥐스킨트의 향수가 생각난다. 효소 향기를 한 모금 머금고 그루누이처럼 흔적도 없이 사라져버리는 건 아닐까? 세포 하나하나 분해되어 사라질 것 같은 두려움이 새로운 기쁨으로 다가온다. 몰려드는 저 군중을 피해서 도망가야 할지도 모르겠다.

오늘도 촌부는 망상에 젖어 효소와의 사랑에 빠져 있다. 항아리에 귀를 대고 있으면 숨소리가 들린다. 끓어오를 때 뽀글뽀글 공기방울 터지는 소리는 신비로운 정령의 소리다. 살아 숨 쉬는 무수한 정령들의 한숨 소리이며, 환호 소리다. 파파 푸 피 파 파팍 파 푸….

저지 오름에서 생긴 일

늙어 간다는 건, 썩 기분 좋은 일은 아니지만 그리 나쁜 일도 아닌 것 같다. 예측하기 어렵지만 얼마 남지 않은 삶이란 걸 아니까 스스로 조금 더 너그러워진다. 너그러워짐이 자신을 속박에서 풀어준다는 걸 어렴풋이 깨닫는 나이니, 삶이 여유로워진다.

아직은 예의가 살아 있는 우리나라이니 적당하게 늙은이 대접도 받고, 신체적 약함에 양보도 받는다. 용돈 궁함을 어찌 알았는지 나라에서 일하러 오라고 한다. 시니어 일자리 창출이라고 하니 낯선 단어 같아서 어색한 감도 없지 않지만, 산에서 부부가 함께 할 수 있는 일이라 마다할 이유는 언감생심 꿈에도 없다.

우리 부부는 오름 매니저가 되었다. 공식 명칭은 오름 매니저지만 그냥 산지기다. 쓰레기 줍고 길 안내하고 오름에 오를 때 누군가 지키고 있는 느낌이 들어서 편안한 마음으로 산에 오를 수 있게 도와주는 일이다.

제주에서는 화산으로 형성된 작은 산, 언덕 등을 오름이라고 부른다. 정상에 분화구가 있는 곳이 많고 노루가 뛰어다니기도 한다. 해안에서 한라산까지 360여 개의 오름이 분포되어 있는데 민둥산이 많고, 사람들이 나무를 심어서 제법 숲이 우거진 곳도 많다. 오름 해설과 숲 해설도 해야 하는데 지금은 공부 중이다.

우리 집은 오름 자락과 집 마당이 거의 붙어 있어서 평소에도 오름에 자주 간다. 산 중허리 둘레길과 분화구 둘레길의 오솔길은 삼나무와 소나무가 우거져 거의 하루 종일 그늘이 진다. 한여름 가뭄 때를 제외하고 항상 촉촉하게 습기를 머금고 있어서 항상 낙엽 썩는 냄새가 난다. 그것마저 싱그럽게 느껴지니 오름 마니아가 된 듯하다.

정상에 오르면 한라산을 마주보고 삼면이 바다로 둘러싸여 있어서 맑은 날이면 추자도와 비양도 등 작은 섬들도 한눈에 들어온다. 올라오길 잘 했다고 탐방객들은 감탄을 자아내기도 하고 전망대 난간을 잡고 먼바다를 응시하며 생각에 잠기기도 한다.

블루베리의 원종이라고 하는 삼동도 따먹고 산뽕, 까마귀쪽, 천선과 등 철 따라 맛보는 산 열매 맛도 제법 괜찮다. 쓰레기도 줍고 낯선 이에게 길도 가르쳐 주고 제주의 풍습을 이야기도 해주며 산길을 걷는다. 평소 하던 대로의 일이었지만, 급여를 받는 일이니 소홀히 할 수도 없는 일이라 운동 삼아 하던 일과는 마음가짐부터 다르다.

며칠 전부터 함께 일하는 김 선생과 입씨름이 벌어졌다. 닥나무 저(楮), 마르 지(旨), 저지오름에 닥나무가 보이지 않는다는 김 선생의 볼멘소리에 지천에 깔린 게 닥나무인데 무슨 말씀하시느냐고 큰소리 빵빵 쳤다. 내가 가리킨 걸 그는 예덕나무라고 주장한다. 마침 현장 교육 차 들른 현 선생님이 그건 예덕나무이고, 제주 사람들은 닥나무라고도 한다고 일러주셨다. 제주 사람에게 들은 이야기니 내가 완전히 틀린 것도 아니지만, 뭘 믿고 그렇게 큰소리쳤는지 모르겠다. '카더라.' 하면 믿어버리는 이 우매함에 나이도 어쩔 수 없이 비껴갔나 보다.

눈을 들어 앞을 보니 산비탈에 닥나무라고 쓰인 하얀 리본을 단 진짜 닥나무가 나를 쳐다본다. 예덕도 나를 물끄러미 내려다본다. 닥을 닥이라 불러도 예덕을 닥이라 불러도 그들은 말이 없다.

예덕인들 어떠리 닥인들 어떠리 나는 나이고 너는 너일 뿐인데…. 변하지 않는 본질임을 우리는 아는데 너희끼리 웬 난리야? 이름이 무엇인들 나는 나일 뿐인데….

오늘도 나는 한 수 배웠다. 묵직한 자존감을! 세우고 싶어서 파르르 떨며 고개 쳐드는 날 선 자존심을 경계해야 한다.

"그럼 선생님. 저지와 닥나무와 종이와 선비는 저지의 유래와 어떻게 엮여 있어요?"

"쉬잇, 천기 누설하면 노염 사요."

태고 때부터 불어오던 바람은 신화를 낳았고 우리의 조상님 들은 곱게 키워왔다. 가설이라는 걸 알면서 믿었고 전설이라는 것으로 아름답게 치장한다. 그리고, 자부심과 긍지를 가지고 우리 신화와 뜨겁게 포옹한다. 바람과 돌과 빨간 송이와 구릿빛 우리네가 뜨겁게 어울려 또 다른 신화를 창조한다. 신화는 우리의 정신이요 자부심이다.

닥나무가 많아서 선비가 모였다고도 하고, 선비가 많아서 닥을 심었다고도 하고, 가난하여서 닥을 심고 종이 만들어 팔았다고도 한다. 아무튼 저지의 옛 명칭은 닥몰이고, 제주어로 마을을 몰이라고 하니 닥나무 많은 마을이라는 뜻일 거다.

닥나무 열매는 경계해야 한다. 붉고 탐스러운 열매를 산뽕이라 착각하고 따 먹으면 목에 솜털 같은 가시가 박혀서 고생한다. 온 입에 가시가 퍼져서 정신 번쩍 들게 만든다. 이름은 마음대로 부르든지 말든지 열매는 손대지 말라고 으름장을 놓는 듯하여 엉겁결에 그렇게 하겠다고 다짐했다.

자존감과 자존심을 함께 지닌 멋진 놈이다. 이름을 뭐라고 부르든지 열매 따 먹고 캑캑거리든지 뭐라고 평해도 말이 없다. 그냥 지켜만 본다. 제풀에 지쳐 쓰러지든지 말든지 지켜만 본다.

잡초의 항변

제주는 화산으로 생성된 오름의 보고다. 큰 화산이 분출하면서 생성된 여러 개의 오름과 작은 화산으로 생성된 오름이 해안에서 한라산까지 약 360여 개 분포되어 있다. 폭발해서 분출된 용암이 사방으로 흩어져서 형성된 오름이니 그 규모는 대단하다. 폭발로 생긴 분화구가 있는 오름과 화산재가 쌓인 민둥산 오름으로 구분된다.

오름 중허리 둘레길을 오르락내리락 한두 바퀴 도는 정도의 산책을 거의 매일 한다. 정상까지 왕복은 한 시간, 둘레길은 40분이면 족하니 나에겐 딱 맞는 운동 거리다.

쓰레기도 줍고 이름 모를 들꽃도 들여다보고 약초도 눈여겨봐 둔다. 오가며 등산로에서 만나는 사람들과 '안녕하세요'도 나누고 철마다 끊임없이 열리는 갖가지 열매들도 따먹는다. 산뽕, 까마귀쪽, 삼동은 철마다 기다려지는 먹거리다. 작고 보잘것없는 들꽃 앞에 쭈그리고 앉아서 소녀처럼 좋아하던 어떤 아주머니의 밝은 미소가 너무 예뻐서 같이 소녀가 되어 주기도 했다.

며칠 전 딸의 친구가 전화했다. 남편이 항암 치료 중인데 엉겅퀴 효소를 구해 달라고 한다. '지금 담가서 언제…' 하면서도 마음은 오름을 훑고 다녔다. 오늘은 단단히 무장하였다. 큰 자루와 호미를 준비하고 남편과 손잡고 산을 오른다. 눈여겨봐 두었던 엉겅퀴의 군락지를 오늘 찾아 나서기로 했다. 진분홍 꽃이 섬뜩할 만큼 화려하고 잎사귀 색깔도 너무 짙어서 조화 같은 꽃이다. 잎맥 끝부분마다 가시가 돋아서 손댈 곳이 한 부분도 없고 벌레도 먹지 않는다. 오다가다 들은 말이 있어서 그게 좋은 약초라고 생각은 하였지만 캐려는 생각은 아예 하지도 않았다. 진분홍의 섬찟한 화려함과 가시투성이 잎이 거슬려서 사실은 돌아서 지나치던 꽃인데 오늘은 찾아서 돌아다닌다.

공동묘지 옆을 돌아서 풀숲을 헤치고 다닌다. 그렇게 좋아하던 달래와 고사리도 젖혀 두고 잎사귀 검푸르고 강한 진분홍 빛 꽃만 찾아서 호미질한다. 우리집 밭에 있는 엉겅퀴는 뽑아버렸는데 산속을 헤매며 엉겅퀴를 찾아다닌다.

잡초는 잡초여서 잡초가 아니고 필요한 곳에 있지 않으면 잡초가 된다. 상추 밭에 돋아나는 미나리는 잡초인데 들깨 밭에서는 상추가 잡초다. 애지중지 옮겨 심던 초석잠도 고추 밭에서는 잡초일 뿐이다. 잡초라고 말해서 잡초가 되는 것이니 적재적소에 자리함이 큰 지혜요, 복이라는 생각이 든다. 있을 자리에 있어야 함이 그리 쉬운 일인가? 어디가 제자리인지 아는 것도 힘들지만 알았다 한들 평생을 공들여도 차지하기 힘든 게 제자리다. 개똥도 약에 쓰려면 없다는데 내 자리 찾기가 그리 쉽지 않음은 당연지사다.

뿌리가 좋다기에 호미로 깊이깊이 파서 굵은 뿌리 잔뿌리 다 뽑았다.

뿌리의 흙을 툴툴 털어버리고 줄기, 꽃 다 자루에 담았다. 한 자루 가득 꾹꾹 눌러 짊어진 남편은 등을 찔러대는 엉겅퀴의 습격에도 그냥 웃기만 한다. 그 남자의 얇은 어깨가 오늘따라 유난히 가슴 아리니 함께한 세월이 두텁긴 두터웠나 보다.

오래전에 남편의 사업이 기울어서 고전할 때가 있었다. 다급한 마음에 철학관을 찾아갔다.

"오호 이를 어쩌나? 그랜저가 산속에서 길을 잃고 헤매네. 그랜저를 산속에서 어디다 쓰나."

돌아가신 시할머니가 사업하지 말라던 유언도 생각나고, 사방팔방 길이 막혀 한 발짝도 움직일 수 없는 현실에 절망도 했었다.

지금은 잘 쓰고 있다. 산속에 있어도 굴러가지 않아도 떡 버티고 있으니 얼마나 다행인가. 모양새가 썩 좋지는 않지만, 비 오면 들어가 쉬고 더운 날 그늘도 되어주고 바람도 막아준다. 살아 있음에 무한히 감사하면서 여기가 제자리인양 마음 편하다.

지금은 그 아이의 남편을 볼 수가 없다. 해마다 엉겅퀴는 화려한 자태를 뽐내는데 그 사람은 볼 수가 없다. 그 여름 뙤약볕에서 만든 효소를 한 모금도 먹어보지 못하고 떠났다. 효소가 익기도 전에 먼저 가버렸으니 남은 사람도 차마 먹지 못하여 구석에 처박아 뒀다. 사실은 보고 싶지 않아서 어디에 둔지도 모르고 몇 년을 보냈다.

오래 두면 오래 둘수록 좋다고 하니 훗날 누가 간절히 찾으면 뚜껑을 열겠다고 생각했지만 누가 간절히 찾을까.

큰 항아리에 모아둔 산야초 효소에 합방해야겠다. 많은 사연 주절주절 달고 효소는 매일매일 익어간다.

꽃길만 걸으면 심심하잖아요

3장

사람이 꽃보다
아름다운 이유

엄살도 정인 게라

2013년 6월 어느 날, "안녕히 계세… 하이구."

소년 같은 원장님도 해맑게 웃으시고 나도 웃고 남편도 함께 웃었다.

"허리 굽혀 인사 말고 좀 거만하게 살라고 하네요."

허리를 굽힐 수 없어서 너스레를 떨었다. 다리 깁스하던 날, 잘 아는 한의원에 약 지으러 들렀다가 인대 조금 늘어난 걸 너무 엄살편 것 같아서 우스갯소리 한 거다.

며칠 전, 집 뒤 오름에 올라갔다가 미끄러졌다. 잘게 부서진 송이석이 가뭄으로 바스락거리는 약간 경사진 길에서 위험하다고 느끼는 순간 쭈르르 꽈당 넘어졌다. 무릎 허리 인대가 늘어났다고 한다. 다리 깁스하고 집에 왔는데 조심성 없이 넘어진 게 미안했는지 너무 놀라서 아픈 줄도 몰랐는지 국수 삶아서 점심 잘 먹었다. 외출한 날은 웬만하면 점심 해결하고 들어오는데 병원 갔다 오면서 그럴 마음의 여유도 없었다.

그날부터 비명 소리 연발이다. 팔을 갑자기 비틀면 느껴지는 통증처럼 앉다가, 서다가, 걷다가 갑자기 질러대는 비명에 온 식구가 비상이다.

"아프면 악악 소리도 지르고 슬프면 목놓아 통곡도 하고 좀 징징대기도 하고 좀 사람 같아져라. 정나미가 뚝 떨어져, 언니 보면."

신혼 초부터 모든 게 잘 맞아떨어지지 않아서 힘들게 사는 언니의 모습이 보기 싫었던 모양이다. 뒤돌아서던 동생의 뒷모습이 생각나서 갑자기 보고 싶어진다.

"야는 아프면 구석에 콕 처박혀서 있는지 없는지도 잘 몰랐다."

푸념처럼 자주 말씀하시던 돌아가신 어머니도 보고 싶다. 이젠 나도 아프면 악 소리도 잘 내고 소리도 버럭버럭 잘 지른다고요.

남편은 TV 리모컨을 손에 쥐고 산다. 드라마 보다가 갑자기 화면이 바뀌면 다른 채널의 드라마 갈아탄 거다. 우연히 두 드라마 아버지역이 동일한 배우면 황당할 때도 있다.

"아빠는 같은 아빠인데 아들은 쟤가 아닌데. 언제 바뀌었대?"

수없이 불평하고 충고했지만 남편의 버릇은 바뀌지 않는다. 채널을 또 예고 없이 돌려버렸나 보다. 갑자기 화면이 바뀌었다. 큰 개 한 마리가 화면을 가득 채우더니 그 옆에 서양 여자가 요가인지 한쪽 다리를 목에 걸려고 애쓴다. 자꾸 시도하며 낑낑대는데 개가 자기 뒷다리를 목에 척 걸친다. 그리고는 고개를 갸우뚱하고 주인을 쳐다본다. 화하학 배꼽 잡고 웃는데 옆방의 우리 바위손이 뛰어왔다.

"엄마 웬일이에요? 아파요?"

"아니 TV에 TV에….”

"엄마 비명 소린 줄 알고 깜짝 놀랐잖아요."

덩치 큰 놈이 머쓱해하며 자기방으로 들어간다. 좀 미안해진다.

자기만 존재하는 줄 아는 우리 바위손인데 많이도 컸다. 시간이 멈춘 줄 알았는데 지나고 보니 그게 성장의 시간이었나 보다.

2주 후 병원에 갔다. 허리 아픔이 가시지 않음을 호소했더니 다시 엑스레이 찍고, 큰 병원으로 소개서를 써 준다. 큰 병원 가서 엠알아이 찍고 확인해서 다시 오라고 한다.

"아이구 허리 골절입니다. 그래도 참 다행이네요. 신경 선은 무사하네요."

드물게 아주 드물게 그런 일도 있다고 하니 할 말이 없다. 뒤쪽이 부러져서 잘 나타나지 않았다고 한다. 2주간 아플 대로 다 아프고 난 후 몸통에 철판같이 단단한 보조기 덮어씌우고 집에 왔다. 3개월을 그러고 살아야 하니 앞이 캄캄하다. 다 지난 걸 어쩌겠나? 남들은 입원하고 간호 받고 엄살도 부려가며 호사하는데 집안일도 다하고 미안해하며 화장실 부축받았으니 그 정도면 엄살 부린 것도 아니라고 생각하니 슬며시 부아가 치민다. 스스로 자청한 일이니 화낼 데도 없고, 자랑할 만큼 악 소리 잘 지른 것도 아니다.

뭔가 항의하며 따져야 할 것 같은 상황인데 뭘 따져야 할지도 모르겠고, 왜 따져야 하는 가도 명분이 서지 않는다. 그럴 수도 있겠다는 생각이 들지만 조금은 화가 난다. 타고난 성격 어디로 가겠소. 차가운 성격은 아닌 것 같은데 엄살 부리지 못함을 보면 다정한 성격도 아닌 것 같다.

똑 부러지게 사리 분별력이 출중하지 못하니 냉철한 이성의 소유자도 못되는 것 같고, 본인도 실수하며 남의 잘못도 술렁술렁 잘 넘어가 주는 너그러움도 없으니 나는 꽤 딱한 사람이다.

다정한 사람이, 엄살도 다정한 사람이 잘 부린다. 자신도 때로는 실수하며 남의 잘못도 너그럽게 용서하고 아프면 엄살을 부려서 정을 호소도 하고 남이 아프면 오지랖이라 생각 않고 그냥 다가서는 사람이 다정한 사람이다.

　인간을 너무 높은데 두지 말고 자연의 일부가 되어서 함께 어울려 사는 그런 곳에 가고 싶다. 내가 그렇게 되고 싶다는 소리를 또 꼬아서 하니 꽤 딱한 사람인 건 분명하다. 사람답게 산다는 건 깊은 철학이 담긴 소리인 것 같은데, 사람답게 산다는 게 어떻게 사는 건지 잘 모르겠다.

장마에 화초는 말라 죽고

물기 촉촉한 석부작이 자꾸 마음을 끌었다. 자주 지나다니던 길옆 화원에 진열되어 있었는데 크게 볼품은 없었지만 굽은 길 돌아서면 항상 같은 자리에서 수더분하게 맞아준다.

원래 꽃꽂이나 분재 등 손으로 다듬어 만든 아름다움은 별로 좋아하지 않았는데 자주 보다가 새록새록 정이 들었나 보다. 거부감도 줄어들고 그 깊은 매력에 다시 한번 돌아보고 그러다가 욕심이 생겼다. 바위 옆 기우뚱한 그 소나무가 너무나도 멋져 보여서 한번 만들어 보자고 도전했다.

옆집 밭에서 구멍 숭숭 뚫린 화산석 하나를 주워 왔다. 밭에 저절로 난 작은 팽나무 하나를 구멍 뚫린 화산석에 옮겨 심고 이끼 둘러서 물을 주었다. 들며 나며 분무기로 물 뿌려주고 햇볕 찾아 옮겨주었더니 잘 산다. 이끼도 살고 어린 나무에 새순도 돋으며 제법 푸르게 모습을 잡아간다. 실내습도 건조하지 않게 잘 조절해 준다고 좋아하며 한겨울을 함께 살았다. 한 폭의 동양화처럼 자태가 고왔다. 많이 크면 빨간 열매도 열릴 거라 기대하며 몇 개 더 만들어서 아예 산을 방안에 옮겨 놓을 기세로 들떴다.

제주의 봄은 다른 곳보다 더 짧다. 겨울이 다시 오는 것처럼 눈발이 기승을 부리며 한 며칠 난동을 부리더니 언제 그랬냐는 듯이 햇살은 따사로워지고 매화 꽃망울이 여기저기 터지기 시작한다. 그러다가 눈발이 날리고 미리 터진 꽃잎 위에 눈이 하얗게 쌓인다. 길가에 눈이 채 녹기도 전에 벚 가지는 붉은색을 띠고 봄이 성큼 들어선 듯이 하늘을 물들인다.

꽃잎이 흩날리며 이젠 봄이라고 느끼는 순간 어느새 여름이 문턱을 넘는다. 봄옷, 여름옷이 함께 돌아다니다가 '올해의 장마 예보'를 듣는다. 추운 날 꺼내 입은 조금 두꺼운 겉옷이 아직 옷걸이에 걸려 있는데 장마 예보는 여름을 알린다.

채소 귀한 장마철에 먹을 김치 좀 담그고 봄나물 말리다 보면 안개 낀 날 많아지고 빗방울이 잦아진다. 나물 썩힐까 봐 거둬들이고 햇볕에 내다 말리고 종종걸음을 친다. 몇 번씩이나 말림발을 거두어들이며 동동거리다가 비가 더 잦아지면서 본격적인 장마철로 접어든다.

제주의 습기는 굉장하다. 마른 걸레질로 습기 제거해주며 신경 쓰지 않으면 실내 바닥에 발자국 생긴다. 반짝 햇빛 비칠 때 창문과 장롱 여닫고 눅눅한 옷 말리느라 집마다 바쁘다. 나도 그렇게 동동거리며 한 며칠 부산을 떨었다. 애지중지하던 석부작도 까맣게 잊은 채 조금 여유로운 시간마저 돌아보지 못했다.

그리고 오늘, 고개 숙인 팽나무가 나를 우울하게 했다. 먼지만 뽀얗게 뒤집어쓴 채 구석에 처박혀 있다. 분무기로 물 뿌리고 대야 물에 담갔다가 별짓을 다 했지만, 말라비틀어진 어린 팽나무는 살아나지 않았다. 배배 꼬인 여린 줄기가 가슴 아프다. 차라리 만들지 말걸……

장마에 화초 말라 죽는다더니만 내가 그렇게 만들어 버렸다. 이 습한 장마철에 석부작을 말려 죽이다니…. 산은 산에 두고 나무는 밖에서 자라게 해야 하는데 삼라만상을 집안에 끌어들이려는 철없는 욕심에 반백의 머리가 부끄러워진다. 욕심이 과하여 어린 나무만 죽였다. 장마철에 목말라 죽어간 어린 팽나무가 가여워서 마음이 무겁다.

군중 속의 고독이랄까?

풍요 속의 빈곤이랄까?

무관심이 그냥 무관심이, 그게 유죄인 것을…….

하늘을 바라보며 진한 한숨을 토한다. 하늘이시어 욕심내지 말게 하소서. 감당하지도 못할 소유욕이 주변만 어지럽혔습니다. 그릇이 요만 하니 딱 요만큼만 담아야 한다고 수없이 되새긴 말이지만 또 우를 범하고 말았다.

요술 지팡이가 필요한 시대

닭 한 마리를 사 왔다. 꽁지 도려내고 날개 위쪽 마디 부분 찾아서 칼집 내어 쓱 자르니 날개와 가슴살이 몸통에서 분리된다. 날개와 가슴살을 갈비 기점으로 가로 자르니 깔끔하게 정리된다. 다리 부분 대퇴부에 칼집 내어 등뼈부터 꼬리까지 쓱 자르니 다리 부분이 넓적다리까지 분리된다. 다리와 넓적다리의 관절을 찾아서 마디에 칼을 들이미니 아주 쉽게 뚝 떨어진다. 목과 계륵은 삶아 육수 만들어 시래깃국 끓이면 먹을 만하니 냉동보관 하였다. 잘라 둔 닭에 굵은 소금 한 술 뿌리고 월계수 몇 잎 넣어 조물조물 잠시 재워 두었다가 로자 메리 조금 깔고 오븐에서 30분 정도 노릇노릇하게 구우면 보기만 해도 군침 돈다. 맥주 한 잔 곁들이면 돈 얼마 들이지 않고 정성이 깃든 손님 접대용이 된다.

돌아가신 시어머니께서 하신 말씀이 생각난다.

"야야, 니 출신이 의심스럽다. 우째 그리 살을 잘 발라내노. 닭 장사했나?"

칼을 관절에 대고 자르면 뼈에 부딪히지 않고 싹둑 잘릴 때 묘한 쾌감도 있었다. 돼지갈비 핏물 빼고 칼집 내어 양념장에 재웠다가 찜을 하면 음식점 갈비찜 부럽지 않을 만큼 맛있다. 다들 맛있다고 자꾸 부추기니 신이 나서 칼질을 자주 했다.

방어 철이면 횟집에서 대방어 크게 네 쪽으로 포 떠서 집에 가져온다. 사시미 칼로 얇게 포 떠서 접시에 담아 밥상에 올리면 식구들의 탄성에 기분이 참 좋았다.

경직된 근육들을 칼로 저밀 때 투두둑 푸르르 떨리면서 손끝을 두드리면 처음엔 섬찟하기도 하고 미안하기도 하여서 힘이 많이 들었지만, 이제는 그 살 떨림이 견딜 만하다. 죽은 고등어를 시장에서 잘라주면 씻는 것도 힘들어 했는데 나이가 들면서 참 많이 변했다.

어릴 때, 그때 그 사람들은 귀 곁을 스쳐가던 많은 모진 말들을 뜻 따져가며 하지도 듣지도 않았다. 말 따로 뜻 따로였던 것 같다. 교양 없는 그 말들을 옹호하는 것은 아니지만 차라리 그 말들이 정겹게 느껴진다.

딸아이가 사랑놀이 하느라 밤 마실(밤마을의 경상도 방언, 밤에 이웃에 놀러가는 일) 잦으면 그 아버지는 노발대발하여 욕을 한다.

"저노무 지지바(저 놈의 계집아이 발목을 부러뜨려서) 발모가지를 분질러서 방구석에 앉혀 놔야겠다."

노름꾼 서방님에게 팔목을 잘라 버려야겠다는 마나님의 역정, 모가지를 비틀어 버린다든가, 3년 염병에 땀 한 방울 흘리지 않을 놈이라던가, 생각하면 정말 입에 담지 못할 심한 욕인데 뜻 없이 해대는 욕을 옛날 사람들은 많이도 썼다.

'이 문둥아.' 이건 경상도 사람들이 친하고 반가운 사람에게 자주 쓰던

말이다. 아무도 그 뜻을 가지고 따지는 사람은 없었다. 뜻 없이 심한 말을 많이 썼지만 일상생활에서 일어나는 사건들은 그렇게 흉포하진 않았다.

요즘엔 이런 심한 말 쓰는 사람 거의 없다. 자식에게도 친구에게도 적당하게 예의 지키며 순한 말을 쓰려고 애 많이 쓴다. 선진국 대열에 들어섰다더니 언어도 많이 순화된 듯하다.

요즘 뉴스 시간에 자주 등장하는 입에 담기도 거북한 살인 사건에 할 말이 없다. 죽이면 그냥 죽이지 왜 토막토막 봉지에 담아서 버리는지 모르겠다. 살인사건 났다 하면 토막으로 이어진다. 짧은 간격으로 너무 자주 일어나니 섬찟하다 못해 어안이 벙벙해진다. 죽을 만한 짓을 해서 내가 죽였고 후회하지 않는다고 뻔뻔하게 얘기하는 어느 살인자는 죄를 심판할 자격까지 본인에게 있다고 착각하고 있다.

남의 잘못만 눈덩이처럼 커 보이며 너무 당당하다. 피해자의 시신을 운반하는 과정에서 조그만 까만 비닐봉지가 왔다 갔다 한다. 어쩌다가 이 지경까지 왔나 싶어서 허탈하기까지 하다.

대부분 격분을 이기지 못하여 순간적인 실수로 큰 죄를 짓지만, 뉘우치면서 후회하고 감옥 간다. 사이코패스의 범죄는 일어날 수 있는 상식 밖의 범행이기에 크게 마음에 상처를 남기지는 않는다. 치를 떨며 공포감만 느낄 뿐이다. 정상적인 인간들이 왜 흉악하게 변해 가는지 모르겠다.

죽이는 사연도 대수롭지 않은데 끔찍하게 토막은 왜 치는 건가. 까만 비닐봉지에 담아서 버리면 시신 수습하는 것도 여러 날 걸린다. 부분부분 찾아냈다는 뉴스는 사람의 얘기가 아니다. 단순히 완전 범죄를 꿈꾼다고 그런 행동을 하는 건 아닐 성싶은데 어떤 상태에서 어떤 마음으로 그런 행동을 할 수 있는지 상상이 되지 않는다. 잔인함이 극에 달하여 할 말이 없다.

이제는 발골 작업도 못 하겠다. 관절을 꺾고 칼질을 하면 그 못된 사건들이 떠올라서 일을 할 수 없다. 차라리 상상이라도 되면 눈 딱 부릅뜨고 지켜볼 텐데 고개가 절레절레 흔들어지고 사그락 소리에도 눈을 질끈 감는다. 관절 꺾고 칼질하고 아무 생각 없이 잘하던 일인데 지금은 사건들과 생각이 연결되어서 정말 못 하겠다.

인간의 내면에 숨은 마성은 시도 때도 없이 탈출하여 사회를 어지럽힌다. 선조들은 좋은 교육으로 이 시대의 유전자를 형성하지 않았는가? 물론 살아남기 위하여 국가와 법을 만들고 도덕으로 무장했지만, 살아남기 위하여 무엇을 또 어떻게 해야 할까?

그렇게 허무하게 무너질 호모사피엔스 DNA가 아니라고 자위하며 오늘도 바뀔 세상을 꿈꾼다. 상위 몇 %가 이끌어 갈 멋진 세상이 아닌, 조금 더디게 발전하지만, 함께 잘 사는 세상은 요원한가. 욕심을 줄여야 하는 건 알지만, 꿈도 함께 줄여야 하는 딜레마에 빠진다.

요술 지팡이가 뚝딱, 그런 요술 지팡이가 있었으면 좋겠다.

행복 술래잡기

빛과 그림자가 늘 함께 하듯이 좋은 일에도 더러는 마가 끼이고, 나쁜 일도 그냥 지나치지 않고 꼭 좋은 놈을 달고 온다. 나이가 들면서 좀 느 슨하게 살다 보니 사는 게 한결 편해졌다. 욕심부리지 않으니 마음에 여 유가 생기고 남을 향한 잣대도 느슨해지니 아웅다웅 시빗거리도 줄어든 다. 나이 들어 감이 나쁜 것만은 아니다.

높지 않은 산의 둘레길을 두어 바퀴 도는 정도의 가벼운 산행을 매일 한다. 사시사철 나무 그늘로 덮인 촉촉한 오솔길을 걸으며 해마다 조금 씩 달라지는 풀들의 작은 변화도 느낀다. 산자락에 뱀딸기가 무성하다가 질경이로 덮이더니 올해는 진분홍의 엉겅퀴가 눈에 띈다. 풀들이 이사를 다니는 듯 해마다 군집이 달라지고 유행 따라 산자락이 옷을 갈아입는 듯 시선을 끈다.

무수히 떨어진 새털에서 지난 밤의 치열했던 삶의 현장을 느끼기도 하 고 간혹 지나가는 뱀의 산책에 지금 이 순간이 삶의 현장임을 확인도 한 다. 사라져가는 소나무와 나무를 기어오르는 덩굴식물의 무성함을 보고 우리나라의 아열대성 기후 돌입을 체감하고 지구 온난화도 걱정한다.

산을 오르다가 한 무리의 여중생을 만났다. 와글와글 떠들며 내려오는 아이들은 그들이 말하지 않았으면 성인이라고 착각할 정도로 성숙했다. 유흥업에 종사하나 싶을 정도로 짙은 화장을 하고 단체로 립스틱을 산 것처럼 거의 전부가 새빨간 입술을 하고 있다. 시대의 흐름이려니 곱게 보려고 애쓰면 애쓸수록 다시 봐지고, 너무 낯선 모습들이 한시대를 같이 산다는 생각조차 들지 않는다. 조심하여 내려가시라고 예의까지 갖추니 막돼먹은 아이들은 아니구나 싶기도 하고….

학생들의 머리와 화장 등에 관한 이야기를 나누는 TV 프로그램을 봤다.
"예쁘게 화장하고 싶은데 왜 말리는지 모르겠어요."
밝게 웃으며 얘기하는 여자아이의 표정은 참 예쁘고 해맑았다. 그 아이의 엄마는 이 색이 더 예쁘고 여기는 이렇게 등 화장하는 방법까지 자세히 설명해 준다. 이해할 수 없는 상황에 어안이 벙벙하여 할 말을 잃고 말았다. 더 황당한 것은 아무도 이 현실에 이의를 제기하는 사람은 없었다.
점점 이방인이 되어가는 느낌이 들었다. 오랜 시골 생활 때문인가. 이 시대가 저지른 오류라고 생각하며 헤매는 나의 무지인가. 정체성마저 잃은 듯 어지러워진다. 라떼는 말이야라는 요즘 유행어로 몰아붙이면 할 말은 없지만, 이건 아닌 것 같다.
옅은 화장이 욕심으로 점점 짙어지고 나중에는 추해지기까지 한다는 사실을 본인은 잘 모른다. 성형으로도 얻을 수 없는 솜털 보송보송한 복숭아 같은 그 고운 모습을 왜 화학 약품으로 덮어버리는지 정말 모르겠다.
화장품이 없던 조선 시대에도 여인들은 얼굴을 곱게 가꾸려고 애썼다.

분꽃 씨 부드럽게 빻아서 가루분 만들어 바르고, 홍화 꽃잎으로 입술연지 곱게 칠하며 얼굴 치장을 하였다. 오이, 수세미 즙으로 화장수 만들어 쓰고 팩도 하였다. 여자가 예쁘게 보이고 싶은 건 본능이니 누가 그걸 나무라겠는가 마는 그냥 두어도 빛이 나는 시기에 덧칠하여 가릴 필요는 없을 것 같다. 여성의 비밀 무기인 화장품을 좀 아껴 두었다가 꼭 써야 할 시기에 화려하게 변신해 보는 건 어떨까?

멋 부리지 않아도 그 나이엔 예뻐서 얼굴이 빛을 발하는데 덧칠하여 자꾸 가리려고 하니 안타깝다. 머리도 파마하여 늘어뜨리고, 옛날 장발 미니스커트 단속할 때 보다 더 짧은 교복 치마를 입고 지나갈 때면 어디다 시선을 두어야 할지 민망하다. 나이 든 할머니 눈에도 예쁜데 남자 아이들 눈에는 오죽할까. 시선 끌어서 어린 나이에 어떻게 감당할지 두렵다. 저렇게 꾸민다고 공부는 언제 할까 염려되기도 하지만, 사실 썩 곱게 보이지도 않는다.

오래전, 가까운 지인에게 들은 이야기다. 아이의 엄마는 넉넉한 살림이었지만 아이가 원하는 걸 한꺼번에 다 들어주지 않았다. 한 번으로 끝날 기쁨을 여러 번 나누어 주는 방법을 선택했다. 40여 년 전에는 침대를 가진 집이 많지 않았는데 아이가 침대를 원했다. 사과 궤짝으로 뚝딱뚝딱 만들어 천을 덮어씌워 주었더니 아이는 기뻐서 폴짝폴짝 뛰고 난리가 났다.

그 기쁨이 가실 즈음 조금 나은 그럴듯한 침대를 선물하고, 시들해졌을 무렵 진짜 멋진 침대를 사주었다. 한 번으로 끝날 기쁨을 여러 번 선물하는 엄마의 사랑이 참 지혜롭다.

원하는 물건은 웬만하면 다 가질 수 있는 현대를 살아가는 우리는 기뻐할 기회를 많이 놓치고 산다. 어린아이들은 장난감을 한 방 가득히 흩어 놓고 이것저것 만지면서 놀기 좋아한다.

시간이 지나면 흥미로움을 잃어버리고 가진 게 모두 심드렁해진다. 빨리 싫증을 내고 새로운 것만 찾으며 원하는 걸 다 가지려고 고집을 부린다.

'장난감 사랑'은 어린아이만 저지른다고 생각하지만, 어른들도 몸만 커진 어린아이가 많다. 쉽게 취하고 가벼운 마음으로 포기하고 떼쓰듯이 집착하고 빼앗기도 한다. 원하는 걸 얻기 위해서 수단과 방법을 가리지 않는다. 얻을 수 없을 때는 극단적인 선택을 하는 어린 어른들도 매스컴에 자주 등장하니 그들 만을 탓할 수도 없다.

한 번 가질 기쁨을 여러 번 갖는다면 행복한 삶을 살아가는 데 조금 도움이 되지 않을까? 미리 앞당겨서 다 체험하고 정작 즐길 때가 되면 시들해지는 어리석음을 저지르면 안 된다. 숨은 행복 찾아가는 술래잡기도 꽤 재미있다. 늙어지면 보이는 요술 거울이니 백설공주 거울보다 못하지 않다.

행복이란 놈의 뒤통수

정낭 옆의 큰 고목이 쓰러졌다. 저지 이사 왔을 때 이미 큰 고목이었으니 아마 수십 년은 됨직하다. 연리지처럼 두 나무가 거의 붙어서 고목을 이루었는데 그늘이 깊어서 숲에 들어오는 듯 집에 운치를 더해주었다.

지난 태풍 때 넘어지고 하나만 남아서 정낭을 지켰는데 이번 장맛비에 그 큰 고목이 소리도 없이 넘어져서 정낭을 덮어버렸다. 주차장의 차도 피하고 돌담 너머 귤나무도 용케 살짝 피해서 돌담에 척 걸쳤다. 집 안과 밖이 보이지 않을 정도로 큰 덩치가 정낭을 덮어버렸으니, 허리를 90도로 숙여야 지나갈 수 있는 터널만 남겨 두었다.

안개비는 부슬부슬 오는데, 남편은 우의와 전기 톱을 들고 나선다. 비 좀 그치면 시작하자고 아무리 말려도 듣지 않는다.

"겸손한 사람만 들어오라고 합시다."

우스갯소리로 변죽만 울렸지 막을 방법이 없었다. 낡은 전기 톱은 소리만 요란했지 톱밥도 많이 날리지 않는다. 비는 오고, 옆집 업둥이 강아지는 발뒤꿈치 물며 장난을 걸고, 전기 톱은 연기만 내뿜고, 남편은 무리라는 내 말을 무시하고 고집을 부린다.

"다쳐도 난 몰라."

속상해서 집 안으로 들어와 버렸다. 저녁 지을 무렵이 다 되어서 내다
보니 허리 살짝 굽히고 지나다닐 정도의 통로가 뚫려 있었다.

"하긴 잘했지만, 한 번만 더 그러면 밥 먹으라고 부르지도 않을 거요!"

먼저 들어온 미안함을 슬쩍 표현했지만, 왠지 부아가 치민다.

다음날, 밥숟가락 놓자마자 톱을 챙겨 들고 우리 부부는 나섰다. 비는
그쳤지만 낡은 톱은 여전히 헛돌기만 한다. 내가 도와줄 일도 없고, 그냥
또 들어와 버렸다. 슬며시 섭섭함이 피어오른다. 이 요란한 톱 소리에 옆
집도 앞집도 들여다보지도 않는다. 해결 방법을 알아보겠다던 딸년한테
는 연락도 없고 그래도 친하다고 의지가 됐던 백 선생도 오지 않는다.

갑자기 머리가 하얘지면서 가슴이 쓰려 온다. 이 나이에, 나는 뭘 하고
살았기에 외톨이가 되었나 싶은 게 눈물이 난다. 뭘 잘못했나? 세상인심
이 이 정도밖에 안됨을 모르고 살았던가. 그이는 왜 우리를 외면할까?

온갖 모진 생각들을 하며 남편 곁으로 다가가 훈수를 두고 있는데, 옆
집 공주 아빠가 톱을 들고 들어온다. 어찌나 반갑던지 좀 전의 미운 생각
이 다 날아가 버렸다. 남정 네가 둘이나 있으니 알아서 해결하겠지 싶어
서 또 집으로 들어왔다.

톱 소리가 윙윙거리고 한창 북새통을 치는데 앞집 율이 할머니가 수박
을 썰어서 한 쟁반 담아 오셨다.

"날도 더운데 땀이나 식히고 하세요."

말이 났으니 말이지만 우리가 해야 할 일이고, 동네방네 알리지도 않

았다. 태풍이 분 것도 아니고 또 소리 없이 나무가 넘어졌으니 우리 집에 무슨 변고가 있는 줄 아무도 모른다. 또 내가 집에 들어온 사이에 백 선생도 다녀갔다 하니 나 혼자 동동거리며 오도방정을 떨었나 보다.

딸아이에게도 우리끼리 해결할 수 있으니 신경 쓰지 말고,

"댁네 일이나 하세요."

하고 미리 거절하고서는 여기저기 섭섭함에 함께 실어서 눈을 부라렸던 모양이다. 정낭 자리가 휑하니 뚫려 있어서 시원하기도 하고 섭섭하기도 하여 자꾸 눈길이 간다.

오래전에 내가 초등학교에 갓 입학했을 무렵, 우리 집에는 큰 가죽나무가 있었는데 어머니는 그걸 베어버리고 더는 자라지 말라고 석유를 뿌리셨다. 집안에 나무가 지붕을 넘어서면 좋지 않다는 옛 어른들의 말씀을 믿으신 거다. 어린 마음에 우리 엄마는 참 잔인한 사람이라고 생각했다. 미신은 왜 믿어서 불쌍한 나무를 자를까. 나무귀신이 나타날 것 같아서 겁이 났다. 한참 동안 엄마가 미웠었다.

나무는 자라면 언젠가는 넘어진다. 바람 불어서 넘어지고, 수명 다해서 넘어지고, 넘어질 때 큰 나무는 더러는 우환거리를 달고 온다. 넘어지면서 일어난 피해를 귀신이 쫓겨가며 부린 심술이라고 이야기를 만드신 모양이다. 위험하니 큰 고목으로 키우길 삼가라고 하시는 말씀인가 보다.

우리 집 고목은 살아서는 정낭을 지키면서 큰 그늘을 만들어 주더니, 아무도 다치게 하지 않고 고요히 제 누울 자리를 찾아서 누웠다. 나무는 큰 그늘을 만들려고 애쓰지도 않았고, 정낭 지키려고 피나는 노력도 하

지 않았고, 나중에 난로 땔감이 될 거야 하고 큰 포부도 품지 않았다. 그냥 그 자리에 서 있었을 뿐이다.

바람이 불면 흔들리고 눈이 오면 눈 맞으며 그냥 서 있었을 뿐이다. 수명 다해 넘어지니 자리만 횅할 뿐이다. 바람 지나간 그 자리에서 횅한 그 자리에서 그놈의 뒤통수만 바라본다. 욕심 없이 겸손하게 자연에 순응하며 큰 그늘 만들어주던 그 놈은 행복한 놈이었나보다. 불평 없이 편안해 보이니…….

마음 들켜버려서 무안했다

고양이와 한 판 신경전을 벌인다. 길고양이는 사람을 보면 도망친다고 들었는데 이놈은 다르다. 데크 위에서 발라당 뒤집어 배를 보이더니 뒹굴뒹굴하며 논다. 하얀색 털 위에 검은 점이 듬성듬성 박힌 놈이 다른 고양이와 별반 달라 보이지는 않는데 얼굴이 유난히 작다. 내가 앞에 앉으니 일어나 앉아서 아아아옹 하고 길게 운다.

눈동자가 길게 일자로 좁혀져 있어서 창문이 닫힌 것처럼 답답해 보인다. 손바닥을 '탁' 쳐서 오른손으로 먼 곳을 가리키며 나지막하지만, 힘 있게 소리쳤다.

"가! 너희 집으로 가! 다시 오지 마!"

시선을 피하여 고개를 돌리는 듯하더니 아옹아옹 서너 번 짧게 운다. 또 한 번 나는

"너희 집으로 가!"

나는 소리 지르고, 고양이는 아옹아옹 똑같이 불만 섞어 길게 운다. 서너 번 그런 동작이 반복되더니, 고양이는 느리게 일어서서 어슬렁거리며 나무 밑으로 모습을 감춘다. 사라지는 뒷모습에 왠지 마음이 쓰여서 시

선을 떼지 못했다.

추석이라고 신우네 가족이 찾아왔다. 데크 위에 텐트 치면 별을 보며 잘 수 있다고 신나서 뛰어다니는 손자놈 곁에 검은 점박이 하얀 고양이 한 마리가 사뿐사뿐 어슬렁거린다.

나는 원래 고양이를 좋아하지 않는데다 한 마리 가까이 붙여 두면 들고양이 다 몰려들 것 같아서 쫓아버렸다. 나는 쫓아버리고 손자는 먹이를 갖다 주며 묘한 게임이 진행되었다. 그날 밤 그 고양이는 텐트 옆에 길게 드러누워서 하룻밤을 보냈다.

다음날 아이들은 돌아가고 별생각 없이 지냈는데 어디서 아아아옹 하고 고양이 울음소리가 들린다. 데크 위에 올라오지도 못하고 창고 옆에 드러누워 얄궂게 고르륵거리며 한 수 더 보탠다.

얼룩 고양이가 며칠 동안 계속 찾아오니 신경이 쓰여서 일이 손에 안 잡힌다. 먹이 주며 다독여 키워볼까 생각했지만, 날씨 추워지면 밖에서 떠는 것도 보기 싫고 야생 고양이라 실내에 불러들인다는 것도 께름칙했다. 병이라도 나면 감당할 수도 없을 것 같고 친구 따라 우르르 몰려드는 들고양이들은 더더욱 감당할 수 없을 것 같았다. 목욕도 시켜야 하고 예방 접종도 해야 하지만, 붙임성 없이 새침하게 앉은 놈 예쁘게 보아줄 자신이 없다.

마음 모질게 먹고 고양이와 눈을 맞추며 한판 대결을 벌인 거다. 그날은 체크에까지 올라와서 발라당 드러누워 뒹굴뒹굴한다. 아침이면 데크에서 뒹굴고, 저녁이면 창고 문 옆에서 아아아옹을 외치던 고양이는 한 일주일을 그대로 버텼다.

참 신기한 일은 내가 가라고 한 그날, 나무 밑으로 사라지던 그날부터 고양이가 보이지 않는다. 설마 내가 한 말을 알아듣고 다시 오지 않는 건 아닐 거라고 생각하며 하루 이틀 사흘을 기다려 봐도 눈에 띄지 않는다. 다행이라 생각하면서도 왠지 편안한 마음이 들지 않았다. 배까지 보이며 아아아옹을 외쳤는데 내침을 당했으니 얼마나 섭섭했을까? 내가 너무 심했나 싶어서 마음이 심히 불편했다.

그날 이후 한 번도 오지 않는 그 고양이에게 나의 모진 마음 들킨 것 같아서 미안하기도 하고, 닫힌 창문으로 빼꼼히 내다보며 나의 마음을 읽어버린 그 고양이가 무섭기도 하였다. 고양이는 자연사하여 생을 다했을 수도 있고, 적자생존의 당연함을 받아들이고 돌아섰을 수도 있고, 우두머리에게 찍혀서 도태되었을 수도 있고, 새끼 낳다가 잘못되었을 수도 있고, 아무튼 자꾸 죽었을 거란 생각에서 헤어 나올 수가 없다.

내가 가라고 한 게 마음에 걸려서 자꾸 불길한 쪽으로 생각이 치닫는다. 차라리 그놈이 내 마음을 읽지 못했더라면 이렇게 마음 아프지는 않았을 것이다. 쫓아버리고 기어들고 하는 성가신 숨바꼭질은 하였겠지만, 모진 맘 들켜버려서 이렇게 무안하진 않았을 것이다. 내 말 알아듣는 동물이 있다고 생각하진 않지만, 닫힌 창문 사이로 내다보는 듯한 그 일자 눈매는 모든 것을 다 아는 듯한 깊이가 있었다.

요즘은 하얀 새끼고양이와 덩치 큰 눈매 매서운 누런 고양이가 자주 들락거리는데 검은 얼룩 고양이는 보이지 않는다.

겉과 속이 다른 사람을 우리는 싫어한다. 겉 다르고 속 다르다고 아예 상종도 하지 않으려 하지만, 생각해 보면 종이 한 장 차이다.

내 생각이 그대로 훤하게 보이고 남의 속을 다 읽을 수 있다면 얼마나 끔찍할까? 내 마음 들킬까 봐 외출도 못 할 거고 남의 마음 알아버린다는 게 두려워서 눈도 맞히지 못할 것 같다. 내 마음 들키고 민망한 일도 끔찍하지만, 남의 마음 훤히 알고 씁쓸해하는 상실감은 감당 못 할 것 같다. 차라리 그냥 이대로 살자. 교양이라 생각하고 내 마음 적당히 감추고, 사랑이라 생각하고 적당히 모르는 척 눈감아 주자. 때로는 모르는 게 약이다.

환상 속의 그대

"당신은 가까운 시일에 횡재수를 만날 것이요."

오늘의 운세에서 이런 소리를 듣는다면 까무러치게 황홀할 것이다. 나는 9월에 횡재수를 만났다. 꿈에도 생각하지 못한 큰 행운에 자다가도 배시시 웃음이 나온다.

우리 마을에 도립 미술관이 두 개나 있지만, 걸어가기는 멀고 일부러 시간 내어 차 타고 가긴 부담스러워 자주 가지 않았다. 한 번씩 다녀오면 나 자신에게 충실했다는 느낌이 들어서 뿌듯하곤 했었다.

늦여름, 미술관에서 관리자를 모집한다는 공고에 기대하지도 않고 지원서를 냈다.

"연락이 가면 되신 거고요, 연락이 없으면 떨어진 줄 아세요."

쳐다보면 까마득히 높은 곳에서 자연 채광과 밝은 인공조명이 함께 어우러져 전시 공간을 포근히 감싼다. 1년에 한두 번 갈까 말까 하는 미술관에 나는 매일 출근한다. 숲은 아니지만, 곶자왈의 정취가 흠씬 묻어 있는 오솔길을 한참 걸어 들어가면 흑목 느낌의 현대식 미술관이 아담하게 앉아 있다.

최적의 온도와 습도를 유지하며, 사람이 가장 편안해지는 조도 아래 예쁜 조그마한 의자가 하나 있다. 거기가 내 자리다. 오로지 나 만을 위한 자리다. 그림도 보호하고 관람객도 안내하는 일을 한다.

출근하면 나의 방에 걸린 그림을 감상하듯이 3개의 전시관을 한 바퀴 돌며 인사한다. 볼 때마다 시시각각 다르게 다가오는 그림들과 은밀한 대화를 나눈다. 은은한 세미클래식이 울려 퍼지는 조용한 공간에서 영롱한 물방울들이 보석처럼 반짝이는 그림들을 한 점 한 점 마음에 담는다. 관람객이 뜸한 시간에는 책도 보며 지그시 눈 감고 사색에 잠기기도 한다. 나만의 공간이라 생각하며 맘껏 즐긴다.

점심시간이면 도시락을 싸서 근처에 있는 소공원에 간다. 예술인 마을 공원은 설치해 놓은 조각품들로 하나의 야외 전시장이다. 남편과 나는 가볍게 점심을 먹고 예술인들이 거주하는 마을을 산책한다. 오래 집을 비우는 집들이 많아서 그런지 잡초도 많이 자라고 정리되지 않은 산책로가 을씨년스럽기는 하지만, 군데군데 자리한 설치 미술품들은 묘한 편안함을 준다.

늙으면 품위 유지비가 많이 든다는 우스갯소리가 있지만 돈 벌고 품위 유지비도 들지 않고 이렇게 우아하게 살 수 있으니 여기다가 또 무엇을 바라리요. 또 남편과 함께 근무하니 집 걱정 없이 마음 편히 집을 비울 수도 있다. 단 3개월의 짧은 '근무기간'이 아쉬울 뿐이다.

도립 김창열 미술관은 2016년 김창열 선생님의 작품 기증으로 제주도가 개관한 도립 미술관이다.

1. 김창열 선생님은 1929년 평남 맹산에서 태어나셨다. 청년기의 김창열은 6.25의 격동을 겪으면서 앵포르멜 시기를 지난다. '무제', '제사' 시리즈가 이시기의 대표작이다. 짙고 어두운 화폭에 암울한 시기의 깊은 상처가 푹 배어 있는 무제와 화려한 색감이지만 거친 붓 터치로 아련한 아픔이 녹아나는 제사 시리즈.

2. 1965년부터 4년간 뉴욕에 체류, 인간의 고뇌와 슬픔의 절규 같은 거친 화법이 사라지고 둥근 알이나 핵과 같은 형상을 중심으로 한 '구성 '시리즈가 등장한다.

3. 1969년 파리 거주, 구를 주제로 한 작품들이 점액질이 흘러내리는 모습으로 변함. 액체인지 고체인지 모호한 모습으로 그려진 '현상' 시리즈가 이 시대의 대표적인 작품이다.

4. 1972년 물방울 그림의 탄생. 검은 바탕의 화폭 가운데 커다란 물방울 하나를 그려 넣은 '밤에 일어난 일'이 최초의 물방울 그림이다. 금방 부서져 버리는 보석 같은 물방울이 아닌 다른 의미의 물방울로 승화시키고 픈 선생님의 의도다.

5. 1986년부터 천자문과 물방울의 조화를 보여주는 '회귀' 시리즈를 보여준다. 회귀라는 작품 제목은 환갑이 지나면서부터다. 천자문은 어릴 적할아버지와의 추억이며 고향이다. 조형적으로도 깊은 울림이 있는 글자체라고 생각하여 천자문을 물방울의 배경으로 하였다.

물방울은 이내 사라져 버리는 속성으로 오히려 순간에 더욱 빛난다.

자연의 모든 삼라만상이 무한한 우주로 돌아가는 것처럼 화폭 속의 물방울들은 세상 만물을 상징하는 천자문에 스며들고 있다.

꽃길만 걸으면 심심하잖아요

그 후, 나의 천국에 변고가 생겼다. 배고픈 천국은 더 이상 낙원은 아니다. 주위에 음식점은 없고 싸 온 도시락은 먹을 데가 없다. 날씨 따뜻할 때면 나무 그늘에 앉아서 도시락을 펼치면 소풍 온 것처럼 참 좋았는데 바람이 휭하니 부는 날은 밥 먹을 데가 없다. 미술관에 방은 많지만 다 용도가 있고 방 주인들이 따로 있다.

나 같은 문외한은 미술관이란 말만 들어도 고상하게 느껴져서 입구의 화초 하나에도 우아함을 느꼈는데 배가 고프니 환상에서 깨어난다. 그림 전시실에 누를 끼치지 않으려고 옷 매무새도 단정히 하고 신경을 많이 썼는데, 청소 아주머니의 미소만 우아했다. 본성을 농축해 놓은 게 예술이라면 내 본능 앞에선 색 바랜 그림에 불과하다.

밥을 먹는다는 것은 생명 있는 동물에게는 최고의 순간이니까 나의 옹졸함에 최선의 변론을 하나 보다.

먹는 일은 인생의 목적은 아니지만, 세포에 잠재된 치열한 본능이다.

금강산도 식후경이라는데 문외한의 눈에 비친 예술이 조금 시들해 보인다 해도 어쩌겠는가? 밥 한술이 평생을 바친 예술보다 커 보이니 우주는 내 안에서 존재하나 보다. 눈꺼풀 내려 앉으면 우주가 사라지니….

문구멍으로 보는 미술관

그림 전시실에서의 일상은 만화경을 보는 듯이 재미있다.

연인인가 앞서거니 뒤서거니 들어오더니 어깨를 나란히 하고 한 작품 앞에 선다. 작품 보호하는 경계 라인에서 허리를 구부리고 그림을 들여다보다가 둘이 나란히 몇 발짝 뒤로 물러서서 한참을 들여다본다. 마주보고 몇 마디 주고받더니 옷매무시도 서로 고쳐준다. 남정네의 기다란 팔이 여인의 어깨를 포근히 감싼다. 참 잘 어울린다.

유모차를 끌고 엄마가 들어온다. 벙글벙글 웃는 아이가 너무 귀여워서 눈을 맞추며 찡긋했더니 나를 쳐다보며 손뼉까지 쳐가며 웃어 젖힌다. 엄마는 아이에게 뭐라고 열심히 설명한다. 그렇지? 그렇지? 연발하며 아이에게 열심히 얘기하는데 아이는 나와 눈 맞추며 웃기만 한다. 민망하여 얼른 돌아앉았다. 내가 아이한테 손짓하며 웃은 게 화근이다. 하나라도 더 어린아이에게 감동을 주고 싶은 엄마의 마음을 위하여 나는 아이를 외면하고 과감하게 돌아앉았다. 무한한 엄마의 사랑이 그대로 아이에게 전해지길 바라면서 작은 것 하나라도 더 주고 픈 엄마의 사랑에 응원한다. 구석자리의 작은 의자에 앉아서 지난 세월을 돌아보며 하늘의 별이라도 딸 것 같았던 그 시절을 그리워하면서….

머리 희끗희끗한 노부부가 나란히 들어온다. 나직이 몇 마디 두런두런 주고받으며 작품을 둘러보다가 카메라를 끄집어낸다.

"찍어도 돼요?"

미소 띤 얼굴이 소녀처럼 곱다. 머리가 백발인 노신사는 가볍게 웃으며 기다린다.

"후레쉬 터지지 않으면 괜찮아요."

나도 웃으며 마주 보았다. 노신사는 여기저기 사진도 찍고, 어떤 작품 앞에서 발이 붙은 듯이 오랫동안 움직일 줄 모르더니 마나님이 손을 끌어당기고 나서야 걸음을 뗀다. 내가 쳐다보았더니 가볍게 목례하며 다음 전시실로 향하는 노부부의 뒷모습이 참 곱다. 가볍게 목례하는 모습을 못 본 지가 수십 년이 된 듯하여 생경하기까지 하다. 가볍게 목례하는 모습이 이렇게 아름다울 수가 없다.

눈에 확 들어온다. 훤칠한 키에 다리도 쭉 뻗어서 시원스럽다. 귀밑 턱선까지 구슬구슬한 검은 단발머리는 재클린을 연상시킨다. 시원스러운 외모에 붉은 입술도 참 매혹적이다. 두툼해 보이는 검은 뿔 테 색안경은 옆의 금속 장식과 함께 화려하다. 2전시실은 밝은 조명이지만, 3전시실은 조명이 은은하다. 책을 보려고 해도 어두워서 눈이 침침하고 잘 보이지 않는다. 저 멋쟁이는 저걸 끼고 작품 감상을 하니 무슨 특별한 이유가 있는가 보다. 검은 색유리를 투시해 들어오는 그림 속 물방울의 세계를 연구하는 중인가? 건물 밖에서 저런 차림이라면 너무 멋져서 한번 뒤돌아봤음 직하다. 건물 안으로 들어오면서 색안경을 벗는 걸 깜빡 했을 수도 있겠다. 그래도 참 아깝다. 저 멋진 모습을 밖에서 봤더라면 얼마나 좋았을까.

우루루루 아이들이 몰려온다. 중학생인지 고등학생인지 갈피를 못 잡겠다. 입술을 붉게 칠하고 얼굴은 뽀얗게 화장을 하였으니 선생님이 어디에 계시는지 찾지도 못하겠다. 그런데 더 한심한 것은 파릇파릇한 청춘은 다 어디로 가고 10대, 20대, 30대, 40대가 한데 어울려 와글와글 떠드는 모습이다.

트렌치코트에 요즘 유행하는 폭넓은 팬츠, 잠옷 비슷한 헐렁한 원피스, 진위에 남성용 재킷을 걸친 여학생, 너무 짧아서 시선을 어디에 둬야 할지 망설여지는 미니스커트, 뒤태 앞태 다 민망한 스키니, 옛날 옛적 유행하던 월남치마 위에 할머니들의 전유물인 적삼 같은 걸 걸쳐 입은 아이. 아! 있다. 멋쟁이도 한둘 끼어 있다. 진에 줄무늬 셔츠를 멋스럽게 차려 입은 아이도 있고 옅은 색의 바지에 진 회색 후드 티가 잘 어울리는 아이도 있다.

머리도 자유롭게 길러서 치렁치렁 늘어뜨리고, 뒤로 묶고, 뽀글뽀글 파마하고, 짧게 커트하고, 노랗게 염색하고, 더러는 잘못 관리하여 가발처럼 하고 온 아이도 있다. 신발도 슬리퍼처럼 생긴 샌들과 앵글 부츠, 농구화, 운동화, 달그락달그락 소리 나는 미들 힐 등 서로 뒤섞여 요란스럽다. 제발 옷과 좀 어울리게 신었으면 얼마나 좋았을까. 안타까운 마음이 든다.

마음대로 차려 입어도 예쁘면 누가 뭐라고 하겠는가. 화장을 해도 한 듯 안 한 듯 좀 어울리게 했으면 얼마나 좋았을까. 어설프게 유행 따라 흉내만 내다가 그 고운 청춘 다 지나간다 싶어서 걱정되니까 꼰대 소리 한번 해 보는 거다.

뛰어다니는 아이에게 주의를 주고, 말소리도 조용히 예의를 지키고, 작품에 손대는 사람도 거의 없다. 많이 변화된 관람 문화에 따로 관리원이 없어도 될 만큼 우리 사회는 성숙했음을 느끼지만, 여기 구석자리에서 보고 있으면 보기 민망한 장면도 더러 보인다.

그리고 또, 한 사람을 기억한다. 어느 날, 화장실에 손을 씻으러 들어갔다가 기이한 장면을 목격했다. 비행기 화장실에서나 하는 행동을 그녀는 하고 있었다. 손을 씻고 닦은 휴지로 세면대 주위의 물기를 말끔히 닦고 있었다. 뒤 태가 너무 고와서 정말 꼭 안아주고 싶었다. 저걸 나는 여태 왜 안 했을까. 소리 없이 무심한 사람들의 생각을 깨워주는 저 사람은 진정한 선구자다. 이래라저래라 하지 않고, 이러자 저러자 하지도 않고, 소리 없이 묵묵히 실천하는 저 고고한 자태를 보고 배운다. 나도 닦고 난 휴지로 주위를 말끔히 정리했다. 내가 하는 이 행동을 보고 누군가가 배워서 또 나처럼 할 거라고 생각하니 뿌듯하다.

3개월 계약직인 미술관 관리원의 구석진 작은 의자에 앉아서 오가는 사람들을 관찰한다. 내가 울타리 안에 갇힌 줄도 모르고 울타리 안을 들여다본다. 원숭이가 들여다보는 창살 안은 넓기도 하다.

사랑의 향기

"안녕하세요."

밝게 웃으며 말을 건네는 청소 아주머니에게 전시실 관리원도 안녕하세요 하며 환하게 웃는다. 오늘도 우리는 이렇게 하루를 시작한다.

"아이구 참 나. 너무 착해 보이고 순박해 보여서 제주도 총각에게 시집 왔더니 그게 좋은 것만은 아니지 예."

만난 지 근 달포 만에 웃기만 하던 청소 아주머니는 입을 열었다. 아무 스스럼없이 자주 만나던 동네 친구처럼 가볍게 말문을 연다. 그녀는 잠 자리 날개같이 넓고 긴 대걸레로 마루를 밀면서 나 들으라고 하는 소리 인지 푸념인지 작은 소리로 중얼거린다.

"착하면 좋지 뭘 그러우."

내가 맞장구를 치니까,

"말도 말아요. 착해도 너무 착해서 힘들어 죽겠어요."

내가 관심을 가지니까 대걸레를 밀면서 계속 이야기를 한다. 내가 앉 은 자리에서 대걸레가 멀어질수록 말소리가 점점 작게 들려서 나는 일어 나 대걸레를 따라서 함께 걸었다. 남편이 너무 착해서 손해 볼 짓만 골라서 한다는 둥 그래서 각시가 힘들었다는 둥 합천 산골에서 살았다는 이야기며 친정 남동생이 세 돌 지난 딸아이를 데리고 이혼했다는 이야기며 그 아이가 다섯 살까지 밥은 먹지 않고 젖병만 입에 물고 살았다는 이야기를 실타래 풀어 놓듯이 줄줄 풀어놓는다. 대걸레가 전시실의 반의반쯤 왔을 때 그녀는 갑자기 걸음을 딱 멈춘다.

"친정어머니가 조카를 키우다가 6살 때 그만 돌아가셨어요. 그러니 어떡해요. 아무 형제도 맡아 줄 이는 없고, 그래도 고모라고 내가 데려왔지요."

그리고는 한숨을 푹 쉰다.

"요즘 신문에 흉악한 기사 많이 나지요? 물론 말도 안 되는 나쁜 일이지만, 그거 남의 일이라고 함부로 얘기할 건 못됩디다."

그리고는 다시 대걸레가 움직이기 시작한다. 너무 마음이 아파서 고모 딸이 되어 함께 살자 하니까 10살이면 아빠가 데리러 오기로 했으니 그때 까지만 살겠다 하고, 뭘 잘못해서 꾸중하면 우리 엄마도 아니면서 하고 눈으로 째려보는데 요즘 아이들 말처럼 정말 꼭지가 팽 돌아서 자기가 무슨 짓을 할지 겁이 나서 방문을 열고 나와 버렸다고 한다. 불쌍하고 마음 아프고 화낸 것을 자책하며 죄책감에 시달린다고 한다. 그래도 고모니까 싸안으려고 애쓰지만, 계모면 어찌 참을까 생각하면 눈앞이 캄캄하다고 한다.

위가 안 좋아서 툭하면 아프다 하고 병원 가면 이상 없다고 하는데 입원하길 자꾸 원한다고 한다. 8살짜리가 얼마나 엄마 사랑이 그리우면 병원 보살핌마저 간절할까 생각하면 가슴이 아려 오지만, 내 자식보다 사랑이 덜 가는 게 솔직한 심정이라고 털어놓는다.

"이제 내 나이 환갑을 바라보며 무슨 걱정 있겠어요. 막내아들 내년 제대하면 제 밥벌이 찾아갈 거고 동네 노인정에서 봉사하며 놀러 다니고 싶은데, 하루 종일 꼭 매여서 꼼짝할 수가 없어요. 이러다가 나중에 서로의 마음에 좋은 감정으로 남지 않을 것 같아서 걱정입니다. 고맙다는 인사는 바라지도 않지만, 원수지간이 될까 봐 겁이 나요. 인제 그만 두 손을 들어야 할 것 같아요."

후 하고 한숨을 쉬며 대걸레가 멈추어 서길래 정신을 번쩍 차려보니 어느새 전시실을 촘촘히 다 닦고 문 입구에 멈추어 서 있었다. 나는 그 아주머니의 푸념을 들으며 옛날의 어느 순간을 헤매고 다녔나 보다. 머리가 어지럽다.

바람 스산한 늦가을, 시어머니가 초등학교 다니는 두 어린 조카를 데리고 오셨다. 곧 무슨 일이 일어날 것 같아 조마조마하며 며칠이 지났는데 드디어 아이들이 왔다. 다른 형제들에겐 한 말씀 건네 보지도 못하시고 그래도 나를 가장 믿었다는 어머님의 말씀에 잠시 마음이 흔들렸지만 매정하게 대답했다.

"어머니! 어머니는 제가 잘 모시겠습니다. 하지만 아이들은 자신이 없습니다."

그러고는 모질게 아이들을 내쳐버렸다. 어떻게 해야 할까 마음에 갈등이 일어날 때, 내가 원하는 쪽으로 누가 조금만 거들어 주면 나의 선택에 확신을 가지고 용감해지나보다.

며칠 전 조카 아이 담임 선생님께서 전화를 주셨다. 계모로부터 아이들이 시달림을 받는다 하니 큰어머니가 아이들 맡을 수 있는 형편이 되느냐는 질문에 집안 사정을 얘기하면서 선생님은 이럴 때 어찌 하시겠어요? 구원을 요청하듯이 되물었다.

"그런 형편이면 단호하게 거절하십시오. 할 수 있는 일만 하시면 됩니다. 복잡하게 생각하지 마시고 할 수 있는 일만 하세요. 용기를 가지세요."

밤은 깊어 가는데 아이들 손을 잡고 뒤돌아 나가시는 늙은 시어머니의 뒷모습에 한없이 눈물은 쏟아지고 어깨를 짓누르는 삶의 무게에 나는 그만 맥없이 무너져 버렸다. 펑퍼져 땅바닥에 주저앉아서 일어날 수가 없었다. 마음 모질게 먹고 눈 질끈 감고 아이들을 돌려보냈더니 마음은 더욱더 편치 않았다.

20여 년 전 IMF의 어려움을 겪지 않은 사람이 어디 있겠냐마는 우리는 심하게 겪으며 지나갔다. 적은 자본으로 조그만 사업을 경영하던 남편의 일이 잘못되었다. 주 거래처인 큰 회사가 무너지고 줄줄이 도산하고 우리도 무너졌다. 집은 경매로 넘어가고 갈 곳이 없어서 막막할 때에 조카 아이들은 들이닥치고 나는 모진 사람이 되었다. 사실 할 말은 없다. 길거리에 천막을 치고서라도 아이들을 보듬을 수 있어야 하는데 나의 매정함에 지금도 떳떳하지 못하다. 돌아가신 시어머니께도 항상 스스로 죄인이 되었고 지금은 연락도 되지 않는 조카들에게 미안하다는 말도 전할 수 없다. 형편도 형편이지만 상처받고 돌아다니면서 고슴도치처럼 가시 돋은 저들을 품어 줄 용기와 사랑 없음이 나를 슬프게 한다.

가끔 지나간 일들이 생각난다. 부끄럽고 후회스러운 순간들을 떠올리며, 지금 다시 그 순간들이 돌아온다면 나는 어떻게 할까? 타임머신 타고 과거로 돌아간다 해도 어찌할 방법이 없을 것 같다. 나는 과거나 지금이나 졸장부 소인배를 면할 수는 없나 보다. 의롭고 용기 있는 삶을 살지 못하고 두려워하고 겁내며 구차하게 변명하고 사는 듯하여 가슴이 체한 듯이 멍하다. 청소하는 아주머니는 고민도 하지 않고 사랑을 실천하였고, 힘들어하면서도 사랑을 꽃피우는 중이다.

먼 훗날, 사랑의 향기가 퍼져 나갈 때 나는 돌아볼 염치도 없지만, 향기는 스스로 다가와서 나의 마음속을 헤집고 다니리라.

4장

살면서 가끔 한 번씩
철학자가 되어본다

삶을 배운다

그해는 유난히 더웠다. 잦은 태풍과 가뭄은 자연의 질서마저 흩트려 놓았다. 비도 없이 태풍만 불어서 물난리는 없었지만, 부러지고 자빠진 농작물은 손댈 수도 없을 만큼 처참했다.

햇볕은 어찌 그리 따가운지 모든 게 타들어 가고, 한 발짝 옮길 때마다 풀썩풀썩 먼지가 일어나니 숨이 턱에 멎는 듯하다.

지구가 열이 나고 몸살을 앓는 다니 예견한 일이지만, 기상이변으로 자연의 질서가 재정비될 수도 있겠구나 생각하니 섬뜩하다. 낭떠러지가 눈앞임을 알면서 떠밀려가는 대열에서 한 발짝도 움직일 수 없음에 가슴이 답답하다. 지구를 살리자는 목소리가 허공을 치면서 연일 울려 퍼지지만, 뚜렷한 대책도 없다.

지난여름에 첫 수확이라며 태풍에 멍든 풋복숭아를 나누어 먹었는데 가을에 또 꽃이 피었다. 제철 꽃이 아니라 화사하진 않았지만, 가지마다 꽃이 피었다. 구기자는 늦여름에 열매 따서 차 끓여 먹었는데, 또 꽃이 피더니 주렁주렁 열매도 맺었다. 배꽃도 열매 맺어 주먹만 할 때 태풍에 다 떨어지더니 또 피어서 가을이 봄인 양 만개하였다. 하늘도 맑고 날도 따뜻하니 이대로 두면 봄이 다시 올 것 같은 착각에 빠진다.

이방인의 눈으로 보면 흐트러진듯한 질서지만 자세히 들여다보면 자연의 섭리에 모든 것을 맡기고 순응하는 저들의 삶이 보인다. 꽃 피고 열매 맺었지만 바람 불어 훑어가니 앙상한 가지만 남는다. 다시 따뜻한 햇볕이 비치고 꽃 필 여건을 자연이 허락하니 주저 없이 또 꽃을 피운다. 왜 나에게 이런 시련을 주느냐고 울부짖지도 않고, 두 번 꽃 피고 열매 맺게 해 줘서 감사하다고 방정도 떨지 않는다. 기상이변이 어쩌고저쩌고 남 탓하며 원망도 하지 않는다. 묵묵히 주어진 여건에 최선을 다하며 살아가는 모습에 절로 고개가 숙여진다.

부러진 치커리 줄기는 꼿꼿이 서 있는 다른 줄기보다 빨리 꽃이 핀다. 생명에 위협을 느꼈는지 서둘러 꽃을 피우는 모습에 삶의 처절함이 묻어난다. 부러져서 땅에 누워 있는 줄기 끝에서 진한 파란색 치커리 꽃이 피어났을 때 코끝이 찡해지며 눈물이 핑 돌았다.

늦가을, 우연히 땅에 떨어진 유채 씨는 선선한 날씨에 크지도 못하고 땅에 딱 붙은 채 말없이 애처롭게 꽃을 피운다. 지금 싹이 터서 어찌할 거나 염려하는 사이에 손가락 두어 마디쯤에서 땅에 딱 붙은 채 서둘러 꽃을 피운다. 보잘것없는 잎사귀 몇 개 위에 노란 꽃이 고개를 쳐든다. 눈을 떠보니 겨울의 초입인데 마음이 어찌 급하지 않았을까. 최선을 다하여 살아가는 삶이 고귀하게 다가온다. 흐트러진 듯이 돌아가는 질서 속에서도 어느 것 하나 빠진 톱니처럼 헛돌아가며 시끄럽게 아우성치지 않는다.

돌담 속을 뚫고 나오는 이름모를 덩굴과 의미 없이 피고 지는 듯한 한

송이 야생화의 삶을 배운다. 척박하고 그늘진 곳에 뿌리를 내린 놈도 불평하지 않는다. 자신의 줄기를 길게 늘려서라도 햇볕을 찾아가는 억척스러움이 있다.

돌담을 기어 다니는 송악도 억세 보이지만 손만 대면 툭툭 끊어지면서 뿌리까지 뽑히지는 않겠다고 저항한다. 소탐대실의 어리석음을 저지르지 않으니 명현이 따로 없다.

여려 보이는 하늘타리의 덩굴손은 가로막은 돌을 휘감아 돌아서 나오는 지혜와 강한 집념이 있다. 자신을 알고 상황에 대처하는 현명함을 누가 나무라겠는가. 돌을 뚫으려다 생을 마감하는 우매함보다 얼마나 지혜로운가. 대나무의 기개를 부러워하지 않고 막힌 돌담도 휘휘 돌아다니며 바람 불어도 끄떡없다.

돌 밑에 자리잡은 어린 팽나무도 콩나물처럼 길게 늘어나면서 돌 밑을 빠져나와 햇볕을 찾아가는 모습이 경이롭다 못해 존경스럽다.

살벌한 기후변화에 차라리 스스로 변화하면서 살아남는 슬기로움은 어디서 오는 걸까? 더운 지방의 구아바를 화분에서 키우다가 밖으로 옮겼는데 그해 겨울 죽었다. 이듬해 싹이 트지 않아서 죽은 줄 알았는데 늦여름에 싹이 트더니 이제는 열매도 잘 맺는다. 스스로 변화하면서 살아남는 슬기로움이라면 기상이변인들 어찌 두려워하랴.

뒷짐 지고 하늘을 올려다본다. 쏟아지는 햇살에 눈이 부셔서 손 그늘을 만들어 게슴츠레 눈을 떴다. 파란 하늘에 하얗게 줄을 그으며 비행기가 지나간다. 망망대해에 물보라를 일으키며 배가 지나가듯이, 눈보라를 일으키며 스키가 미끄러지듯이 시원스레 줄을 긋는다.

　빙하시대가 다시 온다면 인간은 스키를 즐길 수 있을까. 선사시대부터 멈추지 않고 달려왔으니 빙하시대가 온다 해도 살아남을 수 있을 거다. 섭리에 순응하며 산다는 건 극복하며 산다는 것이니 아마 즐길 수도 있을 거라고 애써 믿어본다.

나를 찾아 나서지만

이미 만들어진 궤도를 돌아가는 톱니바퀴처럼 운명이란 벗어날 수 없는 삶의 굴레라고 생각한 적이 있었다. 쭈뼛쭈뼛하며 점집도 찾아가고 이름을 풀어서 운명을 해석하는 철학관도 찾아갔다. 카운슬링이란 말은 별로 좋아하지 않지만, 조언을 구하며 돌아다녀도 보았다. 본의 아니게 카운슬러가 되었을 때, 조언해 주고도 마음이 개운치 않아서 며칠을 힘들어하였다. '나라면 그럴 것 같아.'로 마무리하지만 그게 정말 내 일이라면 또 누군가에게 조언을 구하고 싶을 거다. 공개되어도 상관은 없지만, 숨기고 싶은 일이 떠돌아다니는 게 싫어서 비밀을 원한다. 답도 얻지 못하고 불안감만 키우니 그 짓을 왜 할까.

이래야 좋을까 저래야 좋을까 가슴이 먹먹하면 작정하고 한 며칠 안개 속 미로를 헤맨다.

헝클어진 실타래를 풀어나가듯이 한 올 한 올 풀어나간다. 온갖 가능성을 쏟아 놓고 하나하나 추려낸다. 혼돈 속에 푹 빠져서 뒹굴다 보면 어느 순간 머리가 맑아지면서 생각들이 정리된다. 혼자 안개 속 미로를 헤매는 모습을 지켜보는, 조금 거리를 둔 또다른 나의 자아가 갈 길을 찾아준다.

한 며칠 머리 싸매고 고민하면 해결된다는 믿음으로 살아왔으니 내가 내 멘토가 되었다.

게오르크 롤로스의 책 한 권이 나의 신념에 확신을 주었다. 그냥 내 생각이려니 했는데 터무니없는 생각이 아님을 이 책 한 권이 깨우쳐준 듯하여 무한한 감사를 드린다.

게오르크 롤로스의 『내가 생각하는 내가 진짜 나일까?』를 보자.

'어떻게 결정해야 하는지 정말 모를 경우, 마음을 고요히 하고 응답이 올 때까지 기다리라. 자아보다 더 높은 자기 self가 이미 올바른 길을 안다고 신뢰하라. 본디 자기 자신과 접촉하려면 두려움, 분노, 결핍으로부터 자유로워져야 한다.'

마음 챙김의 4단계

1. '지금 여기'로 돌아오기

2. 상황을 있는 그대로 다정하게 지각하기

3. 있는 그대로 받아들이기(내적인 자유에 이르는 작업. 나를 포근히 감싸며 위로하고 존중한다)

4. 새로운 방향으로 나아가기. 주의의(이성보다는 감정에 귀를 기울여) 방향을 다룬다.

마음이 자유로워지고, 나의 진실이 무엇인지 찾는다. 에고나 이성이 결정하게 하지 말고, 고요한 마음으로 가슴의 음성을 듣는 것을 배울수록 두려움이나 걱정에 결정의 주도권을 넘기는 일이 없을 것이다.

이성이 만들어내는 생각들을 믿었고 당신의 주의도 그것들을 따랐다. 마음속에 도사리고 있는 열 개의 방들은 방문을 열어 두고 나를 기다린다. 통제, 열등감, 결핍, 오만, 죄책감, 부정, 저항, 탐욕, 혼란, 무기력의 방 등 부지불식간에 걸려들 수 있는 함정이다. 세상의 소리와 이성으로 양육된 이들은 우리를 본성에서 멀어지게 하고 또 하나의 자아를 키운다.

나는 내 생각과 다르다. 에고의 상태와 거리 두기로 최면의 상태에서 깨어나는 순간, 주의가 그 상태와 거리를 두기 시작하는 그 순간, 악몽에서 깨어난다. 주의를 움직여 에고의 방들과 거리를 둘수록 더 많은 자유를 얻게 된다. 나는 내 옆에 서서, 있는 그대로 다정하게 지각한다. 당신이 추구하는 고요한 관찰자는 본래의 당신 모습이다.

순결하고 자유롭게 우주와 연합되어 살던 존재는 세상에 태어나서 불러주는 자기 이름을 들으며 세상 음성에 안내되어 개성적인 존재가 되어 간다. 자신을 생각, 감정과 동일시하며 그렇게 페르소나(그리스어로 마스크)가 탄생하고, 그것이 당신의 에고다. 크면서 이성과 에고가 여물어 가고, 이성은 당신이 몸이며 감정이며 생각이라고 믿어 주기를 바란다. 그래야 페르소나가 유지되고 에고가 살아남기 때문이다.

데카르트는 "나는 생각한다. 고로 나는 존재한다." 이성을 통한, 즉 에고를 통해 자기를 지각한다고 주장했다.

틱낫한은 "나는 생각한다. 고로 나는 존재하지 않는다."로 뒤집었다. 우리가 이성과 거리를 취할 수 없으면 우리는 생각의 인질로 남는다. 자기 자신이 진정 누구인지 볼 수 없기 때문이다. 이성에 가려진 자기 자신을 먼저 찾아야 한다고 주장한다.

나는 누구일까 이것은 가장 중요한 질문이며 깊은 명상에 들어가는 질문이다. 틱낫한은 생불이라는 베트남의 승려이며 게오르크 롤로스는 독일의 저널리스트며 틱낫한의 제자다. 울어멍은 시골 농부이며, 불교 신도는 아니지만 잃어버린 내가 내 안에 있었다는 사실에 가슴이 먹먹하도록 감명받았다.

세상의 소리와 이성으로 양육된, 본성에서 멀어진 자아를 떠나 또 하나의 나를 찾아 나선다. 찾으면 어쩔 것인가? 찾지도 못하겠지만, 찾아도 골치 아픈 건 마찬가지다. 길러진 이성에 너무 얽매이지 말라는 현자의 가르침이겠거니 마무리한다.

단칼에 무 잘라내듯이

여명을 밀어내고 태양이 하늘을 붉게 물들이면 푸른 새벽은 기지개를 켠다. 저 멀리 보이는 작은 창의 불빛은 불침번을 서던 동지인양 반가움을 전한다. 아무리 멀더라도 창문을 통해 흘러나오는 불빛은 따뜻하다. 저이는 방금 불을 켰을까? 이제 불을 끄려고 하품하고 있을까?

푸르스름한 새벽의 공기는 꿈틀거리는 대지를 지그시 짓누르며 조용히 타이른다. 이제 물러갈 테니 등 좀 그만 떠밀어요.

방금 본 작은 창의 불빛은 붉은 새벽노을이 하늘을 불태우기 시작할 때 사라졌다. 방금 본 저 불빛은 내가 잘못 본 것일까? 떠나는 새벽이 가지고 간 건가.

어느 날 새벽, 창문을 열고 밖을 보았다. 여명이 너무 청명하여 넋을 잃고 보다가 작은 창의 불빛에 카메라를 들이댔다. 찰칵찰칵 연달아 자꾸 찍었다.

푸르스름한 하늘은 붉게 물들고, 수십장의 장면들이 카메라에 남았다. 가장 아름다운 놈 건지려고 하나하나 지웠다. 욕심이 화근이다. 하나 딱 남았을 때 놀라서 사지가 서늘해졌다. 작은 창문의 불빛이 보이지 않는다. 사진 찍는 동안 불빛은 꺼지고 불 꺼진 창도 찍었는데 그놈만 살아남았다. 불빛을 건지려다 배경에 흘려 다 지워버린 모양이다. 다시 찍으려고 창문을 열어보니 불빛이 보이지 않는다. 불을 끈 건지 떠오르는 태양이 삼켜버린 건지….

아쉬움에 뚫어져라 눈동자를 굴려봐도 불 꺼진 창은 냉랭하기만 하다. 단칼에 무 잘라내듯이 기다 아니다 구분 지으며 살아온 지난날들이 회한으로 남는다. 누가 잘못을 하면 사람이 어떻게 그런 짓을 할 수 있나 욕하지만, 사람이니까 그런 짓도 할 수 있다.

사람은 동물이지만, 신이 침범할 수 없는 부분이 있다는 것을 가끔 잊어버린다. 신도 침범할 수 없는….

할망이 세상을 본다

　저걸 뽑아야 하나 말아야 하나. 한참을 들여다봤다. 누렇게 빛 바랜 잔디 위에 새싹이 돋았다. 지난여름 돌담 위를 기어 다니던 줄 콩이 싹을 틔운 거다. 추수가 막 끝났으니 파종 시기는 물론 아니다.

　영하의 날씨는 거의 없지만, 눈바람 몰아치는 긴 겨울도 몇 발짝 앞에 떡 버티고 있는데 저걸 어찌해야 하나. 앞마당이라 지나다니는 발길이 많아서 언제 밟혀 죽을지도 모르니 애간장이 탄다.

　옮겨 심으려 하니 바로 눈앞에 죽음이 있는데, 살아도 어차피 곧 죽을 목숨인데, 새로운 장소에서 살려고 발버둥 칠 녀석이 너무나 가여워서 옮겨 심을 마음이 없어진다.

　아예 싹 뽑아버릴까? 작은 돌담 쌓아 보호해 줄까? 밟혀 죽어도 얼어 죽어도 그건 너의 운명이라고 그냥 눈감아 버리나? 너무나 당당하게 버티고 선 녀석이 세상 물정을 몰라도 너무 모른다 싶어서 가슴만 아파진다.

　제주에는 곳곳에 야자수가 많이 눈에 띈다. 가로수로 길게 늘어서서 이국적인 분위기를 풍기며 관광객을 매료시키지만, 한겨울 바람에 흔들리는 모습은 가엾다 못 해 슬프기까지 하다.

지난 어느 해인가 관광 사업으로 진행된 도 정책이었다고도 하고 나무 가꾸기 좋아하는 어느 제주인이 남방에서 가져온 식물이라고도 한다.

한두 그루씩 집안에서 키우는 집이 참 많다. 우리 집에도 30년은 됨직한 큰 야자수가 있다. 우리 동네에서 제일 키가 크다.

겨울이면 눈을 하얗게 뒤집어쓴 그 녀석이 나를 슬프게 한다. 제주 바람과 제주 눈발은 정말 따갑다. 시시때때로 불어오는 눈바람은 어느 쪽에서 불어오는지 알 수도 없다. 사방에서 싸라기를 흩뿌리는 듯하여 눈을 뜰 수도 없는데 남방 더운 지방 녀석은 얼마나 고통스러웠을까?

봄이면 탐스럽게 꽃도 피지만 열매 맺는 건 본적이 없다. 타 들어가는 여름 뙤약볕에 잎사귀 축 처진 그 녀석이 가엾다. 소나기가 얼마나 그리울까. 삶이 버거운 그 녀석에게 물 호스를 들이대며 위로한다.

너 참 잘 컸다!

너 참 강하다!

너 참 멋지다!

그 녀석은 까마득히 높은 곳에서 축 처진 잎사귀만 무심히 흔들어댄다.

시작도 없고 끝도 없는 주절거림이 나를 혼란케 한다. 어디에다 의미를 두고 누구를 위한 일인지 알 수도 없는 수많은 일이 자고 나면 매스컴에서 튀어나온다.

안락사, 낙태, 대리모, 인공수정, 유전자 조작, 줄기세포, 복제, 냉동인간, 사이보그, AI….

인간이 하려고 생각하는 일을 어디쯤에서 멈추면 좋을까? 더욱 박차를 가하라고 꽹과리 두들겨 응원할까? 신의 영역까지 운운하고 싶진 않지만 좋아지라고 한 일이 꼭 좋은 결과로 이어지지 않는 게 사람 사는 세상이기에 걱정이 된다.

올더스 헉슬리의 멋진 신세계가 생각난다.

생산되는 제품인 인간은 유토피아를 누린다. 질병도 없고 가족도 없고 개인만 존재하는 집단사회는 지금 우리가 갈망하는 모든 것을 의무적으로 해야 한다. 행복하지 않으면 법에 걸리고 집단 성토를 당한다. 조금만 기분이 저조하면 합법적인 마약이 투여되고 행복할 의무를 주장하며 이성도 선택하여 섹스를 즐긴다. 겹치지만 않으면 수용할 의무가 있다.

금욕하면 질타당하고 행복한 척해야 한다. 자유만 빼면 원하는 건 무엇이나 다 할 수 있다. 행복할 권리가 아니라 행복할 의무를 강조하는 사회다. 인간이 하고 싶어 하는 모든 것을 다 이룰 수 있도록 허용하는 사회를 천국이라 아니할 수 없지만, 자유 의지로 하지 않는 일이 과연 행복할까?

배고프지 않는데 오리 아가리 벌리고 먹이 투여하면 오리는 얼마나 괴로울까. 인간의 오장육부 한쪽에 잉여행복을 모으는 주머니가 달려서 푸아그라처럼 값을 매길지도 모르겠다.

나는 오래오래 잘 살고 싶다. 그렇지만, 50년 전에 죽었다고 10년 전에 죽었다고 아니면 20년 후에 죽는다고 크게 뭐가 다를까?

무슨 말인지도 잘 모르면서 답답한 시골 촌부는 오늘도 지는 해를 바라보며 생각한다. 나는 무엇을 걱정하며 살아야 잘 사는 걸까. 오래오래 말고 잘 살고 싶다.

　세상 나들이 끝나고 해가 뉘엿뉘엿 넘어가면, 어린아이처럼 더 놀다 가겠다고 떼쓰지 않고 툴툴 털고 일어설 수 있는 현명함을 갈망한다.

커튼을 내리고 게슴츠레 눈을 뜨니

이메일 수신함을 열었다. 눈에 익은 아이디의 어느 분이 메일을 주셨다.

"잘 계시지요. 집필하시는 시간에……."

옆에 있던 딸아이가 한마디 거든다.

"무슨 집필까지씩이나."

피식 웃으며 한마디 거드는 바람에 슬며시 감정이 상한다.

"시골 할매는 집필도 못 하냐?"

글이라고 내세울 것도 없는 잡문이지만, 나는 책상 앞에 앉아서 격식을 갖추고 써보지 않았다. TV 보다가 갑자기, 잠자다가 벌떡 일어나서, 이야기 도중에 슬그머니 빠져나와 휴대폰만 손에 들면 손가락 두 개로 또닥거린다.

남의 글도 한자 문구 서너 개만 연달아 나오면 두세 번 읽어보아야 뜻이 통하니, 얕은 지식으로 수준 높은 수필을 써서 심금을 울릴 수는 없다. 요리사의 수준이 그러하니 고만고만한 음식밖에는 할 줄 모른다. 부드럽고 윤기 자르르 흐르는 고급스러운 요리는 흉내도 못 내고 기껏해야 말랑말랑한 푸딩 정도에 간혹 씹을 거리라도 있으면 이게 웬 거냐고 호기를 부린다.

십여 년 전 블로그를 개설하고 생활 에세이를 게재했다. 반응도 나쁘지 않고, 살아가는데 활력을 주는 것 같아서 열심히 관리했다.

2~3년 전 다른 SNS로 갈아타면서 건방이 도를 넘었다. 날마다 죽죽 오르내리는 그래프를 하루에도 서너 번씩 확인하고 독자 운운하며 기성 작가의 흉내를 내었다. 한 달에 서너 개의 글을 올리지 못하면 당장 추락하는 것처럼 조바심을 내고 반응 하나하나에 신경을 곤두세웠다.

어느 날, 불현듯 커튼을 닫고 싶었다. 그래. 브레이크 타임이다. 나만 보기로 전환하고 확인해보니 등록된 작품이 없다고 휑하니 빈 곳이 뜬다. 가슴에 커다랗게 구멍이 뻥 뚫린 듯이 허전했지만, 그렇게 시원할 수가 없었다.

술렁술렁 빠져나가는 공기의 흐름을 느끼며 기지개를 켰다. 꽉 막힌 가슴이 뻥 뚫린 듯 시원했다. 왜 여태 자신을 묶어서 구속했는지 모르겠다. 자유롭게 하고 싶은 말 하며 눈치 보지 않고 여유롭게 산책하듯이 평온을 즐기고 싶다.

내 생의 전부라고 말하며 어떤 일에 매달리는 사람들이 많다. 무대에서 죽고 싶다는 가수, 죽을 때까지 연기하고 싶다는 연기자, 체력이 닿는 한 하겠다는 운동선수, 산에서 죽고 싶다는 산악인도 많다. 내 생의 전부라고 말하는, 죽는 순간까지 안고 가겠다는 그것은 무엇일까?

나를 표현하고 인정받고 잘했다고 칭찬받기를 원하는 것은 본능이다. 아기가 손뼉 치며 환하게 웃을 때 엉덩이 두들겨주며 칭찬하면 또 신이 나서 손뼉 치며 한바탕 깔깔거린다. 아기의 깔깔거림과 어른들의 '내 생의 전부'는 무엇이 다를까?

아기는 성장의 기쁨을 인정받으며 크기를 원하고, 어른들은 내 생의 전부라는 말을 걸고 타인에게 인정받고 싶은 욕망 아닐까. 사실은 나를 스스로 인정하고 싶은 욕망일지도 모른다. 타인의 힘을 빌려 찬사를 듣고 싶은 것은 나를 인정하고 잘 살았다는 확신을 스스로에게 하고 싶은 간절한 마음일지도 모른다.

나도 최선을 다하여 열심히 살았다고 인정받고 싶었나 보다. 타인에게 나를 인정받고 싶어서, 생이 무의미하지 않았다고 위로 받고 싶어서 그렇게 아등바등 애썼나 보다. 자신을 인정하고 나의 가치를 부여할 때 의존하지 않는 진정한 나의 삶이 이루어지는 게 아닐까.

댓글 하나에 신경이 곤두서고 그래프에 집착하는 어리석음을 알지만, 희열에 몸을 떨던 그 순간만큼은 최대의 행복이었다. 살면서 쉼표는 꼭 필요한 것 같다. 피곤하지 않아도 잠깐 숨 고르기 하며 중간 점검도 해보자. 타성에 젖어서 시간만 죽이며 살려지는 삶은 아닌가?

커튼을 내리고 게슴츠레 눈을 뜨면 속눈썹 사이로 비치는 시야가 평화롭다. 이명도 들리지 않고 눈을 감았다는 단절의 느낌도 들지 않는다. 편안하게 의자에 기대어 게슴츠레 눈을 뜨고 생각에 잠긴다. 숨 고르기 한다. 내려진 커튼 사이로 스며드는 햇살마저 살아 있음을 일깨워주듯 편안하다. 쪽 잠을 자듯 숨 고르기 한다.

무엇을 남길까

산은 둘레의 땅보다 훨씬 높이 우뚝하게 솟아 있는 땅덩이라고 사전에는 기재되어 있다.

습곡 단층 지표의 상향 굴곡과 화산암의 지표 분출에 의해 생성된다고 하지만, 제주의 산은 화산폭발로 인한 용암분출로 생성되었다. 오름이라고 부르며 대부분 분화구가 있다.

한라산을 제외한 대부분의 오름은 숲도 울창하지 않고 계곡이 거의 없으며, 있다 해도 실개천 정도이고 건천이다. 비가 많이 오면 계곡이 넘쳐 흐르지만, 비가 그치면 물 고인 건천으로 돌아오니 볼품이 없다. 비가 와야 형성되어 장관을 이루는 '엉또폭포'라는 곳도 있지만, 폭포는 두어 개 정도다.

둘러보아도 사방이 바다다. 가장 멀리 보이는 한라산을 기준으로 동서남북을 가늠하지만 중간중간 작은 산이 솟아 있고 오름이라 부른다.

제주에 이사 온 그 해, 더위를 피하여 계곡이 훌륭한 이름난 산이라고 찾아갔다가 실망했다. 여름이면 제주인들이 즐겨 찾는 피서지라 하기에 수박, 돗자리 들고 찾아갔는데 동네 앞산 정도이다. 마을 앞 미역감던 시냇물 같은 곳을 계곡이라고 사람들이 바글바글 끓는 것을 보고 어이가 없었다. 제주의 지리적 특성을 모르고 육지의 산들과 비교했기 때문이다.

어느 분의 방선문 탐방기를 읽었다. 잘 묘사된 방선문의 모습에 다시 한번 가보고 싶은 충동을 느꼈다. 건성으로 대충 훑어보는 나의 나쁜 버릇이 여기서도 제 역할을 충실히 하였나 보다.

방선문 하면 물기 없이 바싹 마른, 집채보다 큰 바위만 생각나니 나도 참 한심하다. 신선이 사는 곳으로 들어가는 문이라는 뜻인데 빌딩 같은 바위들이 수목과 어울려 장관을 이룬다. 우와 하긴 했는데 거대한 암벽들과 새겨진 많은 시를 보고 놀랐지 풍광은 육지의 것들과 비교가 되지 않았다. 부임한 제주 목사들이 선비들과 어울려 풍류를 즐기며 암벽에 시를 새겨 놓았다 한다. 바위마다 새겨진 시들을 보며 저분들은 저렇게도 선비의 뜻을 전하려고 애쓰셨다 생각하니 시대착오적인 회의감에 빠진다. 차라리 굶주린 백성들에게 배불리 먹고사는 법을 깨우치려 애썼다면 얼마나 좋았을까. 뜻은 고사하고 읽지도 못하고 입만 딱 벌리고 기함했다.

사람은 뭔가를 남기려는, 나를 남기려는 강한 욕망이 있다. 훌륭한 사람들은 그들의 업적을 남기기 위하여, 조금 못한 사람들은 희미한 족적이라도 남기려 평생을 바친다. 요즘은 환경을 해친다고 엄하게 금하지만, 산의 조금 큰 바위엔 어떻게 새겼나 싶을 정도로 깊이 새겨진 이름들과 눈살을 찌푸리면서 웃음을 자아내게 하는 많은 문구를 볼 수 있다.

'나 여기 왔다', '철수♡영이', '우리 사랑 영원히' 등 때로는 장난스러운 말들이 어지럽게 새겨져 있다. 심혈을 기울여 바위에 새길 말이라면 차라리 가슴에 새기지 왜 저랬을까?

나에겐 남길 큰 유산도 없고 남길 심오한 말도 없다. 아이들의 버팀목이 되어 달라고 부탁할 사람도 없으니 사후의 일들이 걱정될 때가 있다. 자주는 아니지만 요즘 들어 거론되는 말이 있다. '평소 유언'인 셈이다.

내가 죽으면 하고 서두를 꺼내면 딸아이가 떡에 콩고물 묻히듯이 빠르게 받아 친다. 제 딴엔 농담처럼 에둘러 희석한다.

"어디다 묻을까? 나무 밑에? 고향에? 고향에 깊은 정 있수?"

호들갑을 떨며 코밑에서 방글거린다.

"멀리 갈 것 없다. 저 바다에 시원하게 뿌려라."

금방 샐쭉해지며 분위기 팍 잡는다.

"엄마는 참 이기적이우. 기쁘거나 슬플 때 찾아갈 곳도 허락하지 않을 셈이우? 바다에 뿌리면 그것도 환경 오염인 거 모르시우?"

착 가라앉은 분위기에 덩달아 젖어 든다. 수습도 못 할 말을 괜히 했나 싶어서 민망해진다. 많이 남은 것 같지만 10년은 후딱 지나가던데. 생각하니 평균수명보다 우리 엄마 돌아가신 연세가 먼저 떠오른다. 우리 엄마가 내 나이 때 하고 생각하니 갑자기 건너뛰어 버린듯한 현실이 낯설어진다.

내가 어디쯤 서 있는지 점검해야 할 나이가 되었나 보다. 나이는 숫자에 불과하다는 말은 내가 별로 좋아하지 않는 말이다. 왠지 남의 옷을 입은 것처럼 어색하고 불편하다. 늙으면 흰머리와 주름도 생기고, 적당하게 늙은 티도 나고 그래야 정감이 가지 않을까.

소풍이 끝나가는데 적당한 피로감도 느끼고 이제는 집에 가야 할 시간이라고 주섬주섬 추스르는 시간도 가져야 하지 않을까. 나이 드신 어른들께 매맞을 소리지만 흐르는 세월을 적당히 타고 가면 편안하다. 많이 늙은 내 모습에서 얼마 남지 않은 세월을 느끼고, 편안하게 돌아갈 구실거리라도 찾으며, 위안받고 싶었나 보다. 거울을 자세히 들여다보지 않지만, 스쳐 지나가는 실루엣만 봐도 완전 늙은이다.

무엇을 남기나? 남길 게 아무것도 없다. 아이들 마음에 환한 웃음이 떠오르게 우스갯소리로 너스레나 떨어야겠다. 생각만 해도 편안해지고, 나사 하나 빠진 듯이 우스갯소리 잘 하는 모습으로 남고 싶다.

빈 구석을 보이는 따뜻한 사람!

돌아간다는 말은

계란 껍질 서너 개를 포개어 한 덩어리로 만들었다. 창문 활짝 열고 힘껏 던졌다. 예전에는 창문 바로 밑에 떨어져서 난감했는데 멀리까지 슈웅 날아가서 사방으로 흩어진다. 집이 귤 밭 안에 있는데 쓰레기를 들고 내려오기 싫어서 자꾸 꾀를 부린다. 배추 껍데기, 계란 껍질, 과일 껍질 등을 이렇게 이층 부엌에서 귤 밭으로 투척한다.

참 신기하게도 널브러져 있던 그것들이 며칠 지나지 않아 흔적도 없이 사라진다. 잡풀 사이에 이리저리 흩어져서 괜히 던졌나 싶었는데 금방 사라진다. 햇볕과 흙과 바람이 데려가고 푸른 잡풀만 남는다. 같이 동조한 벌레들은 도망가고 멍청한 잡풀만 남아서 다 잡아먹었다고 뒤집어쓴 지도 모르겠다. 어쩌면 잡균들이 눈에 보이지 않게 일조했을 수도 있겠다. 이렇게 자연은 어우러져 서로 동조하며 질서를 유지한다.

잡풀이 파랗게 푸른 초원을 이루니 풀을 한번 베야겠다. 그리 넓지 않은 귤밭이지만 며칠 걸린다. 여름엔 풀을 베고 지나가면, 벤 자리가 금방 파래지니 크면서 따라오는 속도가 베는 속도보다 더 빠른 듯이 느껴진다. 풀베기만 잘 하면 귤농사의 반은 거의 다 지은듯이 느껴진다. 제초제를 뿌려 누렇게 변한 밭을 보면 섬찟함마저 느껴지니 삼족을 멸한다는 엄벌이 이런 건가 보다.

지긋지긋한 잡초에도 사랑이 남아 있어 여름 땡볕에 비지땀을 흘리며 풀베기를 한다. 삼족을 멸하는 잔인함만은 면해주고 싶다고 한껏 넉넉함을 뽐내며 자화자찬하니 이만하면 뻔뻔 수준이다.

4월 중순부터 고사리 채취로 오름은 붐빈다.

저지 오름은 10년 전만 해도 고사리 꺾는 사람이 별로 없었다. 제주도 사람은 무덤가의 고사리는 먹지 않아서 제사상에도 올리지 않는다고 한다. 요즘은 무덤가에도 사람들이 많이 모여든다. 제주인인지 관광객인지 타지에서 입도한 제주인인지 모르지만, 새벽부터 붐비니 발 들이밀 틈도 없다.

몇 년 만에 저지 오름 중턱에 있는 공동묘지를 찾았다. 고사리 나물을 별로 좋아하지 않지만, 오동통하게 살이 올라 고개 쏙 내미는 연 보랏빛 푸른 고사리가 탐스러워 꺾고 싶다. 1년에 일곱 번은 꺾을 수 있다니 태어나자마자 일곱 번은 죽어야 하는 참 고단한 생이다. 고이 두고 볼 일이지 그 어린 걸 꺾긴 왜 꺾나? 모진 맘을 어떻게 변명해야 할지 모르겠다.

뱀이 자주 출몰한다기에 등산화 신고 큼직한 비닐봉지 하나 허리에 찼다. 목장갑 끼고 완전무장 하였으니 이만하면 빈틈없다고 생각하면서, 비닐봉지 한 개 더 갖고 올 걸 살짝 욕심이 났다. 아침 일찍 먹고 희뿌연 새벽에 산을 오른다. 고사리꾼은 새벽이 아니면 꾼이라 할 수 없다.

옛날 같지 않다. 도시화에 여기 공동묘지도 오래갈 것 같지 않다. 이장하고 뻥 뚫린 휑한 자리가 무서움으로 다가온다. 군데군데 뻥 뚫린 빈자리가 섬찟하고 슬퍼지는 것은 왜일까. 봉분이 살아 있는 묘는 편안해 보였는데 이장한 빈자리는 무섭다. 이사 간 빈집처럼 썰렁하고 어설프다.

정붙이고 살던 이도 죽고 나면 무서워진다. 정 끊으려고 무서움 남기고 떠난다지만, 묘를 떠난 죽은 이 사람은 나와 무슨 인연으로 정을 끊으려는가.

흙 속에 만물이 녹아 든다. 빗물도 사람도 노루 새끼도 고사리도 다 녹아 든다. 어쩌면 이렇게 똑같이 흔적도 없이 녹아 들까? 살아 숨 쉬던 모든 것을 흙은 군소리 없이 다 끌어안는다. 돌아간다는 말은 흙으로 돌아간다는 말인가.

잔디밭에 신문지 깔고 분갈이 한다. 아이들이 사 온 비닐 컵의 카네이션을 예쁜 화분에 옮겨 심는다. 한 송이 카네이션보다 뿌리 달린 놈이 훨씬 듬직하고 정이 간다.

흙을 손으로 체 쳐서 부드러운 흙만 골라 담는다. 여기도 뭔 가가 이사 간 빈 자리거늘 정감 어린 손으로 한 움큼 움켜쥐고 화분에 퍼 담는다. 두 송이 빨간 카네이션 옆에 올망졸망 붙어있는 작은 꽃망울들이 곧 터질 듯이 싱그럽다. 손으로 뿌려준 물방울도 흡족한 듯이 편안해 보인다.

하늘은 가려서 보이지 않을 뿐 항상 거기에 있고, 흩뿌리는 비는 아니지만 항상 흡족하게 적셔줄테니 여기가 너의 낙원이라 생각해라. 화분이라는 감옥에 가두었으니, 위로라고 하는 말이지만 너무 뻔뻔하다.

창문 열고 내다보니 회색도시다

코로나19의 확산으로 나라 전체가 술렁인다. 종일 TV에서는 코로나19의 비상사태 뉴스가 화면을 메운다. 일도 손에 잘 잡히지 않고 악몽을 꾼 것처럼 막연히 불안하다. 마스크가 동이 나서 끝도 없는 줄을 서서 기다린다.

마트나 엘리베이터에서 마스크를 쓴 채 서로 눈을 피하고, 친구도 만나지 말고 부모님도 찾아 뵙지 말라고 권고한다. 화상 세배를 권장하고, 옆집에서 누가 들려도 마스크 쓰고 맞으니 민망하다.

대구 경북이 전국 확진자의 80%~90%를 차지한다는 소리에 더럭 겁이 났다. 하루 확진자가 700여 명을 넘어섰다.

작년 중국 무한에서 처음으로 발병환자가 나와서 중국 전체를 술렁이게 하더니 무한은 강제 고립되었다. 팬데믹으로 대구가 직격탄을 맞아서 무한처럼 고립되는 건 아닐까?

어느 종교 단체는 집회의 자유를 주장하며 당국의 방역에 협조하지 않고 비밀리에 모인다. 확진자와 접촉하여 의심되는 사람도 검사 거부하며 숨어서 다니고, 단체는 연락처마저 단절하고 신앙이라고 우긴다. 종교 탄

압이라 주장하며 로마 시대의 지하 교회처럼 자부심을 가지고 투쟁한다.

대구에 사는 동생에게 전화를 걸었다.

"우째(어떻게) 지내노?"

"언니야 병에 걸려 죽는 것도 겁나지만, 더 견딜 수가 없는 것은 창문 열고 내려다보면 차도 다니지 않고 사람 하나 보이지 않는 거리가 너무 무서워서 머리가 돌 지경이야. 아스팔트만 끝없이 펼쳐진 잿빛 도시가 소름 돋아. 대구에서 온 전화는 수화기도 멀리 떼고 받는다잖아."

농담으로 얼버무리는 웃음 속에 슬픔이 진하게 묻어난다. 머리가 들쑤시고 현기증이 난다. 갑자기 소름 돋듯이 공포가 느껴졌다. 어디선가 한 번 겪은 듯한 낯익은 공포가 머릿속을 훑고 지나간다.

눈먼 자들의 도시. 주제 사라마구의 『눈먼 자들의 도시』가 생각났다. 여기도 잿빛 도시가 펼쳐진다.

빨간 신호등에 걸려서 신호를 기다리다가 갑자기 눈이 멀어져 버린 남자는 아내를 전염시킨다. 진찰하던 의사를 전염시키고 길을 안내해주고 자동차를 뺏아간 도둑도 전염시킨다. 눈을 감았을 때의 캄캄함과는 다른, 온통 하얗게 보이는 백색 실명은 가공할 속도로 전염되어 도시가 마비될 정도로 심각하다.

원인도 모르고 치료 방법도 없이 전염된다는 사실 하나만으로 사람들은 공포에 젖어 든다.

정부는 수용소를 만들고 군대를 동원하여 감염자들을 강제 격리시킨다.

치료 목적이 아니라 분리수거를 위해 수색은 시작되고 도시는 아수라장으로 변해간다. 갑자기 눈이 멀어진 인간들이 열악한 환경에서 낯선 사람과 함께 군대의 감시하에 또 하나의 사회를 형성하며 살아간다.

소유했던 모든 것을 잃어버리고 우리에 갇힌 짐승처럼 도덕성과 윤리마저 잃어가는 눈먼 자들의 사회는 인간 본연 저 깊은 밑바닥의 추악한 시궁창을 들쑤셔 놓은 듯 악취를 풍긴다.

눈먼 자들은 눈이 멀지 않았을 때와 똑같은 본능에 시달린다. 주린 배도 채워야 하고, 성욕에 눈이 뒤집히고, 위험으로부터 방어하려고 살생이 일어나고, 화장실과 다름없는 곳에서도 화장실을 찾아서 더듬어 다닌다.

눈이 멀지 않은 의사 부인은 실명하지 않음을 숨기고 남편과 함께 수용소에서 생활한다. 눈먼 자만 가는 수용소기에 보인다는 사실을 숨기고 남편을 따라간다. 차라리 실명했으면 자신의 고통만 감내하면 되지만, 앞이 보이는 의사 부인은 다른 사람들의 추악함을 혼자 감당해야 한다.

건너편 색안경 낀 그 여자의 침대 위에서 남편은 여태까지 보지 못한 전연 다른 모습으로 돌변했다. 남편의 모습은 그녀를 경악시켰고 분노보다는 인간의 나약함에 실망했다.

그녀는 그들의 지도자가 될 수밖에 없었다. 눈이 보이지 않는 척하며 주위의 사람들을 도우면서 헤쳐 나간다. 이성을 잃은 사람들의 온갖 나쁜 짓에 수용소는 아수라장이 되고, 폭동과 화재로 생지옥 같은 수용소를 탈출하여 눈먼 자들은 도시 곳곳을 더듬어 누비고 다닌다.

사람들은 먹을 것을 찾아서 구석구석 뒤지며 다니고, 아무 곳이나 엉덩이 까서 배변한다. 개들은 시체 더미를 헤집고 다니며 도시의 거리를 회색으로 물들인다.

어느 날 갑자기 신호 대기 중이던 어떤 남자부터 눈이 보이기 시작하여 도시 전체가 눈을 뜨기 시작한다.

눈 뜨고 살면서 보지 못했던 소중한 것들이 실명을 겪으며 보임은 우리가 눈에 보이는 것만 사랑하기 때문이다. 눈을 감아야 보인다고 함은 눈을 감으면 보이지 않는 것보다 훨씬 낫다. 잠재된 내면세계를 보지 못함은 눈먼 자보다 더 나을 것이 없다.

보고 싶은 것을 보지 못하는 불행과 보고 싶지 않은 것을 봐야 하는 불행 중 어느 게 나을까? 의사와 그의 부인은 누가 더 비참했을까? 눈을 뜨고 나서 그들은 자기의 잘못을 상대편이 알고 있음을 느낀다. 사랑이란 말없이 잘못을 품어주며 말없이 용서하는 아픔 같은 것이다. 뻘 속의 진주를 느낀다.

회색 도시는 아니지만, 지금의 우리는 회색 도시와 다름없는 세계를 살아간다. 대구의 고립이 아니라 세계 각국도 고립되었다. 서로 입국 거부하고, 국내 여행도 자제하라고 당부한다. 될 수 있으면 집에 있고, 만남도 자제하고, 가족이라도 한 주소에 거주하지 않으면 5인 이상은 만나지도 말라고 하고, 명절도 따로 보내라고 한다.

여행사가 도산하고, 음식점이 문을 닫고, 사람들이 모여야 먹고 사는 모든 직업이 없어질 위기다. 택배 사업은 번창하여 과로사로 숨지는 택배기사가 늘어나고, 배달사업 등 코로나로 번성하는 직업이 늘어나 희비가 엇갈린다. 자영업자들은 한계점에 도달했다고 울먹이고 나라에서는 구제금융을 풀어서 4차 지원금의 구체적인 지급 방법이 거론된다. 경제도 살리고 민생도 보살핀다는 구제금융은 많은 논란 속에서도 지급되었다. 그 세금으로 쓴 부채는 우리 후손의 몫이라고 거세게 반발하는 가운데 반짝 경제는 돌아가고……. 백신 접종이 완료될 연말쯤이면 조금 나아질까?

흔들린 사회구조가 재편성된, 코로나 이후의 사회는 어떤 모습으로 변할까. 코로나로 없어질 직업과 새로 생겨날 직업과 AI로 중무장한 자본시장은 계급구조를 어떻게 구성할까.

이러나저러나 나이 들어 끼일 자리도 없지만, 우리의 젊은이들이 해야 할 일이 정말 많을 것 같아서 보고만 있어도 숨이 턱밑에 찬다. 해야 할 일은 많은데 일해야 할 곳은 없어서 구직난에 허덕이는 저 젊은 이들을 어이해야 할꼬.

마음 한곳을 비워 두면

제주 밭담은 세계중요농업유산에 2014년 4월 등재됐다.

땅을 파면 무진장 쏟아지는 돌들을 어쩔 수 없이 밭 가에 쌓아 두면 자연스레 밭들의 경계가 되고, 세찬 바람을 막아주어 흙과 농작물을 지킬 수 있다. 밭담의 길이는 2만 2,108km나 되며 지구의 반 바퀴보다 많다고 한다. 중국의 만리장성도 중간에 갈라진 지선들까지 합해야 5~6,000km라 하니 4배는 됨직하다. 흑룡이 기어가는 모습을 닮았다고 하여 흑룡만리라고도 한다.

제주에서는 1년 내내 밭담 사이가 비어 있을 틈이 없다. 추석이 지나면서 연 보랏빛 어린 양배추가 온 들판을 메운다 싶었는데 한 겨울이면 벌써 양배추가 트럭에 실려 나간다.

옆 밭에선 마늘과 양파가 기지개를 켜고 브로콜리도 눈밭에서 짙은 녹색을 띠고 씩씩하다. 비트가 검붉게 위용을 뽐을 때쯤 미처 수확 못 한 브로콜리는 노란 꽃을 피운다. 유채도 질세라 노랗게 한바탕 휘젓고 지나가면 연이어 양파 수확 철이 시작된다.

양파망을 최대한 좍 벌리고 스타킹 돌돌 말아 내리듯이 바깥으로 돌돌 말아 내린다. 양파를 하나하나 가장자리부터 꼭꼭 쑤셔 박듯이 차곡차곡 쌓으면서 돌돌 말려진 양파망을 조금씩 풀어주면 신기하리만큼 한 자루 가득 팽팽하게 담아 묶을 수가 있다. 팽팽하게 가득 담긴 양파 자루를 보면 양파들의 아우성을 듣는 듯하여 가슴이 답답해진다.

60년도 훨씬 지난 일이니 가물가물하여 꿈속의 한 장면처럼 어슴푸레하기만 하다. 작은 계집아이가 친구 등을 밟고 올라가 교실 창문으로 기어들어 가려고 바둥대고 있다. 그 모습이 '나'라는 생각은 들지 않는데 수치심과 비굴함만 살아서 발끝을 간지럽힌다.

아무것도 아닌 일이고 그냥 웃을 수 있는 일이라고 생각은 하지만 자꾸 오글거린다.

뭔가 중요한 걸 책상 서랍에 두고 왔고 교실 문은 잠겨 있었다. 급한 마음에 친구 등을 빌려서 창문으로 기어들었는데 맞은편에 자리한 교무실 창문을 통하여 선생님은 보고 계셨다. 몸이 반쯤 들어갔는데 이름을 부르는 소리에 화들짝 놀라서 내려왔다. 열쇠 받아서 물건 꺼내고 둘이 나란히 서서 훈계를 들었다.

"너 이노무 자식 급장이 되어서… 창문을 타고 넘… 규율… 바른길…."

아무튼 한참을 고개 푹 숙여 꾸중을 들었다. 선생님은 훌륭하셨고 나는 그 후 정말 앞뒤 꽉 막힌 모범생으로 컸다. 그 훈계가 가슴을 점령했는지 태어날 때부터 새가슴이었는지 모르지만 스스로 선을 그어 놓고 넘지 못하는 재미없는 아이로 컸다. 어른이 되어서도 융통성 없는 꽁생원이긴 마찬가지였다.

한밤중에 차도 사람도 없는 빨간 신호등을 무시할 수 없었고 거짓말도 못하는 바보로 살았다. 그렇게 사는 게 바른 삶이라고 확신하고 살았다. 바르게 살기를 애쓰면서 남도 바르게 사는 걸 요구하고 잘못하면 용서도 되지 않았다. 이해하고 용서하고 배려하는 넉넉함은 제주살이를 하면서 배웠다. 지금도 배우는 중이지만 제주 이사부터 융통성도 생겼다.

마음속에 빈 곳을 마련하고 싶다.

꼭꼭 채우지 않은 빈 곳에 실수와 용서와 후회를 반복하는 헐렁한 삶이 드나들게 하고 싶다.

완벽할 수도 없으려니와 완벽함을 왜 추구했는지 모르겠다. 양파망에 양파도 조금 느슨했으면….

시골 생활이라 사람 구경 못 하고 하루를 보내는 날이 많지만, TV 뉴스는 보고 싶지 않을 때가 많다. 웬만한 좋은 일은 묻어두고 나쁜 일만 들쑤시는 것 같아서 마음이 편치 않다.

어떤 말을 들어도 다 이해할 수 있다는 이순을 지난 지도 한참 됐는데 당연한 걸 호들갑 떤 듯하여 민망해진다. 칠순 고개도 넘어서고 망팔(여든을 바라본다는 뜻으로, 일흔 한 살을 이르는 말) 도 지난 나이인데 무엇이 그리 놀랍고 될 일 안될 일을 그렇게 따지는가? 거기가 거기이고 소크라테스 시절에도 '요즘 젊은이들은' 하면서 어른들은 젊은이들을 못마땅하게 생각했다고 하지 않는가.

마음 한구석을 비워 두고 헐렁하고 느슨하게 누구나 쉬어 갈 수 있는 사랑방이 되고 싶다. 되고 싶다는 소리는 되지 못했다는 소리니 아직 갈

길은 먼 듯하고, 해는 기울어 노을 지는데 노을 구경이라도 편하게 하자.

빠듯하게 마음 졸이지 말고 느슨하게 쉬어 가는 사랑방이 되면 될 것

아닌가. 낮잠 한숨 늘어지게 잔들 그게 뭐 대수인가?

짝궁둥이 복숭아

복숭아는 짝궁둥이다. 아무리 정성을 들여 잘라도 한쪽은 크고 잘 익어 탐스럽지만, 한쪽은 부실하다. 남편에게 잘 익은 한쪽을 건네고 부실한 쪽을 내가 여태까지 먹고 잘 살았다. 어느 순간, 나는 왜 이렇게 평생 양보만 하며 사는 게 길들어 있을까 슬며시 부아가 났다. 복숭아 반쪽의 편린이 사람을 옹졸하게 만든다.

어릴 적에 나는 마른 수건을 써보지 못했다. 요즘처럼 가족의 수가 적을 때는 각자 수건을 쓰지만 옛날에는 대식구가 좁은 집에서 살면서 각자 수건을 챙길 여유가 없었다.

여동생이 부러웠다. 마른 수건 척척 꺼내 쓰는 그 용기를 따라 하고 싶었지만, 하지 못했다. 나의 소심함이 싫었지만, 끝내 마른 수건 한번 써보지 못하고 어른이 되었다. 산처럼 쌓인 빨랫감을 앞에 두고 빨래판을 북북 문질러대는 어머니의 퉁퉁 불은 손이 눈에 밟혀서 축축한 수건을 참고 쓰며 동생만 구박했다.

어린이는 어린아이다워야 하는데 애늙은이 같이 구겨져 살았다. 내가 빨래하고 살지만, 아직도 젖은 수건을 빨래통에 척 집어 던지지 못하는 버릇이 남아 있으니 팔자는 길들이기라던 옛날 어른들의 말씀이 허언은 아닌가 보다.

풀씨가 땅에 떨어지든 자갈밭에 떨어지든 떨어지는 그 자체가 풀씨의 생애다. 길옆 양지에 떨어져 나뭇잎에서 굴러떨어진 이슬 마시며 지나다니는 발길 피해 잘 자란다고 어디 제가 잘나서 그런 건가.

마이클 샌델의 『공정하다는 착각』에서 의미를 찾아본다.

개인의 행복은 안락과 명성뿐 아니라 존엄과 문화가 있는 삶이어야 한다. 사회가 우리 재능에 대한 보상은 우리의 행운 덕이지 우리 업적 덕이 아님을 찾아내야 한다. 그런 겸손함이 가혹한 성공 윤리에서 돌아서게 한다. 기회의 평등을 넘어서 조건의 평등인 사회가 이루어져야 진정한 평등이다.

민주적 공동선은 완벽한 평등을 필요로 하지 않는다. 다른 공간에서 다른 의견에 관해 타협하면서 다름과 함께 더불어 살아가는 법을 배우는 방법을 터득해야 한다. 가진 자(권력, 재력, 성공 등)는 행운 덕(타고난 행운, 시대적 행운, 타고난 능력 등)이라는 겸손을 가져야 한다. 못 가짐을 무기인양 휘둘러서도 겸손이 아님은 당연하다.

승자 패자 모두에게 우리 문명의 책임자라는 도덕률을 적용하여 개인 책임을 강조한다. 죽음도 삶의 한 부분이기에 '잘 죽는다'는 것은 삶을 잘 마무리하여 값진 인생이 되게 한다는 말이다. 그게 어디 만만한 일이던

가. 잘 죽기위해 하루하루를 다지지만, 다가오는 죽음을 어떻게 맞이하여야 하나 막연하기만 하다.

사르트르는 인간은 살면서 수정하며 본질을 이루어 간다고 하였다. 죽음으로 인생이 완성되면서 본질을 이룬다고 하였으니 어차피 미완성의 생을 사는 거라 생각하면 조금은 여유도 생긴다. 열반이란 타고 있는 불을 바람이 불어와 꺼 버리듯이 타오르는 번뇌의 불을 지혜로 꺼서 모든 번뇌와 고뇌가 소멸한 상태라고 사전은 말한다. 죽어야 고뇌와 번뇌가 사라지니 죽음을 뜻하는 말인가 보다. 편안한 삶은 있을 수 없다는 소리니, 인생은 무엇을 향하여 끝없이 고행하다가 죽음으로 완성되나 보다.

산길을 가다가 불어오는 산들바람을 만난다. 어디서 불어오는지 쉬지 않고 산들거린다.

풀숲이 조용하다가 어느 잎새만 산들거리기도 하고, 풀숲이 일렁이며 춤을 추는데 어느 부분만 잠잠하여 신기할 때도 있다.

나뭇잎은 출렁이는데 풀숲은 조용하기도 하고, 사방은 조용한데 풀 이파리가 바르르 떨리기도 한다.

바람의 세기와 고도, 잎 면의 방향과 크기, 잎 면과 맞닿는 각도를 따지면 합당한 평등일 수도 있다. 숲은 민주적 공동선은 물론 기회의 평등, 조건의 평등도 따지지 않는다. 그저 그냥 열심히 살아간다. 파랗게 한들거리는 그 모습이 기쁨에 들떠 있어 보이기도 하고 해탈의 경지에 오른 듯이 처연해 보이기도 하니 숲은 그대로인데 내 눈이 방정이다.

"가위바위보."

딸기 쟁반, 자두 소쿠리, 고구마 대접 앞에서 우리는 소리 높여 가위바위 보를 합창한다. 제일 어리니까, 연장자니까, 손님이니까 하는 특별 대접은 없다. 우리 집은 공정하다.

엄마니까 늘 양보하는 불편한 심기도 없이 제일 큰놈 집어 들고 기뻐한다. 어린 손자놈의 눈치를 살피지만, 당당하고 의기양양해한다. 모두 기를 쓰고 가위바위보를 외치며 쟁탈전에 들썩이지만, 제일 작은놈 쥐고 얼굴이 빨갛게 상기되어도 기분은 참 좋다.

완벽한 민주적 공동선이지만, 모든 게 사랑이라는 공통분모를 가질 때라야 가능하다고 생각한다.

정안수 한사발을 떠놓고

무시당하고 냉대받으면 '물 먹었다.'란 표현을 우리는 잘한다. '물에 물 탄 듯이'라던가 물퉁이, 물렁이 등 물자가 들어간 말은 은근히 무시함이 내포되어 있다.

우리 몸의 반 이상이 수분이며 3대 영양소는 체중의 40%까지 소실되어도 생명에 지장이 없지만, 수분은 체중의 9~12%만 소실되어도 치명적이라 한다. 오장육부를 깨끗이 해주고 시원하게 목마름을 해소해주는데도 물 대접이 왜 그리 신통찮은지 모르겠다. 귀한 것을 알아보지 못하고 홀대함이 이 시대의 아픔만은 아니겠지만, 새삼스레 슬퍼진다.

색깔도 없고 냄새도 없고 맛도 없는데다 만질 수도 없다. 오직 물이라는 이름만 하나 덩그렇게 이고 사는 멍한 작자니 귀한 대접도 받지 못하고 모두들 무심하게 지나친다. 색깔도 없으면서 존재감이 드러나고, 만질 수 없으면서도 부드러움이 피부로 느껴지니 마주하면 편한 벗이다.

형체마저 없어서 담아 주는 대로 자신을 표현하니 작은 접시가 되었다가 사발 모양을 하고 정안수가 되어 상위에 오르기도 한다. 똥바가지가 되어 오물을 퍼 나르니 똥바가지 모양이기도 하다. 사발이 아니라고 똥바가지가 아니라고 변명도 하지 않으니 겸손하다기보다 차라리 오만하기까지 하다. 그러려니 쌓이는 고독은 어이할꼬.

다 흘러버리듯이 콩나물을 타고 내리지만, 자신의 모든 것을 남김 없이 내어주어 콩나물을 키운다. 베풂이 너그러우니 굴욕감이 스며들 여지가 없다. 공치사하지 않고 흘러버리니 물오른 콩나물은 오히려 당당하다.

닦아주고 씻어주고 희생하여 모든 더러움을 품어서 앗아가니 스쳐 지나간 자리는 정갈하여 흐트러짐 없는 편안함을 준다.

나의 공로를 주장하여 오만하지 않고, 시궁창을 흐르면서도 수치심에 비굴해지지도 않는다. 냄새를 풍기면서도 콸콸거리며 흘러가니 호기를 부리는듯 기세 등등해 보이지만, 무심히 흐르다 보니 당당해 보일 뿐, 언젠가는 많은 다른 물줄기와 합류하여 정화의 순례길에 오를 준비를 야무지게 하는 중이다.

한데 모여 흐르다가 웅장한 폭포가 되면 위엄스러움으로 한 치의 접근도 허용치 않고, 바람을 타고 앉아 성난 파도처럼 세상을 집어삼킬 듯이 포효한다. 잔잔한 호수가 되어 찰랑이다가 어느새 산더미 같은 파도를 몰고 다니며 호령하니 변덕이 심하다고 할지 모르지만, 시대의 흐름을 무시하지 않는 영웅의 기질도 있으니 형체가 없는 물이라고 타박할 근거가 전혀 없다. 정해진 모양이 없으니 변했다고 할 수도 없고, 흉볼거리가 없다. 들여다보면 그만한 이유가 충분하니 그게 어디 변덕인가.

해일로 밀려오면 대지에 아무것도 남아 있지 않게 휩쓸어버리지만, 눈을 뜨고 돌아보면 어느새 고요하게 파란 바다로 평정을 되찾는다. 지친

이들의 탄식소리도 주체할 수 없는 기쁨의 환성도 다 받아주며 다독인다. 먼 바다를 바라보며 삶을 추스르는 군상들의 멘토이기도 하다.

메마른 대지를 촉촉이 적셔주어 상추 잎이 시들지 않게 사랑을 베풀고, 때로는 희석하고 재분배하여 신자유주의니 공정이니 논하지 않으면서 상처를 어루만진다. 진한 원액 쥬스를 희석하여 나누어 마시는데 누가 가타부타 반론을 펼칠까.

가루가 되어 흩어질 세라 벽돌로 만들어 주고 살짝 빠져나오는 저 지혜로움을 뭐라고 칭해야 할까? 마주 손잡고 화합하게 아울러주고 슬쩍 빠져나오는 저 넓은 가슴을 나는 존경한다.

말라 비틀어진 시레기도 물에 푹 삶으면 환골탈태하여 우리 할아방도 좋아할 만큼 부드러워진다. 사골뼈를 고듯이 우려내어 닫힌 마음 열게 하여 소통을 도우며 단절의 뼈아픔을 만들지 않는다. 단단하게 굳은 응어리도 녹여서 한을 만들지 않으니 이 시대의 어머니다.

산속의 계곡을 흐르는 청청함도 시궁창의 더러움도 망설임 없이 화합하여 선을 이룬다. 내가 잘났네 네가 잘났네 다투지 않고 화합하여 흐르면서 자정의 시간을 갖는다. 분노가 끓어오르면 차라리 기화하여 하늘로 날아가 버릴지언정 서로 잘했다고 아귀다툼하지 않는다.

구름이 되어 신선 놀음 하다가 어느 날 소나기 되어 두드려 패기도 하고 안개비 되어 어루만지기도 하니 다정다감한 천하호걸이다.

시뻘건 불길이 울분을 토해내며 용틀임 하여도 꾸짖어 호통치고 달래주며 잠재운다. 꾸짖는 용기와 달래주는 포근함이 함께하니 이 시대의 스승이다.

모든 걸 수용할 수 있고 파괴할 수도 있지만, 나 잘났지 하며 능력을 앞세우지 않는다. 정체성을 주장하며 거들먹거리지 않으면서 순간순간 대처하여 선을 이루니 여유롭게 살아가는 법을 알려주는 진정한 친구다.

모든 생명에게 거미줄 같은 길을 내어 살아갈 힘을 실어 나르니 이보다 더 위대함이 또 어디 있으리. 모세혈관과 식물세계의 삼투압까지 길을 내어 생명줄을 이어가니 모든 생명의 근본이다.

물은 머무르지 않고 낮은 데로 더 낮은 데로 자꾸 낮아진다. 몇만 년의 태곳적 지구 깊숙한 곳까지 스며들어 스스로 오랜 자정의 시간을 갖는다.

무얼 그리 잘못했다고 어둡고 추운 지하로 순례길에 오르는지 세인의 소견으로 어림짐작도 어렵다. 작아지고 낮아져서 눈 감고 소리 없이 인고를 견딘다.

2부

제주 어멍,
돌을 닮아가다

어멍의 멍에는 지나고 보니 삶의 버팀목이었다
돌담을 쌓으며 사는 지혜를 배워나간다

1장

쌉싸름한 커피향은
왜 설레일까

잠자리가 시집간 사연

잠자리가 한마당 가득하다. 늦은 여름이면 어디서 오는지 떼거리로 몰려다니며 어지럽게 빠른 군무를 춘다. 귤밭 위에도 채소밭에도 마당에서도 부딪힐 것 같아서 걸어다닐 수가 없다. 올라갔다 내려왔다 뭘 하는지 모르겠다. 정말 잠자리 비행기 같다.

실크같이 속이 들여다보일 것 같은 날개를 파르르 떨며 멈추는 듯하다가 쏜살같이 시야에서 사라진다. 자기들끼리 부딪히지 않음이 신기하다. 페로몬을 발산하여 부딪힘을 막는다고 해도 저 많은 무리가 서로 부딪히지 않음은 정말 불가사의다.

나는 잠자리를 철갱이라 부르는 곳에서 자랐다. 이맘때가 되면 플라타너스 우거진 신작로에 잠자리떼가 까맣게 맴을 돈다.

애들은 흙먼지 폴폴 날리며 신작로를 뛰어다닌다. 모기장으로 엮은 매미채를 추켜들고 발바닥이 부르트게 뛰어다닌다. 아이들은 잠자리 꼬리를 약간 자르고 지푸라기 하나를 꽂고 훅 날려 보낸다. 그러고는 잠자리 시집보냈다고 손바닥 치며 깔깔 웃어댄다. 그게 무엇을 의미하는지도 모르고 친구들과 함께하는 잔인한 장난에 깔깔거리며 웃는다. 친구들의 웃음소리에 손뼉까지 쳐가며 더 신나게 깔깔거린다. 그게 뭔지도 모르고 그냥 그러고 놀았다. 지금 생각하면 어른들의 짓궂은 성희롱의 한 부분을 아이들이 의미도 모르고 배운 건 아닐까 생각된다. 그때 어른들은 친한 사이 두셋만 모이면 음담패설이 양념처럼 꼭 따라다녔다. 서로 간의 친밀감을 확인하듯이, 심심한 인생이 아니란 걸 은근슬쩍 과시하면서 그렇게 박장대소하며 농담을 즐겼다.

"애들은 가라. 가서 놀아라."

하는 소리를 많이 들었다. 어른과 아이들은 연결고리가 없는 것 같지만, 좁은 집에 여러 형제가 모여 살며 부모들과 한방에서 사는 집도 많았다. 자연스레 성교육이 이뤄지기도 한다. 어른들은 원래 그런다고, 엄마 아버지는 다 그러고 산다고, 당연시하며 자란다.

첫날밤 신혼 방의 문구멍은 옛날 우리의 풍습이기도 하였지만, 성교육의 산실이기도 했다. 그 시절의 연결고리는 19금의 심의를 거치지 않았지만 심각한 부작용은 없었는데 요즘은 사정이 다르다. TV나 영화를 보면 체로 치고 거르고 엄격한 심의를 거쳤다 하는데도 연결고리는 제 역할을 못 하고 아이들을 잘못 가르치는 듯하다.

키스라는 말은 방송에서도 공공연히 나오고, 정사 장면은 애들도 태연히 본다. 그거야 세상이 변했다고 치자. 춤을 추는데 야한 춤이라고 하면서 남자애들 여자애들 모두 다 손으로 사타구니를 훑어서 들어 올리는 이상야릇한 행동들을 춤이라고 춘다. 밤무대 춤꾼의 야한 춤이 아이들의 춤이 되고 섹시하다는 말도 스스럼없다.

성적인 매력 발산이 시도 때도 없다. 속옷 같은 옷을 외출복으로 입고 다니고 배꼽 쑥 내놓고 가슴선도 드러낸다. 겨드랑이 털 이야기도 그냥 막 한다. 감추어진 것이 하나도 없는 세상이다. 속치마의 레이스 같은 걸 일부러 밖으로 드러낸 듯한 패션도 즐긴다. 은밀하게 엿보고 싶은 것이 없는 탁 트인 세상이다. 더 자극적인 것을 원하며 변태로 빠지는 사람들이 늘어나는 것 같아서 불안해진다.

사춘기가 특권인 양 위세 부리고 첫 생리하면 집안 잔치하고 화장실에서 아빠를 부르며 생리대 심부름도 시킨다. 애들은 생일날 파티 요구를 당연하게 생각한다. 동네 떡볶이 집인지 호텔 뷔페인지 그게 문제일 뿐이다. 당연하게 받는 것만 훈련된 아이들이 베푸는 게 무엇인지 알아가는 과정도 함께 했으면 참 좋겠다. 옛날 그때 엄마들은 첫 생리 시작하는 딸을 집안 식구 모르게 구석진 곳으로 데려가서 딸의 손을 꼭 잡고 이렇게 말했다.

"몸가짐 조심하고 이제는 어른이 되었으니 네 간수 네가 잘해라."

기쁨과 걱정으로 범벅이 된 얼굴로 엄마는 성인이 되어가는, 부끄러워하는 딸과 함께 태연한 척 부끄러워했다. 왜 부끄러웠는지는 모르지만, 그냥 부끄러워했다. 아이들이 자라는 과정을 가슴 한가득 받아들이고 함께 성장한 듯하다.

밤을 함께 보내 봐야 남자를 안다고 등 떠미는 엄마를 자랑하는 어느 연예인의 얘기를 TV에서 봤다. 결혼 전 동거를 합리적이라 생각하는 젊은이가 늘어난다니 고루한 늙은이가 되지 않으려면 어디쯤에서 수용해야 할까 난감하다.

아침상에 미역국 한 그릇 놓여 있고 오늘 아무개 생일이라고 하면 그 날은 온종일 뜬구름 속에서 보낸다. 그날은 모두가 축복해주는 것 같고 꾸중도 덜 듣고 왕사탕 한 알도 손에 들어온다. 아무것도 변한 건 없는데 배슬배슬 자꾸 웃는다. 지는 해가 정말 섭섭했고 오늘이 더 길었으면 하고 간절히 바랐다.

격세지감이라고 말할 나이가 된 건가. "라떼는 말이야." 이런 말이 유행할 만큼 꼰대들을 비꼬지만, 꼰대들의 애환도 굽이굽이 만만찮다. 애써 발맞추는데도 둔하여 자꾸 박자를 놓친다. TV에서 흘러나오는 웃음의 의미를 파악 못해서 함께 따라 웃을 수 없을 때도 있다. 연일 만들어지는 외래 신조어며 편리하게 만들어진 스마트폰은 하루가 다르게 업그레이드되는 통에 그 기능을 배우는데 숨이 가쁘다.

팬티를 뒤집어쓰고 나오는 어느 일본 연예인, 팬티를 엉덩이 반쯤 노출하여 바지를 내려 입은 어느 미국 배우를 보며 라떼는 말이야 하지 않음이 이상하다. 아이들까지 그들만의 은어를 만들어서 사용하니 외계인이 된 듯하여 황당하다. 긴장의 끈을 놓으면 외계인이 되는 것은 시간문제다. 배울 게 참 많아서 늙을 시간도 없이 바쁘다. 숨가쁘게 턱걸이하다 보면 거울속에서 쳐다보는 낯선 늙은이를 어느 날 마주 쳐다보게 된다. 머리 하얀 늙은이는 어디서 많이 본 듯한 얼굴이기에 더욱 낯설다.

잠자리가 한마당 가득한데 잠자리채 들고 뛰어다니는 아이가 없다. 시시하게 잠자리 꼬리 가지고 장난치는 아이도, 먼지 폴폴 나는 신작로도, 빛 바랜 먼 꿈속인 양 가물거린다. 잠자리채는 고사하고 뛰어노는 아이

조차 구경하기 어려운 요즘이니 아이들이 커서 '라떼는 말이야.' 하는 말을 쓸 줄이나 알까?

골목에서 뛰어노는 아이들에게 시끄럽다고 고함치는 그 소리까지 그립다.

짜장면 한 그릇에 250원입니다

딸아이가 서너 살 때니까 벌써 40년을 훌쩍 넘어선 예전 일이다.

아침 설거지 끝내고, 쫄랑쫄랑 따라오는 딸아이 손을 잡고 대중탕에 목욕하러 간다. 목욕 바구니 들고 나들이 가는 양 우리는 즐겁게 외출한다.

덜렁대지 않고 차분하여서 씻기는 데 별로 힘들지 않게 목욕은 끝났지만, 배가 너무 고팠다. 집에 오는 길목에 짜장면집이 있어서 우리는 허기진 배를 안고 거기에 빨려 들어간다. 가느다란 면발 위에서 반짝반짝 윤이 나는 까만 소스가 김을 모락모락 피운다. 채친 오이가 살포시 얹혀 있고 솔솔 뿌려진 깨가 더욱 풍미를 돋운다. 잘 볶인 짜장 냄새가 코끝을 자극하니 없던 식욕마저 생겨날 판에 시장했던 배는 더욱더 고파진다.

나무젓가락을 반으로 짝 갈라서 두 손으로 싹싹 비비면 딸아이는 침을 꼴깍 삼키며 나를 쳐다본다. 두 젓가락으로 면을 죽 들어서 요리조리 섞어가며 비비면 큼직하게 썬 감자와 하얗고 반들반들한 양파가 불쑥불쑥 올라온다. 아기 새끼손가락만 한 고기도 대여섯 점이나 불거진다. 소스에 버무려진 거무스름한 면을 젓가락으로 들어 올리면 김이 모락모락 나는 걸쭉한 소스가 면과 함께 버무려져 올라온다.

한 그릇으로 딸아이와 둘이 나눠 먹으면 배는 부른데 딱 한 젓가락만 더 먹고 싶어서 젓가락을 놓을 줄 모른다. 노란 단무지를 아작아작 씹으며 서로 쳐다본다.

옛날에는 "짬? 짜?" 하면 아무 생각 없이 "짜장면!" 하고 소리쳤었는데, 입맛이 변한 건지 음식이 변한 건지 요즘은 외식하고 싶어도 맛있는 집을 찾을 수가 없다. 돈을 많이 들여서 호텔식을 찾든지 유명 음식점을 찾아 나서든지 하지 않으면 돈 쓰고 기분 잡쳐 돌아오기 일쑤다. 짜장면 소스에 웬 설탕을 그렇게 많이 넣는지 모르겠다. 어느 음식점에서 어린이를 위하며 단맛을 조금 가미하였다가 좋은 반응을 얻었던지 집집마다 설탕을 넣어서 이젠 짜장 하면 모두가 달달하다. 채소 맛이 우러난 달큼하고 구수한 옛날 짜장 맛은 찾아볼 수가 없다.

요즘 사람들은 어떤 음식이든 대부분 짜고 달고 맵게 하며 조미료로 맛을 내려고 한다. 조미료 약간 넣는다고 해롭진 않지만, 대중음식점에 길든 입맛은 자극적이고 진하지 않으면 맛이 없게 느껴지니 집밥이 설 곳을 잃어간다.

소고기뭇국에 조미료 넣지 않으면 라면 국물이 훨씬 소고기국 같다. 늙은 호박 넣어서 끓인 칼칼한 갈치국이 먹고 싶었는데 풋호박에 설탕 넣어 늙은 호박 단맛을 내니 이건 정말 말도 안 되는 갈치국이다.

한동안, 늙어서 입맛이 변했나 싶은 맘에 맛집 찾아 돌아다니기도 했다. 돈을 받는 프로인데 자신이 없으면 자기주장을 버리고 손님이 원하는 맛에 귀 기울이는 시늉이라도 해야 할 것 같다. 입맛이 다 똑같진 않

겠지만 조금 싱거운 맛을 원한다든가 덜 매운 맛을 원한다든가 그 정도
는 귀 기울여 줘야 하지 않을까.

옛날 짜장, 옛날 찐빵, 옛날 칼국수 등 옛날을 붙여서 만든 간판을 자
주 본다. 재료라든가 솜씨가 현대와 비교도 안 될 만큼 수준 차이가 날
텐데 다들 왜 옛날 맛을 그리워할까? 어릴 때 먹던 그 맛, 어머니가 해주
던 그 맛을 찾음은 다들 외로워서 그러는 것이다. 유리벽은 갈수록 두터
워지고 수족관의 금붕어처럼 입만 뻐끔거리며 우리들은 점잖게 유영한
다. 옛날, 옛날, 옛날을 중얼거리며 그리움을 찾아나선다.

잣대

딸아이가 지천명을 바라보는 나이니 아주 오래전 일이다.

집 근처의 선교원(교회에서 운영하는 어린이집)에 딸아이가 다녔다. 작은 개척 교회이니 어려운 사정이 피부로 느껴졌다. 몇 푼 되지 않는 월회비조차 힘들어할 정도로 우리 집도 어려운 시절이었으니 도와줄 방법이 없었다.

졸업을 앞둔 어느 날 묘안이라고 생각해낸 게 예배당 내 장사였다. 지금은 돌아가신 남편 친구 공장에서 유리그릇 세트를 싸게 샀다. 이익금의 50%는 내가 챙기고 50%는 어린이집에 졸업선물 하려고 엄마들을 꼬드겼다. 물론 내가 챙기는 50%는 입을 꼭 닫았으니 엄밀히 말하면 사기에 가깝다. 엄마들은 시중가보다 싸게 사니 득이고, 선교원은 운영비를 협조 받으니 득이고, 나도 수입이 생겨서 모두에게 득이니 좋은 일이라고 생각했다.

조금도 양심의 가책이 없었으니 '나의 잣대'로 세상을 재고 옳다고 판단하였다. 아무도 손해 보지 않고 좋은 일 했다고 떳떳했으니 어려도 한참 어린 짓을 스스럼없이 했다.

한 엄마가 돈을 떼어먹는 바람에 돈 대납하느라 이익금은 고스란히 날렸지만, 훗날 가책이 되어 부끄러움으로 떠올랐다. 물론 누구에게도 손해 끼치지 않았으니 법적으로 죄짓지는 않았지만, 교회 성전 내 장사는 안되는 짓이다. 한술 더 떠서 봉사하는 척 남들을 속였으니 사기에 가깝다. 그 무렵 나는 열렬한 기독교 신자였다. 새벽 기도도 가고 철야 기도할 정도로 신앙생활을 열심히 했다. 그러면서도 '나만의 잣대'가 옳다고 착각했으니 큰 잘못을 저지르고도 고개 뻣뻣이 치켜드는 후안무치였다.

요즘, 언론은 사람을 불편하게 한다. 사실을 사실대로 전하는 게 언론의 할 일인데 편들기 위한 주장을 하는 것 같아 찜찜하다. 뭐가 정의인지 구별도 못하게 한다. 교묘한 화술로 자기 변명을 늘어놓아 듣는 사람을 혼란스럽게 하는 궤변론자들이 득세하도록 자리를 펼친다.

누가 봐도 분명한 잘못을 저질렀는데 이 사람 저 사람 옮겨 다니며 공기 받기 하다가, 어느 순간에 흐지부지되어 억울한 누명 쓴 것처럼 되어 버린다. 범법자도 가해자도 피해자도 서로 진실을 밝혀야 한다고 하니 진실이 여러 개 있는가 보다.

더 겁나는 것은 나 같은 우매한 자들이 자기 잣대로 판단하여 소리 높이니 그게 모여서 여론이 된다. 정의가 무엇인지조차 아리송해지니 자신이 없어진다. 커가는 아이들에게 해 줄 말이 없어진다. '나의 잣대'로 세상을 재는 일은 없었으면 한다. 세상의 잣대는 통용되는 '표준 잣대'를 사용함이 옳을 것 같다. KS 잣대를 원하지만, 'KS 잣대'가 이미 표준 잣대의 기능을 잃었으면 도저히 방법이 없지 않을까?

믿고 따를 만한 큰 어른들의 꾸짖음을 간절히 바라지만, 스승도 스승으로 대접받기 힘든 세상이니 어느 스승이 나서서 꾸짖고 싶을까? 다들 많이 배우고 언변술도 뛰어나니 맞붙으면 제자를 이길 스승이 많지 않을 것 같다. 청출어람을 여기다 갖다 붙이는 누를 범하지 말았으면 하고 간절히 바란다.

있어야 할 자리에서 할 일 다 하며 '표준 잣대'로 평가받는 세상에서 우리 아이들이 자랐으면 하고 염원한다.

타임머신이 없는 이유

TV 앞에 앉아서 어느 방송사의 토크쇼를 시청했다.

세대 간의 갈등이라는 주제를 놓고 젊은 층과 나이 든 층이 서로의 생각을 얘기했다. 한 젊은 청년이 앳된 얼굴로 방실방실 웃으며 말했다.

"왜 그러는지 모르겠어요. 물결무늬와 점 점 점 점 그건 왜 사용하는지 모르겠어요."

모바일 문자 소통에 대해서 나이 든 세대의 특징을 말하는 중이다. 와그르르 웃음이 쏟아지고 맞아 맞아 하면서 웅성댄다. 가만히 듣고 보니 내 얘기다. 군더더기 없이 뜻을 함축하고 싶어서, 그대들이 뒷말은 상상하라 생각하며 나름대로 멋을 부렸는데 그게 그때 그 시절의 멋이었나 보다. 젊은 층 흉내라도 내듯이 ~로 멋을 부렸는데 통하지 않았다. 게다가 내용도 곰삭은 발효 향을 풍겼으니 식성에 맞지 않음은 당연한 일이다.

"나는 꼰대요."

라고 이마에 써 붙인 격이다. 저건 아닌데 하는 소리가 많아지고 세상이 변해도 너무 변했다는 소리가 스스럼없이 튀어나오니 꼰대는 꼰대다. 아날로그라는 소리를 듣고 꼰대 소리 듣는 건 그래도 참을 수 있지만, 몽

글몽글 솟아나는 그리움은 참을 수 없다.

그 시절에 이웃은 누구네 집 숟가락이 몇 개인지도 안다. 아무개 집 손님 왔으니 곰삭은 담북장이라도 좀 퍼줘야지 하며 담 너머 목을 쑥 빼던 그 모습은 그립다 못해 뼈저리게 사무친다. 손님 오면 반찬 걱정도 함께 하니 울타리만 쳐진 한집이다.

곰국이라도 끓이는 날이면 동네 뛰어다니느라 바빴다. 뒷집 보신댁 어른 통시(방언-집 바깥의 화장실)도 퍼줬는데 오시라 해라. 장말댁 요새 혼자 있던데 모셔오너라. 어린 마음에 우리 집에 뭐 했어요 자랑하고 싶어서 신나게 뛰어다니며 심부름했다.

칼국수 밀다가 문밖에 사람 소리 들리면 두어 번 더 밀어서 양을 늘린다. 국 퍼서 담다가 사람 수가 늘어나면 물 조금 더 넣어서 끓인다. 유치한 것 같지만 사람은 음식을 함께 먹을 때 가장 순수한 마음이 되는 것 같다. 먹을 때는 거의가 무장 해제하고 스스럼없이 말하며 듣는다.

담 넘어 정이 넘나드는 때는 외로워서 생기는 마음의 병이 많이 없었다. 남의 눈치보지 않고 울타리를 단단히 치고 살면 우선은 편한 것 같지만 마음의 안정을 얻지 못한다. 사람은 혼자선 살지 못하는 사회적 동물이다. 마음을 느슨하게 풀어놓으면 자랑도 술술 나오고 걱정도 망설임 없이 터놓고 얘기한다. 꽁꽁 묶어서 가슴에 품어 놓기보다 훨씬 마음이 편해진다. 사람 사는 걱정은 거기서 거기니 흉볼 게 뭐가 있으며 창피할 일도 없는 것 같다. 자랑해 봐야 또 거기서 거기니 살짝 부러워해 주면 얼마나 기분이 더 좋을까? 알면서도 속아주고 다 아는 줄 알면서도 때로는 거짓말도 한다.

고향이란, 걱정도 자랑도 마음 편히 털어놓을 수 있는 곳이라고 생각했는데 이젠 고향도 옛말인 것 같다. 이사 자주 다니니 윗대의 고향도 내가 태어난 곳도 고향이라는 말과 어울리지 않는다.

사람은 어차피 혼자라고 생각하며 스스로 혼자임을 위로하고, 혼자임에 익숙하여서 혼자가 되지 않으려고 애쓰는 일도 없어진다. 하물며 혼자의 예찬까지 등장하니 자식 출가 다 시켜야 부모 할 일 다 한다는 어른들의 상심도 깊어진다.

혼자의 편안함에 너무 익숙하여서 쉽게 혼자되어 편안해한다. 혼자 밥 먹는 게 유행하여 식당에서도 혼자 먹을 수 있는 공간이 흔하다. 칸막이 쳐진 혼자의 공간에서 폰 들고 밥 먹는 사람도 많이 눈에 띈다. 편함은 좋은데 편함 뒤에 숨은 공허는 어떻게 메우시려나.

아주 오래전, 몇십 년도 더 전에 연세 지긋이 드신 할머니께 짓궂게 여쭈었다.

"어르신 요즘 세상 아주 편해졌지요?"

"그럼 없는 게 없지. 임금님보다 더 호강하고 살지."

"지금이 좋아요? 옛날이 좋아요?"

"아무리 편해도 옛날이 훨씬 좋지."

"그럼 옛날로 돌려준다면 가시겠어요?"

"미쳤어? 안 가!"

우문현답에 또 우문이 겹친다.

"다른 세상 가서 새 영감님 만나시려구요?"

빙그레 웃으시는 노파의 깊은 주름살에 삶의 고단함이 진하게 배어 나온다. 내가 노파가 되고, 내 딸이 다시 노파가 되어도 삶의 무게는 변함이 없을 것 같다.

　훨씬 더 좋은 옛날이지만, 다시 되풀이하고 싶지는 않은 삶의 무게가 어깨에 내려앉는다.

체념의 미학

돌아가신 나의 어머니가 가끔 이렇게 말씀하셨다.

"어미야 팔자려니 생각하고 살아라."

전쟁 중에 태어나서인지 형제 중에 가장 몸이 약해서 어머니 속을 많이 태우면서 컸다. 피난 가다가 잘못되어 콩밭에 버려진 아이들이 많았다 하니 살아남은 걸 감사하며 살아야 했던 시절이었다. 태어나서 일주일 만에 어머니 등에 업혀서 피난을 갔다. 첫아기 낳으러 친정 왔다가 전쟁이 일어났으니 어머니도 어지간히 황망하셨겠다.

남편은 전쟁터에, 세간살이는 시댁에, 친정에서 또 피난을 떠났으니 무슨 정신에 사셨을까. 오뉴월 뙤약볕에 얼굴이 익어서 아기 얼굴은 부픈 풍선같이 되어서 엄마 등에 매달려 있었다. 어머니는 가끔 그 부푼 풍선의 아기 얼굴이 떠올라서 다 큰 딸자식의 얼굴을 쓰다듬으며 눈물을 보이시기도 했다.

나는 결혼하면서까지 아픈 아들과 함께 가난을 지고 살았으니 어머니 애간장을 다 녹이며 살았다. 사람들은 살면서 누구나 고만고만한 짐을 지고 산다고 하지만, 나만 힘든 삶을 사는 것 같아 서러운 생각이 들 때가 많았다. 묘하게도 그럴 때는 이 말이 참 위안이 되었다.

"어미야, 팔자려니 생각하고 살아라."

내가 지고 가야 할 생의 무게가 버겁다고 투정 부리지 않게 어머니는 팔자까지 동원하여 힘을 주셨나 보다. 한고비 한고비 어려움을 헤쳐가는 딸을 보면서 어머니도 스스로 마음을 추스르며 인생의 한고비를 넘기고 계셨을 것이다.

놀이 공원의 돌아가는 커피잔이 떠오른다. 함께 어울려 돌아가는 듯하지만, 돌아가는 둥근 원반 위의 커피잔들은 각자 빙글빙글 돌아간다. 빠르고, 느리게 타고 있는 사람들을 어지럽히며 요동치듯이 돌아간다. 옆 사람 돌아볼 여유도 없이 혼자만 돌아간다고 생각하면서 사람들은 아우성친다.

요즘 나에게 이상한 버릇 하나가 생겼다. 내 팔자를 조금 추스르고 나니 남의 팔자가 자꾸 눈에 들어온다. 개장수의 자전거 위에서 철망 사이로 눈을 끔벅이는 멍멍이를 보고 가슴이 아려서 밤잠을 설친다. 몇 날 며칠 눈에 밟히고 꿈속에서도 슬펐는데 요즘은 이렇게 중얼거린다.

"그래 그것도 네 운명이다. 네가 맡은 역할이니…."

도살장으로 가는 트럭 위에서 궁둥이를 서로 부딪치며 꾸웩꾸웩 울어대는 돼지들을 본다. 그 와중에도 뭔가 우물거리는 돼지들을 보고 차라리 마음 편하게 한마디 한다.

"그래 이것도 너희 운명이다. 어쩌겠나. 다음 생에선 좀 더 나은, 아~

좀 더 나은이 뭘까?"

동파육도 좋아하고 보쌈도 즐기면서 이건 또 무슨 망발이람. 식구들이 비싼 소고기보다 돼지고기를 좋아해서 냉장고에 돼지고기가 떨어지지 않으면서도 마음이 자꾸 슬퍼짐은, 그래 날 보고 어쩌란 말인가. 돼지는 돼지고, 돼지고기는 그냥 돼지고기라고 말함은 이기심에 길들여져서 저지르는 염치 없음인가. 그냥 어불성설이라 젖혀 두어야겠다.

공원 벤치나 역사 바닥에 신문지 깔고 누운 이들을 보면 어딘가를 향해서 막 화풀이하고 싶어진다. 굴러가는 수레바퀴에 개미도 깔려 죽고 풍뎅이도 사라지지만 바퀴를 탓할까 소달구지를 탓할까. 풍뎅이에게 네 탓이라 말할 수도 없다.

저들 엄마도 저들을 낳고 예쁜 이름 지으려고 얼마나 고민했을까? 동네 축복받으며 아니 비록 축복받지는 못했어도 누군가의 사랑이었겠지. 꿈이고 희망이고 사랑이었을 거다. 어미의 젖무덤에 코를 들이박고 발가락 까닥이는 어린 시절이 있었을 거다. 참 슬프다!

"이것도 당신의 운명인가 보오. 우주의 한 부분을 어두운 한 부분을 당신이 맡아주었구려."

내 마음 편하려고 둘러 붙인 얼토당토 않은 말이지만, 어머니의 '어미야…' 하는 그 말씀은 묘하게도 큰 위안이 된다. 체념의 편안함이 때로는 삶의 활력소가 될 때도 있다.

다 내려놓고 그냥 조용히 내려가 보자. 낮아지고 비워지면 삶의 편안함이 소리 없이 찾아 든다. 그때는 다시 일어서서 걷기도 하고 뛰어다닐 수도 있지 않을까.

나쁜 일을 만나면 세상 끝난 것처럼 돌아볼 여유도 없지만, 지나고 보면 옆에 달고 온 동무도 있다. 반드시 기쁨도 함께 찾아오니 나쁜 일만 일어나는 건 아니다. 체념은 끝이 아니고 도약의 굴림판이다. 잠깐 쉬면서 한숨 돌리라는 휴게소다. 기운 차리고 다시 일어서서 크게 한번 굴리고 힘껏 뛰어오르는 굴림판이다.

체념은 신의 선물이다. 잠깐 숨 고르기 하라는 사랑의 선물이다.

바보라서 행복하다

우주의 생성과 소멸은 잘 모르지만, 우주에서 일어나는 많은 일은 순환되며 영겁을 흐른다고 말하는 사람도 있다. 그냥 돌고 도는 어느 지점에 내가 머물다 사라질 거라면 무얼 그리 아등바등 사는지 모르겠다. 그럴수록 더 악착을 떨어야 하는 것일까?

부대끼며 살다 보면 사람이 싫어질 때도 있고 두 번 세 번 겹치다 보면 미워질 때도 있다. 나는 사람이 좋아서가 아니라 맥아리가 없어서 오래 미워한 사람이 없다. 오래 미워할 수 없는 이 찌질한 성격에 때로는 짜증도 나지만, 미워하는 일보다 현재의 내가 더 소중하기 때문에 미워할 수가 없다. 그 감정 그대로 접어두고 어쩌다 생각나면 한 번씩 펼쳐 보기도 한다. 그럴 수도 있겠거니 생각하면서….

이야기 하나.
까마득히 먼 옛날 이야기니 내가 아닌 또 다른 나를 보는 것처럼 아련하다.

공부하기 위해서 집을 떠나 타지에서 산 적이 있다. 주말이면 기차 타고 집으로 온다. 어둑어둑한 플랫폼에 내려서 바쁘게 개찰구를 향하다가 저 멀리서 초롱초롱 반짝이는 네 개의 눈을 본다. 초등학교 입학도 하지 않은 어린 두 동생이 두 손을 꼭 잡고 두리번거리며 누굴 찾고 있다. 뛰어놀다가 차 시간 맞추어 급히 뛰어온 듯 얼굴은 꾀죄죄하고 머리는 젖어서 이마에 흐트러져 있다.

눈이 마주치면 누나라고 부르며 뛰어올 줄 알았는데 큰 놈은 씩 웃고 작은놈은 몸을 흔들며 돌아서 버린다. 부끄럼을 많이 타던 아이였다. 서늘한 밤공기에 뭐라도 덮어 씌워주고 싶었지만 어린 여학생이 멋 부리느라 교복 위에 아무것도 입지 않은 단출한 복장이었기에 양손에 한 놈씩 손을 잡고 걷기만 했다.

성질 급한 별들이 초저녁 밤하늘을 촘촘히 수놓을 때 아이들의 양손에선 따뜻한 습기가 배어 나온다. 하늘에서 내려온 선녀를 맞듯, 교복을 깨끗하게 차려 입은 누나의 모습에 서 꿈을 키우던 어린 소년들은 그 후 내내 누이의 가슴에 남아 있었고 미운 짓 할 때도 그때만 생각하면 아련하게 눈가가 촉촉이 젖어 든다. 슬픈 일도 아니고 그렇다고 기쁜 일도 아니면서 눈물은 왜 나는지 모르겠다.

이야기 둘.
친정 나들이를 하였다. 같은 시내에 친정이 있으니 자주 들려서 일탈한다. 딸아이가 네 살 때니까 40년 전쯤 일이다. 갓 대학에 들어간 여동생은 어린 조카가 세상에서 제일 예쁘다고 친구들한테 소문을 내고 다녔다.

한번은 와글와글 여학생들이 떼거리로 몰려왔다. 멍 때리는 얼굴로 서로 쳐다보며 웃는 모습에 나도 따라 웃었다. 그때 딸아이는 머리도 제대로 나지 않은 여자아이였으니 솔직히 객관적인 시선에서 예쁘지는 않았다.

이모는 조카를 데리고 동네 산책을 나갔다. 준비도 없이 가벼운 차림을 하고 나섰는데 날이 어두워도 아이들이 보이지 않으니 집에서는 소동이 일어났다. 어린애와 함께 다 큰 처자가 없어졌으니 모두 찾아 나섰다. 주위를 다 둘러보고 돌아다녀도 없었다. 어둠은 짙어 오는데 그때는 휴대폰도 없었으니 막막하기만 했다.

저 멀리 헤드라이트 불빛 사이로 누가 어린아이를 업고 타박타박 걸어온다. 손잡고 걷다가 달성공원까지 갔는데 간 김에 동물원 가서 원숭이 보고 놀다가 늦어버렸단다. 날은 저물고 택시는 없고 걸어오다가 다리 아프다고 칭얼거리는 어린 조카를 업고 걸어오는 중이라고 고개 숙이고 말한다. 어째 고개 숙인 모습이 수상쩍다. 번진 눈물 자국은 감추었지만, 코끝이 빨갛다.

결혼이란 뭘까 생각하다가 울음이 터졌는데 멈출 수가 없었다고 다음 날 얘기했다. 사실 그때 그 아이가 생각한 만큼 슬픈 생활은 아니었는데 제 딴에는 언니가 마음 쓰였나 보다. 결혼이란 달콤한 환상에 젖어 있을 나이에 현실을 직시한 아픔을 안겨준 것 같아 미안한 짐으로 남아 있다.

얄미운 짓 많이 하지만, 헤드라이트 불빛을 등지고 걸어오던 그 아이의 그 모습을 떠올리면 또 눈가에 눈물이 고인다.

이야기 셋.

우리 바위손이 7살 때 딸애와 셋이서 서울에 갔다.

우리 바위손은 절대음감 갖고 있고 시창 청음 뛰어나고 작곡도 하고 피아노 바이올린 갖다 대면 척척 연주가 되니 우리는 천재라고 생각했다. 사회성이 부족한 천재라고 믿고 싶었던 때다.

어느 음악대학 교수님께 상담하러 갔다.

"천재성이 있습니다. 그러나 한국에는 이 아이를 가르칠 선생님이 없습니다. 미국 쪽을 한번…."

그래서 이민을 결심했다. 필요한 수속 절차를 밟기 위해 서울에 왔고 택시 타기 위해 길게 줄 서서 기다렸다. 저 멀리서 누가 뛰어오더니 손을 잡는다. 막내 시누이가 얼굴이 빨갛게 상기되어 웃는다. 타지에서 만나니 반가웠나 보다. 애들 과자라도 한 봉지 사주려고 뛰어가는 서방님 뒤에서 작은 지갑을 재빨리 열더니 만 원짜리 두 장을 애들 손에 쥐여준다. 갓 결혼해서 어려운 시절인데 서방님 몰래 챙겨주고 싶었나 보다. 또 눈물이 핑 돌았다.

그 시누이는 부자가 되어서 집안에 작은 수영장도 갖고 살지만, 그때는 정말 힘든 시기였다. 아니꼬운 짓 자주 하는 시누이가 미울 때도 가끔 있지만, 그때 그 만 원짜리 두 장이 형광을 발하면 미운 마음이 싹 사라진다. 몰래 챙김을 받으면 참 희한하게도 고마움이 배가 된다.

이야기 넷.

"모여. 다 모여봐. 세상에 이렇게 맛있는 빵 먹어봤냐? 이렇게 맛있는 빵이 있는 줄 몰랐네."

시집간 첫째 시누이가 친정에 오면서 치즈 케이크를 한 개 사 왔다. 조금 낯선 빵이지만 우리는 이미 시식한 치즈 케이크다. 자기가 먹어보니 엄청 맛있어서 사랑하는 친정 식구들에게 맛 보여주고 싶어서 부리나케 뛰어온 거다.

가슴이 뭉클했다. 사랑하는 그 가족 중 일원이 되었다는 게 어깨는 무거웠지만 뿌듯한 힘이 되었다. 미워할 일도 없지만, 함께 나누고 싶어서 뛰어오던 그 모습을 생각하면 가슴 찡하게 고와 보인다.

살면서 한순간이지만, 깊이 기억되는 작은 일 하나라도 만들면서 살면 좋겠다. 추억을 씹으며 살 나이가 되었는지 자꾸 뒤돌아보게 된다. 사람과 엮여서 깊이 공감할 때 나는 행복해진다. 모진 인생살이 굽이쳐 돌다가 허기를 느낄 때, 그때 그 순간을 생각하면 떠오르는 엷은 미소와 함께 행복함을 느낀다. 그 작은 조각들이 삶의 활력소가 된다는 것을 지금은 안다.

미워할 수 없는 순간들이 가슴에 남으면 삶이 여유로워진다. 조금 섭섭한 일도 풀고 말고 할 것 없이 그냥 그럴 수도 있겠구나 생각되니 사랑의 묘약이다.

별은 떨어져도 밤하늘은 화려하다

그분은 나의 어머니를 '누임'이라고 부른다. 경상도에서는 누나 또는 누부라 하고 존대어로 누님이라고 부르는데 꼭 누임이라고 첫 음을 힘주어 불렀다. 두 분이 함께 있을 때 다정스레 얘기하는 모습을 많이 본 적은 없지만 두 분의 우애는 각별하셨다고 한다.

외삼촌이 어릴 때 장티푸스에 걸렸을 때 옮을까 봐 아무도 옆에 가길 꺼렸다고 한다. 법정 전염병이지만 호흡기로 옮기는 병이 아니라는 걸 그때 사람들은 잘 몰랐다. 사시나무 떨듯이 떨고 있는 동생을 죽을 각오하고 꼭 껴안고 안정을 시켜서 살려줬다고 외삼촌은 늘 말씀하셨다.

어머니는 12·12사태 때 가택 연금 상태의 동생이 염려스러워서 운영하시던 사업체도 팽개치고 외삼촌 옆에서 숙식을 함께 하셨다. 집을 포위하고 지키던 군인들에게 호령도 하시고 불러들여 음식도 대접하셨다. 어르고 호통치고 집안 분위기도 다스리는 여장부였다. 덕분에 우리 집은 도산의 위기까지 갔을 정도로 큰 피해를 입었다.

60년 전쯤, 하얀 솜 넣은 핫저고리를 입은 한 청년의 손을 잡고 갓 초등학교에 입학한 어린 여자아이가 따라간다. 발자국 하나 찍히지 않은 하얀 눈밭에 저고리 벗어서 던져두고 평행봉 철봉을 번갈아 가며 재주 부리는 청년을 어린아이는 눈을 반짝이며 쳐다보았다. 추운 날에 저고리를 벗으니까 내의도 없이 바로 맨 살이 나오는 것과 얼굴만 까만 게 아니라 속살까지 까만 걸 보고 놀랐다.

아랫구미 이 약국집 외동딸과 약혼한 우리 외삼촌은 지우개가 달린 노란색의 연필을 한 상자 가지고 오셨다. 6.25 휴전 후 그 시절은 모든 물자가 귀해서 지우개 달린 연필은 구경하기 어려웠다. 연필심을 가운데 두고 나무젓가락 비슷한 걸 마주 붙인 다음 다듬어서 연필이라고 썼다. 색이 없는 나무 연필인데 잘 부러지고 갈라지기도 했는데 그것도 귀한 시절이었다. 구경도 못 한 연필을 큰 상자에 한가득 들고 오셨는데 몇 다스인지 생각도 나지 않는다.

"공부 열심히 해라. 외삼촌이 너 미국 유학 꼭 시켜 줄게."

하얀 눈밭에서 외삼촌의 그 말은 가슴에 새겨지는 큰 약속이었다. 공부 열심히 하라는 격려의 말인 걸 머리가 희끗해지고 나서야 알았다. 항상 마음속에 미국 유학을 품고 살았는데 자주 볼 기회도 없었고, 그리고 나는 어른이 되었다. 어른이 되어서도 미국 유학이란 단어가 가슴속을 맴돌았다. 현실상 불가능한 일이란 걸 알면서도 미련이 남아 있었나 보다.

시집온 다음해 시동생이 입대하였는데 최전방 산꼭대기에서 보초서는 일을 맡았다. 손은 동상에 걸리고 얼굴은 반쪽이 되어서 휴가 왔다. 너무 마음 아파서 시어른들의 만류에도 큰소리치고 외삼촌을 찾아갔다. 나를 예뻐해 주던 어릴 때 그 듬직한 나의 우군으로만 생각한 거다. 외삼촌 댁

근처 빵집에서 고급스러워 보이는 빵을 한 상자 사 들고 찾아갔다.

"그곳이 힘든 곳인 걸 잘 안다. 힘들다고 빼 주면 그 자리 누굴 앉히겠노. 쪼매만 참아라 캐라."(조금만 참으라고 해라)

일언지하에 딱 거절당하고 섭섭했다. 외숙모는 나를 조용히 부르더니

"가자, 어느 집이고? 야가 간도 큰기라(이 아이가 간도 크구나). 식구도 얼마 안 되는데 빵은 와 이리 마이 사왔노(왜 이렇게 많이 사왔니). 돈 아낄 줄 알아야지."

손에는 빵 보따리가 들려 있었고 나는 따라가지 않을 수가 없었다. 외사촌 동생은 빵 보따리에서 눈을 뗄 줄 모르는데 매정한 외숙모는 외면하고 집을 나와버린다. 빵집에 가서 장부에 적어 놓고 필요할 때 조금씩 가져다 먹기로 가게 주인과 약속하고 돌아왔다.

서울서 창피만 실컷 당하고 시어른께는 면목 없이 되어버렸다. 물론 예상했던 일이라고 말씀하셨지만, 이쪽저쪽 다 얼굴 들 수가 없었다.

나는 철이 늦게 들었는지 감정이 앞서는 짓을 많이 했다.

하얀 눈밭에서 평행봉에 매달려서 재주 넘던 그 청년이 전 수도경비사령관 고 장태완 장군이다.

나라를 지킬 것인가? 서울이 불바다가 되는 걸 막을 것인가? 어느 것이 내가 할 일인가?

그분의 딜레마는 몸을 병들게 하고 수명까지 단축시켰다.

우리 외삼촌은 너무나 청렴하여 외숙모를 힘들게 했다. 누가 갖다 준 선물 상자 때문에 사랑하는 부인에게 권총까지 빼든 옹졸한 남자다. 비

운의 그림자가 드리워지면 청렴했던 것도, 정의로웠던 일도, 강직함도, 사랑하는 모든 것과 함께 사라진다.

아들도 사라지고 아버지도 사라지고 본인도 사라지고 부인도 사라졌다. 사적인 일이라고 집안 청탁을 받아주지 않았기에 집안에서 큰 인기도 없었다.

요즘은 서울 밤하늘이 찬란하다. 촛불 집회가 편을 갈라서 밤하늘을 수놓지만 저기 먼 하늘에 반짝이는 수많은 별 중에 한 개만큼의 밝기에 따라오기나 할까?

우리 동네 풍경

나는 우물 안 개구리다. 겁이 많아서 그 흔한 배낭여행 한 번 못해 보고 청춘을 보냈다. 아니 일흔이 넘은 지금도 엄두가 나지 않는다. 뭐가 그리 겁이 나는지 이해되지 않지만 그러고 살았다.

해 질 녘 동네 한 바퀴 돌다 보면 옛날 생각이 난다. 가고 싶은 곳은 그렇게 많았는데 한 번도 짐을 싸지 못했다. 내가 지금 혼자 여행 와서 여기 있다고 생각하면 겁나고 위험한 일이 어디 있냐고 되물어지지만, 그때나 지금이나 소심해서 새로운 시도가 두렵다.

국내 여행을 혼자선 꿈도 못 꾸었으니 해외 배낭은 먼 나라 이야기다. 끌려다니는 패키지에 남는 건 선물 보따리밖에 없었으니 참 한심하게 살았다.

전문 지식도 없을뿐더러 뛰어난 이야기꾼도 아니니 내가 살면서 주위에서 보고들은 작은 생활 이야기를 주절주절 엮는 것뿐이다. 할망의 기억 저편에 묻어두었던 아련한 추억들이 가랑비 오는 날 고사리 솟아오르듯 아련히 피어오르니 잠시 머리 기대고 젖어 든다.

어릴 때 살던 골목 끝 집 보시니 할배도 생각나고 뒷집 똥개 엄마도 생각난다. 보시니 어르신 딸은 왜 그리 어렸을까? 아니 금옥이 아버지는 왜 그리 늙었을까? 잘 웃지 않는 그 어른은 치아가 다 빠지고 입이 합죽하다. 금옥이 엄마의 입도 만만찮다. 윗니가 토끼처럼 크게 두 개뿐이고 아랫니도 한두 개밖에 보지 못했다. 더 이상한 것은 금옥이 엄마가 배부른 모습은 한 번도 못 봤는데 나보다 훨씬 어린 금옥이는 항상 엄마 치마폭을 잡고 살았다.

지금 생각하면 이상하다 싶을 만큼 깊은 사연이 느껴지지만, 그 문제가 동네의 입방아에 올라온 적은 없었다. 금옥이 언니는 한 번도 못 봤는데 그 아이는 언니를 항상 기다렸다.

옆집 똥개 네는 너무 조용하다. 바로 위의 누나와 열 살도 넘게 차이 나고 정말 귀한 집 아들처럼 이름도 똥개다. 그 애의 진짜 이름이 무엇인지도 모른 채 그 동네를 떠나왔다.

저녁 무렵이면 "똥개야 똥개야." 애절하게 목이 터져라 부르며 동네를 돌아다니는 똥개 엄마의 모습을 자주 본다. 너무 청승맞게 부르고 다녀서 그 집은 너무 슬퍼 보이는 집이었다. 누나는 밤마실을 자주 나가서 딸 단속도 못 하는 사람이라고 똥개 아버지만 욕먹었다. 잘 웃지도 않고 소리 없이 슬픔에 잠긴 집이라 뒷집으로 향한 창문은 자주 열지도 않았다. 해 질 녘 똥개네 집 그림자가 슬금슬금 다가오는 것도 무서웠다. 우리 집 창문에 어두운 그림자가 비치면 그 방에 가기도 싫었다.

동네 앞쪽은 평야처럼 넓지는 않지만, 구불구불한 논둑길이 설키어 있고 여름이면 개구리가 밤새 개굴개굴한다. 개굴개굴 귀청이 떨어지게 울다가 갑자기 약속이라도 한 듯이 소리가 뚝 끊긴다. 한참을 정말 쥐 죽은 듯이 조용하다가 꼬루룩 개구구 한 마리가 선창하면 일제히 개굴개굴 귀청을 후벼 판다. 너무 시끄러워서 정신이 혼미해지는데 악머구리도 소리 섞어 합세한다.

여름날 새벽이면 나락 밭을 통째로 삶듯이 온 들판에 안개가 자욱하다. 안개는 흔히 보지만, 땅에서 스멀스멀 피어오르는 안개를 바람이 훑어가는 모양은 참 신비롭다. 바다에 일렁이는 파도처럼 바람에 떠밀려가는 초록빛 물결이 안개를 싸안고 쓸려간다.

수로를 따라 죽 내려오다가 우물의 다섯 배는 됨직한 큰 연못을 만난다. 논물이 흘러내려와서 연못을 이룰 리는 없는데 물이 항상 흘러내린다. 아무리 가물어도 박샘이 마른 적은 없었다. 샘이 깊지 않아서 우물 벽돌 틈 사이의 우렁이를 잡으면서 놀았다. 우렁이가 주먹만 했다. 꿈에서도 우렁이 잡느라 같이 자는 사람 더듬어서 놀라게 한 적도 있다. 작은 나무들과 이름 모를 풀이 뒤덮인 박샘은 올챙이처럼 길게 꼬리를 드리우고 흘러내린다. 꼬리는 점점 길어져서 낙동강을 향하는데 강에 도착하기도 전에 번사라는 뻘에서 생을 마감한다. 사시사철 한 번도 마른 적이 없는 박샘은 더 옛날엔 이 동네 우물이었다 한다.

박샘 옆집의 그 총각은 공부도 많이 하고 후일 크게 이름을 날려서 아는 사람은 다 안다고 한다. 그는 갑돌이와 갑순이 사랑을 한 바보 같은 사람이었다. 그 총각이 뒷집 아가씨를 마음에 두고 있는 줄 아무도 몰랐다고 하니 참 답답한 사람이다. 뒷집 아가씨의 마당 혼례식이 끝난 자리에서 고개를 푹 숙이더니,

"지(자기가)가 그렇게 빨리 결혼할 줄 몰랐네."

호감 느끼고 눈인사만 하면서 혼자 좋아하면 상대방도 같은 마음이 되는 줄 아는 바보 같은 사람이다.

우리 집 마루에서 보면 '이 약국집' 처마가 덩그러니 높게 보인다.

귀한 집 외동딸이 학교 다니다가 집에 오면 걸레를 손에 쥐고 산다고 우리 어머니는 늘 칭찬하셨다. 훤칠한 키와 서구적인 외모에 피아노 치고 장구 치고 춤도 잘 추는, 너무 많은 복을 타고난 팔자에 사람들은 부러워할 용기마저 내지 못했다. 그 처녀가 떴다 하면 우리 동네가 들썩였다. 걸음걸이 하나 행동 하나 화제가 되었다.

우리 집에는 깊은 우물이 있었는데 물이 차고 맛이 있어서 동네 사람들이 자주 물을 길어 간다. 어머니는 시간 나는 대로 두레박으로 물을 길어서 우물가를 씻으며 꼭 한 소리하신다.

"어이구, 쯔쯔."

어느 날 문구멍으로 우물가를 살피시던 어머니는 무릎을 '탁' 치신다.

"됐다! 그만하면 됐다."

그 처녀는 걸레 빨아서 우물가에 두고 물을 한 두레박 길어서 우물 언저리를 깨끗이 청소하였다. 그리고 걸레 바구니를 들더니 소리 없이 대문을 살며시 빠져나갔다. 우리 어머니는 몇 번이나 비슷한 장면을 목격하시고 올케 감으로 점을 찍으셨다.

그렇게 깔끔을 떨지 않았으면 우리 어머니 눈에 들지 않았을 거고, 우리 어머니 눈에 들지 않았다면 아주 평범하게 고운 여자의 일생을 보내지 않았을까 생각하면 참 마음 아프다. 어느 하나 흠잡을 곳 없이 고운 사람이지만 너무 깔끔해서 복 다 달아난다고 걱정하시던 우리 어머니다. 지금은 아마 어느 하늘 끝에서 우리 어머니가 외숙모께 미안해하실 거다.

"우리 장 장군을 자네에게 소개하지 말았어야 했는데."

"그 씰데 없는 소리는 와 해 쌌노?"(쓸데없는 소리를 왜 하느냐)

우리 아버지가 한 수 거드실 거다.

외삼촌은 보기보다 사랑할 줄 아는 남자다.

얼굴 까맣고 억센 경상도 사투리에 툭수바리(뚝배기의 경상도 방언) 깨지는 소리로 곧잘 사람들을 놀라게 하지만, 고 장태완 장군은 사랑할 줄 아는 남자다. 어머니는 사랑할 줄 아는 멋진 남자라고 늘 동생을 자랑하셨다. 언젠가, 얼굴 까만 남자의 사랑 이야기를 한 번쯤은 하고 싶다.

사진첩을 뒤지다가
(울어멍의 나들이)

여행 간다. 배 타고 일본 간다. 가을걷이도 끝나고 귤도 완판했으니 그냥 두어도 신날 판인데 여행이라니 한껏 들떴다.

여행 가방 달달 끌며 새벽부터 서둘러서 공항으로 향했다. 코끝을 스치는 싸한 새벽 공기가 잠자는 감성을 흔들어 깨우는지 달그락거리는 캐리어 바퀴 소음마저 감미롭게 귓속에 파고든다. 일본 가는 직행 노선이 있는데도 친구들이 부산에서 출발한다기에 부산행 비행기를 탔다. 참 촌스럽다. 초등학생 수학여행 가듯이 들떠서 마냥 어린아이가 되어간다. 무엇을 구경하며 어떻게 느끼느냐 거창한 것 제쳐 두고 그냥 이 기분에 여행을 떠나는구나! 일탈하여 시공간을 훌훌 털어버리고 수학여행을 떠난다.

커다란 여행 가방 달달 끌며 남편과 손잡고 부산 시내를 누볐다. 국제시장이 관광명소라기에 물어서 찾아갔다.

완두콩만 한 작은 만두에 너불너불 날개 달린 '완당'을 먹고, 명품 80% 세일도 구경하고, 용두산 공원에 올라가고, 동백섬도 돌아다녔다. I park

에는 부자 일본인들이 피난을 많이 온다고 한다. 지진과 태풍과 해마다 조금씩 가라앉는 일본 영토를 떠나서 피난 온다 하니 여기인들 안전할까 싶어서 마음 아파진다.

부산은 해안을 제외하고 도시 대부분이 산등성이에 형성되어 있어서 차들이 도시의 거리를 곡예 하듯이 오르내린다. 달리는 차들을 보니 발바닥에 전류가 흐르듯이 짜릿하다. 제주의 거리는 넓은 도로가 시원하게 뚫려 있어서 차 밀림도 거의 없이 살았으니 더 답답함을 느끼는가 보다.

국제 여객선 대합실에서 친구들과 얼싸안고 한바탕 소동을 벌였다. 남편 친구들인데 아내들이 더 극성이다. 반갑다고 눈물 찔끔대며 경상도 사투리로 크게 떠들어대니, 이게 바로 부끄럼도 없이 나이 탓이라 돌리는 꼰대 짓이다.

비행기 타고 일본 갈 때와는 사뭇 다른 느낌이다. 여객선 대합실은 그냥 시골 장터다. 공중도덕과 예의는 어느 그늘에 숨었는지 아이들은 뛰어다니고 어른들은 목청껏 소리 높여 잡담하며 분위기는 고조된다. 눈치도 보지 않고 떠드는 게 당연한 듯 천연덕스럽다. 서로 눈치도 보조 않고 눈총도 주지 않는다. 사투리도 골고루 섞여서 국제 장터 같다.

국제선도 배는 배다. 누워야 멀미가 덜 난다고 하여 우리는 길게 드러누웠다. 시집간 딸 얘기도 나오고 누구네는 다시 고향으로 돌아와 농사 짓는다는 얘기도 나온다. 도란도란 삼삼오오 이야기 꽃을 피운다. 은퇴하고 집에서 뒹구는 남편 얘기하다가 아무개 집 남편이 병원 신세 진다는 말이 나오자 우리는 잠시 잠잠해졌다. 먼저 간 친구도 있고 병들 나이도 되었으니 매우 놀랄 일은 아니지만, 다가오는 막연한 불안감에 다들 숙연해진다.

배는 흔들리고 그 와중에 어느 깔끔이는 세면대에서 발을 씻는다고 낑
낑댄다. 거기서 발을 씻으면 어쩌냐고 뒤에서 구시렁대도 끄떡도 하지
않는다. 늙은 여자들이 한데 모이니 염치도 없고 부끄럼도 없다. 발 덮개
이불 밑에 발 집어넣고 웃음꽃 피우던 어릴 적 옛날이 생각난다. 그때도
아무 스스럼없이 다들 편했다. 때가 꾀죄죄한 발을 박 덮개 이불 밑에 들
이밀다가 까마귀가 울고 가겠다고 핀잔을 주어도 아이는 편했다.

밤새 달려온 배는 멀미가 나는지 우리를 항구에 토해 놓는다.

우리는 초등학교 수학여행 온 아이들처럼 웃고 재잘대며 거리를 누볐
다. 내로남불이라고 그렇게 보기 싫던 여행객들의 시끄러운 모습을 우리
는 즐겁게 답습하며 돌아다녔다. 길가에 늘어선 간이음식점마다 들려서
한 개씩 사 먹으며 어떻게 만들었냐고 물어본다. 오이시이 연발하면서
묻기 위해 사 먹는다. 백화점 식품부에서는 언젠가 한 번 먹어본 다시마
젤리를 요구해서 몇몇 직원들이 발에 불이 나게 뛰어다녔다.

오스스메(추천)라고 붙은 건 한 개씩 다 샀다. 오밀조밀 작게 포장하여
펼쳐 놓은 물건들이 넓은 평야를 이룬다. 반짝반짝 빛나는 셀로판지에
작고 곱게 포장된 많은 먹거리는 너무 예뻐서 보는 것만으로도 마음을
기쁘게 한다. 바다에 떠다니는 해양 쓰레기 1위 국이 일본이라는 말이 실
감 난다. 오스스메로 유인하고 빅 세일로 사람들을 불러 모아 화려하게
진열해 두고 판매한다. 순간 내가 부자가 된 듯이 종류대로 다 바구니에
담고 싶은 충동을 느낀다. 덧니 살짝 드러내며 생글생글 웃는 저들의 모

습에 누가 끌리지 않으리.

오랜 한일 감정만 떠올리지 않으면 개개인은 참 친절하고 정직하고 꽤 괜찮은 사람들이라고 생각되는 건, 나의 우유부단하고 맥아리 없는 성격 탓일까? 잘못한 건 사과하고 용서하고 이해하며 이웃 나라가 정겹게 살면 얼마나 좋을까? 하기야 사과해야 용서도 하지.

몇 년 전 미국 여행에서 받은 그 예의 바른 무관심, 세련되고 도시적인 웃음, 열외라는, 정말 이방인이라는 느낌보다는 훨씬 좋았다.

덧니 살짝 드러내며 해맑게 웃는 저들에게서 다케시마를 외쳐대는 사람들을 떠올릴 수가 없었다. 여기 모여 사는 많은 사람은 다른 나라 사람들이라는 착각마저 든다. 우리가 생각하는 일본과는 상관없는 사람들이라는 생각이 든다.

3박 4일의 여정을 마치고 제주 공항에 내렸다. 마중 나오려는 아이들이 번거로워서 알려 준 예정 시간보다 조금 일찍 도착하였다. 우선 숨부터 크게 쉬었다. 살 것 같다. 제주의 공기는 맛이 다르다. 또 한 번 흠 하고 들이켜고, 우리 동네 택시를 불렀다.

그동안 제주에 눈이 엄청 많이 왔다고 한다. 길가의 잔설과 평화로에 세워 둔 차들을 보며 엉금엉금 기었을 생각하면 나도 모르게 웃음이 난다. 얼마 전만 해도 빙판길을 오금 저리며 운전하던 우리들인데 지금 이렇게 웃음이 나오는 걸 보니 망각이란 게 있어서 우리는 행복을 보듬을 수 있나 보다.

모든 게 좋다. 제주 사람이 다 된 모양이다. 분재를 한 뼘 크게 키운 듯한 유원지, 미니어처를 보는 듯한 거리, 이상한 나라의 앨리스가 된 것처럼 꿈속 같은 장면들이 어지럽다. 한 편 꿈을 꾼 듯하다.

　여행이란 일탈하여 동경하던 낯선 곳을 돌아다니다가 다시 제자리로 돌아왔을 때, 비로소 행복을 느끼는 묘약이다. 귀소본능도 행복의 일부분이라면 인생이란 긴 여정은 어디가 제자리이며 어디서 짐을 풀어야 할까?

파란 하늘에 새겨진 유월

어느 날, 햇살이 흔들리는 창가에 앉아서 어머니는 손가락을 만지작거리며 눈가가 촉촉해지셨다. 전운이 감도는 조용한 신작로를 머리에 떠올리며 어머니는 후 한숨을 쉬셨다.

"해 꼬랑지가 늘어져서 하늘이 불타는 듯 붉어지고 한 여인이 머리에 옷보따리 하나 이고 끝도 없는 신작로를 걸어간다. 등에 달린 새끼를 추스르며 먼지 폴폴 이는 길을 타박타박 걸어가는 모습이 불쌍해서 견딜 수가 없구나. 눈에 자꾸 아른거리고 시도 때도 없이 나타나니 에구."

해가 넘어가려 하니 빨리 가야 하는데 목적지엔 죽어도 가기 싫고, 도살장 끌려가는 소처럼 발걸음이 느려진다. 이른 점심 한술 뜨시고 종일 걸으셨으니 피곤하여 어디라도 주저앉고 싶으셨다. 전쟁통에 무슨 일로 친정집에 가셨는지 말씀 않으시고 주름진 눈가엔 물기가 번졌다. 자기연민에 빠져서 허우적대는 가여운 모습을 지켜보기만 했던 기억이 시시때때로 아려 온다.

어머니는 군 복무 중인 청년과 결혼하였고 제대 말년에 6.25 전쟁이 발

발했으니 군 복무 기간이 많이 길어졌다. 전쟁통에 첫아이 낳고 큰댁에서 맏동서 시집살이를 했으니 고생이 오죽했을까. 홀 시아버지와 한방 거주하는 못된 시집살이에 욕을 해가며 울분을 터트리셨다. 숨 한번 크게 못 쉬고 방구석에 쪼그려 앉아서 날밤을 새우셨다고 하니 누구에게 원망도 못 할 한이다. 크면서 자주 들었던 우리 어머니 레퍼토리 1번이다.

"큰조카는 부엌에 들어와 참기름병 들고 마시고, 동갑내기 동서는 참기름이 너무 빨리 없어진다고 난리를 부렸다. 네 고모는 너덜너덜한 네 똥 기저귀는 빨랫방망이로 저 멀리 밀어두고 하얀 경이 똥 기저귀만 빨았지.

집안일 다 끝내고 한밤중에 그걸 빨면서 얼마나 울었는지. 느그(너의) 아부지 그 무심한 양반……." 아버지로 넘어가면 나는 지쳐서 머리에 쥐가 난다.

'장미를 사랑한 똥파리'라는 단 한 편의 구전 시를 지으신 어머니는 아버지에 대한 원망도 대단했다. 어머니는 겪은 일들을 엮어서 나만 만나면 넋두리하며 괴롭혔다. 옆에 앉기만 하면 한 서린 보따리를 풀어 놓으시니 그 슬픈 이야기를 순서도 틀리지 않게 끄집어내신다. 이다음에 무슨 이야기가 나오는지 나도 따라 할 수 있겠다. 누구도 참고 들어주는 사람이 없으니 나라도 열심히 들어야 어머니의 한이 풀릴 것 같아서 그냥 앉아서 들었다. 듣다가 딴생각하다가 별 짓을 다 해도 머리가 터져버릴 것 같은 한계점에 다다른다.

나더러 어쩌란 말인가. 기억도 나지 않지만, 슬픈 이야기는 여러 번 겹쳐 들으면 희석되어 한쪽 귀로 들어왔다가 다른 쪽 귀로 흘러가 버리니 빛 바랜 낡은 사진처럼 아무 느낌도 없다. 들을 때마다 같이 분노하고 맞장구 쳐주면 속이라도 후련하실 텐데 그렇게 하지 못하였다. 엄마 품이 그리워 친정에 오면 새벽이 무섭다. 뽀시락 소리만 나도 잠이 깬 줄 알고 '야야 들어봐라.' 하시면서 이야기보따리를 푸셨다.

고문이었다. 자기 연민에 빠져서 헤어나오지 못하는 불쌍한 한 여인을 나는 그냥 지켜볼 수밖에 다른 방법이 없었다. 정신과 상담도 거부하시고, 그때만 해도 우울증은 아닌 것 같고 달리 방법이 없어서 마음만 아팠다. 즐겁게 잘 지내시다가 나만 보면 그러시니 차라리 다행이다 싶기도 하고, 역할이 짜증스러웠다.

바람기 많으셨던 아버지가 돌아가시고 바가지 긁을 대상도 없으니 이젠 좀 여유롭게 세상을 즐기실 줄 알았는데 2년 남짓 사시다가 따라가셨다. 평소 남편 욕만 하시다가, 차마 그립다 못하시고 우울증에 시달리다가 돌아가셨다.

어느 날 곡기 끊으시고 반듯하게 누워서 말문을 닫으셨다. 어머니 돌아가시고 눈물도 나지 않았다. 모진 딸년은 어머니가 원망스러워서, 등에 매달려서 어머니를 괴롭혔던 딸년은 어머니가 원망스러워서 눈물도 나지 않았다.

세월이 지나고 어머니 돌아가신 나이에 이르러보니 뼈에 사무쳤을 외로움이 새록새록 느껴진다. 얼마 남지 않은 생을 앞둔 어머니가 눈감고 누웠는데 곁에 다가가기가 싫어서 멀뚱하게 앉아 있었던 순간이 한없이 부끄럽고 미안해진다. 손 꼭 잡고, 그래 손이라도 꼭 잡아드릴 걸. 그러지 못한 게 두고두고 한이 된다.

누구를 용서한다는 게 마음대로 되는 일이던가. 옆에서 안타까워하며 용쓰다가 미움만 키웠다. 까짓 거 다 용서하고 툭 털어버리지 왜 부둥켜안고 괴로워하며 사셨는지 안타까움만 커진다. 자식에게 물려주려고 아끼며 궁상 떨지 말고 남자 친구도 사귀며 즐겁게 사시다가 어느 날 가벼운 마음으로 훌쩍 떠나시면 얼마나 좋을까. 어쩌면 소망일 수도 있겠지만, 바라는 건 잘 이루어지지 않는다. 너무 큰 걸 바라며 그렇게 살지 못한다고 고개 돌려 버렸으니 한심해도 너무 한심해서 나를 용서하지 못한다.

너 때문에 너만 아니면 이 세상 사람이 아니었다고 늘 말씀하시던 모습이 너무 부담스러워서 늘 한 짐 지고 산 듯하다. 나 때문에 이어진 목숨이니 나 때문에 보람을 느끼셔야 한다는 생각은 나에게는 멍에다. 어머니의 아픈 손가락은 그래서 늘 어머니를 떠나고 싶었다. 그리운 어머니라 말하는 많은 사람들이 한없이 부러우면서 그 화살이 늘 어머니에게 돌아갔다. 늙어 죽을 나이가 가까이 왔음에도 어린아이는 어머니의 그리움을 투정으로 표현하며 칭얼댄다. 애증은 시시때때로 찾아와서 눈물을 자아내게 하니 그것은 영원한 그리움이어라.

유월이 오면 콩밭 고랑 사이에 죽은 아이들의 시체가 수두룩했다는 어머니의 이야기가 생각난다. 전쟁을 겪지는 않았는데 초연이 자욱한 계곡이 떠오르고 화약 냄새가 한 번씩 코끝을 스친다. 어느 영화의 한 장면인지, 등에 업혀서 맡은 화약 냄새인지, 나도 모르는 기시감이라 하는 그 이상한 게 일상을 뒤흔든다.

유월 그날이 되면 어머니는 미역국을 끓여 주셨다. 전쟁통에 태어나서

너도 참 고생이 많았다고 하시며 새삼스레 머리를 쓰다듬어 주기도 하셨다.

파란 하늘은 무심히 내려다보는데 그때도 화약 냄새를 맡았다. 알싸하게 스쳐 가는 묘한 향이 왠지 익숙해서 숨 한 번 크게 들이켰다.

날아다니는 고향

중학교 입학한 지 두세 달쯤 되었을까.

동글동글한 얼굴에 살짝 마마 자국이 있는 그녀는 수줍게 다가와서 쪽지 하나를 치마 포켓에 찔러주고 달아난다. 나와 s동생 맺고 싶다는 그녀의 말에 무슨 연애편지처럼 부끄러워서 대답도 못하고 따라만 다녔다. 그때 그 시절엔 s자매 맺기가 유행이었다.

언니와 동생은 별다른 대화도 없이 가족의 일원이 되었다. 주말이면 읍내에서 십 리도 더 떨어진 그녀의 집에서 함께 잤다. 기억도 가물가물한 그녀의 아버지는 치아가 하나도 없는 늙은 할배인데 말도 없이 곰방대만 두들겼다. 그녀가 사과를 얇게 저며서 아부지 하며 들이밀던 모습이 이상하고 기이하기까지 했다.

아버지는 모두 우리 아버지와 비슷한 연배의 남자라고 생각했는데 우리 할배보다 더 할배를 아버지라고 하니 참 이상했다. 이상한 나라의 앨리스처럼 고개 하나 넘어서 다른 세상에 온 것처럼 비밀의 정원에서 꿈을 꾸었다.

여름 밤이면 다져져서 반들반들한 흙 마당에 멍석을 펼친다. 전기도 없는 시골 마당이지만 해 꼬리가 길어서인지 달밤처럼 훤하다. 빨래줄에 매단 호야가 바람도 없는데 흔들리고 매캐한 모깃불은 모락모락 피어올라 마당을 누빈다. 누렁국시(홍두깨로 밀어서 칼로 썬 뜨거운 국수. 경상도 방언) 한 버지기(큰 자배기의 방언. 아가리가 넓고 크다)가 멍석 위에 놓이면 아이들은 둘러앉아 피어오르는 김에 콧구멍을 벌름거린다.

"마이 묵으라(많이 먹어라)."

그녀의 어머니는 양재기 한 그릇씩 퍼 주신다. 감자 큼직하게 썰어 넣고 애호박 채 썰어 넣은 누렁국시 앞에서 침 넘어가는 소리가 들릴 것 같아 헛기침을 연달아 했다. 매포한 풋고추와 마늘 다져 넣어 참기름 냄새 솔솔 풍기는 양념장은 '여름 냄새'가 되어 해마다 여름이면 생각이 난다. 아쉽게도 그때 그 매캐한 연기 속에서 먹은 누렁국시 맛은 그 후 어디서도 맛볼 수 없었다.

개똥벌레라도 날아오르면 귀신 벌레라고 계집아이들은 호들갑을 떨며 마당을 뛰어다녔다. 하늘에 별은 왜 그리 많은 지 금모래를 뿌려 놓은 듯이 반짝였고 달도 없는 푸른 밤하늘을 훤히 밝힌다. 시골살이 오래 하였지만, 그때 그 청명한 밤하늘의 눈 부신 별빛은 보지 못한 듯하여 사무치게 그리울 때가 있다.

도시에 사는 그녀의 조카는 그녀와 동갑인데 자꾸 조카의 눈치를 살핀다. 나도 덩달아 조카의 눈치를 살피며 비위를 맞추었다. 그녀의 언니가 조카 편에 보내준 예쁜 꽃무늬 손수건을 착착 접어서 교복치마 주머니에 넣고 다녔다. 하얀 리넨 천에 알록달록한 꽃무늬가 한쪽 면을 다 채우고 있는 예쁜 손수건은 어른만의 점유물인 것처럼 뿌듯했다. 숙녀가 된 것처럼 고개 쳐들고 단발머리도 살랑살랑 흔들었다.

언제부터 인가 복순 언니가 보고 싶어서 가끔 울고 있는 나를 본다. 외롭고 심란할 때 푸른 그때 그 밤하늘은 어디서 나타났는지 마음속을 헤집고 들어와 누비고 다닌다. 까맣게 잊고 살다가 어느 날 갑자기 미친 듯이 그리워진다.

그 누렁국시가 먹고 싶고, 흔들리는 호야가 그립고, 개똥벌레의 꽁무니 불도 보고 싶다. 같이 있으면 약간 창피하기도 했던 복순 언니의 살짝 얽은 마마 자국도 그립다. 무슨 얘기 나누었는지 기억나지 않지만, 많은 얘기 나눈 듯이 푸근한 마음마저 느껴진다. 무슨 말을 해도 다 들어주며 항상 내 편일 것 같은 생각에 몸이 단다. 지난날은 되돌릴 수 없기에 더욱더 애틋하고 아름답게 느껴지나 보다. 꿈은 무지개처럼 영롱하게 빛을 발하며 하늘 끝에서 희롱한다.

고향이 어디냐고 누가 묻는다면 나는 당황할 때가 많다. 태어난 곳은 가보지도 못했고, 자란 곳에는 아는 사람 하나 없고, 어머니 아버지는 돌아가시고, 동생들은 뿔뿔이 흩어져 살고, 연고 없는 곳에서 산 지가 10년을 넘었으니 꼬집어서 나의 고향이라고 할 만한 데가 없다.

나의 고향은 어디인가. 있지도 않는 고향을 그리워함은 고향은 그럴 거라는 환상 때문이다. 어떤 말을 해도 이해하며 받아줄 것 같은 마음 편한 곳일 거라는 환상 때문이다.

아무 이유 없이 별 기약 없이 헤어진 복순 언니는 그렇게 이렇게 나의 고향이 되어간다. 사무치게 그리워서 눈물 펑펑 쏟으며 울게 하는 복순 언니는 잃어버린 고향이요 향수요 영원한 그리움이다.

그때 그 시절이 그립다고 하면 될 것을 이렇게 사설이 길어진다. 외로움을 숨기고 싶은 미련함인지 되돌릴 수 없이 흘러버린 세월의 아쉬움인지 점점 더 깊어지는 고독이라는 놈의 횡포인지 잘 모르겠다.

날아다니는 고향의 한쪽 끄트머리에 고독이라는 놈도 함께 태워서 푸른 별빛 밤하늘을 날아 보리라. 개똥벌레와 날아다니려면 이 밤 꼴딱 새워도 모자라겠다.

2장

그게 사랑이었음을

돌을 닮아가는 부부

제주는 돌 바람 여자가 많아서 삼다도라 한다는데 살아보니 바람과 돌은 진짜 많다. 밭을 파도 돌이고 마당을 파도 돌이고 과수원 곳곳에 큰 수박덩이만 한 암석들이 지천으로 널렸다. 작은 돌은 돌담 사이사이 끼우고 큰 돌은 잔디밭에 징검다리 만들고 돌담도 쌓고 밭담도 만든다. 쏟아져 나오는 돌무더기 쌓다 보면 원하지도 않은 탑도 생기고 땅만 파면 돌이 나오니 화수분이다.

굴러다니는 돌들을 어찌할 수가 없다. 담 위에 쌓으려니 담만 높아지고 한곳에 모아두기도 볼썽사납다. 귤밭 모퉁이에 돌담 쌓아 작은 창고를 짓자고 남편과 합의했다.

돌담 쌓기가 어렵다지만, 하늘 아래 뫼이로다 생각하며 돌을 주워 쌓기 시작했다. 맨 아랫단에 크고 좀 묵직한 안정적인 놈 골라서 기초로 삼고 돌 하나 올려서 중심 잡고 또 하나 올리고 하나 둘 쌓는 데 정말 어렵다. 큰 돌 사이에 작은 돌 끼우고 모양 좋게 잘 쌓았다. 세 줄 네 줄 올라가다가 옆의 놈 잘못 건드리면 와르르 무너진다. 쌓고 무너지고 쌓고 무너지고 땡볕에서 반나절을 그렇게 씨름했다.

무릎쯤 까지가 한계다. 더 쌓으려면 많은 수련이 필요할 것 같다. 옆의 놈 의지하지 말고 스스로 중심 잡게 해줘야 하니 돌 하나하나에 온 정성을 쏟아야 한다. 돌담 전체가 흔들림 없이 탄탄해지려면 도 닦듯이 집중해야 한다. 잘 쌓은 돌담은 바람 불어도 사람이 올라가도 끄떡없다. 뻥뻥 뚫린 어설픈 구멍은 바람의 통로가 되어 태풍도 제 갈 길 찾아서 지나가지 돌담을 무너뜨리지 않는다.

우리는 쌓지 못했다. 온종일 공을 들이다가 몸도 맘도 지쳐버리고 마침내 두 손 들고 말았다. 제주에서는 돌담 쌓는 기술자를 최고로 치는데 어설프게 하나 둘 얹는다고 돌담이 되는 건 아니다. 돌담도 힘든데 창고 지으려는 발상이었으니 꿈도 너무 야무지다.

결혼 생활도 돌담 쌓는 일과 참 많이 닮았다는 생각이 든다.

어떤 이는 부족한 부분을 서로 채워주며 온전한 하나를 만드는 게 결혼이라고 말하고, 어떤 이는 하나 더하기 하나 해서 온전한 둘을 만드는 게 결혼이라고 말한다.

남편을 큰 그늘이라 믿고 너무 의지하며 스스로 종속되어 평생을 살았다. 어느 순간에 드디어 쌓인 불만이 터져 나오더니, 가부장적인 가정이 어떻고 매여 삶이 어떻고 나의 삶은 어디 갔나 갑자기 주위를 둘러보며 허무감에 빠진다.

내가 어떤 모습으로 서 있는지 살펴보지도 않고 불평만 한다. 말하지 않아도 알아서 어떻게 해 주길 바라며 자꾸 불평하며 트집 잡고 그러면서 살았다. 말하지 않아도 척척 알아서 해주는 자리라면 옥황상제님도 넘보겠다.

쥐어박는 건 나중에 하고 우선 나부터 온전히 바로 서서 기대지 말고 살자. 온전한 한 사람이 되길 애쓰며 가끔 어깨도 빌려주고 보듬어 주기도 하자. 서로 모자라는 부분 채워주려고 애쓰지 말고 우선 나부터 바로 서서 온전한 두 개로 성장하자. 두 개는 두 개가 되는 게 당연한데 왜 합쳐서 한 개로 남으려고 애썼는지 모르겠다. 내가 온전해지고 나머지는 그 사람 몫이다. 내가 상대를 고치지는 못한다. 필요하다면 어깨도 살짝 빌려주고 기분 내키면 목말이라도 태워 달라고 하자.

돌담의 돌들이 서로 기대고 있는 것처럼 보이지만 하나하나 제자리 지키며 똑바로 앉아 있다. 구멍 숭숭 뚫린 돌담은 솔바람도 지나가지만, 태풍도 그냥 지나간다. 어설프게 완벽을 흉내내지 말고 바람의 통로는 열어 두고 살아야겠다.

오늘도 해가 서쪽 당나무 가지에 걸렸다.

눈을 살짝 감아 보면 속눈썹 사이로 지는 해는 햇살이 엄청 길다. 처절하게 뿜어대는 햇살을 밀어내고 노을이 한바탕 놀고 가면 어둠은 소리 없이 대지를 품는다.

어둠이 만물을 잠재우며 길게 하품하면 나도 하품하며 기지개를 켠다.

망중한

시장바구니 들고 걸어서 나서던 시장 길인데, 제주에서의 마트 나들이는 또다른 모습이다.

마트 가다가 길옆에 차 세워 두고 고사리 꺾고 솔잎도 채취한다. 바로 길옆에 제주의 허파라고도 불리는 곶자왈이 길게 뻗어 있다. 소나무가 많았는데 최근엔 아열대성 기후의 영향인지 잡목이 우거지고 송악, 칡 등 넝쿨 식물이 숲을 뒤덮고 있어서 잘못 들어가면 빠져나오지도 못한다.

곶자왈을 옆에 끼고 밭들이 들쭉날쭉 옹기종기 붙어 있는데 곶자왈을 따라가며 쑥을 캐기도 하고 양파, 브로콜리, 양배추 등 이삭 줍기도 한다. 추수하고 나면 항상 남아 있는 것들이 있다. 파치(비 상품)까지 걷어가진 않으니까 줍는 재미도 있고 시골살이 낭만처럼 자랑도 한다. 제주 인심이 옛날 같지는 않다고 하니 인심도 강산 따라 변하는 거라고 애써 자위하지만 씁쓸하다. 흔한 얘기는 아니지만, 추수 끝난 무밭에서 무 몇 개 주워 오고 절도범으로 몰려서 몇 십 만원 물어줬다는 얘기도 있다.

추수 끝나면 파치 주워 올 잠시의 여유도 없이 금방 밭을 갈아엎어 버려서 서운했다는 얘기며 아무튼 떠도는 소문은 메말라가는 인심에 날개를 달아주어 더욱더 옛날을 그리워하게 된다.

주워 오는 사람들의 얘기니까 밭 주인의 불편한 심정을 모른 척 외면하고픈 마음일 것이다. 국민 소득은 날로 높아진다는데 삶은 더 각박하게 다가오는 것 같아 마음 한구석이 아리지만, 시대의 흐름이라 여기며 발맞추려 한다. 국민 소득과 삶의 질은 같은 동네 얘기가 아닐 수도 있다는 생각이 든다.

어쩌면 주고받을 게 없는 풍부한 물질 속에서 마음은 외로워지고 그래서 더 각박해지는 건 아닐까?

오전 9시쯤 농업진흥원에 효소 비료 받으러 갔다. 농업진흥원에서는 EM, 고초균, 유산균, 바실러스균 등 여러 가지 유익균들을 배양하여 농가에 공급하고 있다. 부지런만 하면 농사 초보도 훌륭한 농군이 될 수 있도록 많이 지원한다. 이번 주에는 EM과 유산균을 공급한다. 액비를 차에 싣고 가만히 생각하니 오늘 남편 휴가 마지막 날이다. 아무것도 해 준 것도 없고 놀러 가자고 조르지도 못해서 미안했다.

항상 자연은 옆에 있고 눈에 들어오는 곳이 다 휴양지니 어디 가고 싶은 곳도 뚜렷이 없다. 특별한 날 조금 고급스러운 곳에서 외식 한번 하는 것 외에는 휴가라도 별로 다를 것 없다.

"여보 우리 해수욕 갈래?"

"귀신 씻나락 까먹는 소리 그만해 해수욕은 뭔."

나는 가자고 우겼다. 자동차로 10분쯤 떨어진 거리에 금능해수욕장이 있다. 작지만 덜 인위적이고 아직 잘 알려지지 않아서 복잡하지도 않다.

몇 그루 야자수 그늘을 지나 백사장에 들어서니 달구어진 모래 알갱이가 발바닥을 후벼 판다. 짧은 바지 티셔츠 입은 그대로 바닷물에 첨벙대며 들어갔다. 수영은 못하니까 앉았다 섰다 그냥 뛰어다녔다.

파도에 쓸려가는 모래가 발뒤꿈치를 간지럽힌다. 모래 해변이 바닷속까지 이어져 있어서 발도 푹신푹신하고 완만하여서 멀리까지 첨벙대며 뛰어가도 바닷물은 허리춤에서 출렁인다. 튜브 하나 허리에 끼면 어린아이와 다를 것 하나 없다. 돌아보니 엉거주춤하던 그 양반도 겅중겅중 뛰어다닌다. 머리 하얀 저 양반도 어린아이가 마음속에 숨어 있나 보다.

육지에 살 때는 해수욕 한번 하려면 몇 년을 공을 들여도 갈 수가 없었다. 휴가 시간 맞추고 예산 확보하고 날씨까지 맞추다 보면 웬만해선 잘 갈 수 없었다. 휴가를 즐길 마음의 여유마저 없었으니 참 한심하다. 요즘 유행하는 소확행이 그때는 대접을 못 받을 때였다. 저축할 수도 없는 살림이었지만 모아야 한다는 생각에 작은 즐거움도 돈 쓰는 일이면 줄이며 살았다. 미래를 위해 현재가 희생되어서는 안 된다는 생각이 그때는 조금도 들지 않았다.

물도 맑고 파도도 별로 없고 바닷속도 부드러운 모래라서 애들 놀기엔 딱 좋았다. 고만고만한 아이들이 옹기종기 모여서 물속을 헤집고 다니며 깔깔거린다. 몸에 착 붙는 잠수복처럼 생긴 수영복을 입은 아빠가 똑같이 생긴 수영복을 입은 아이에게 수영을 가르친다. 우리 아이들을 어릴 때 데리고 왔으면 얼마나 좋았을까 생각하니 괜스레 눈물이 난다. 지나고 나면 어떠한 순간도 잡을 수 없다는 것을 알고 있지만, 이 나이 들고서야 뼈저리게 느낀다. 머리로 안다는 것은 아는 게 아니라 가슴이 저려야 진짜로 아는 것인가 보다.

비록 조금 아픈 일도 시간이 해결해 줄 거라고 그냥 후딱 넘겨버리지 말고 되어가는 과정 하나하나 깊은 애정 쏟으며 쓴맛도 즐겼으면 얼마나 좋았을까 얼토당토않은 푸념을 쏟았다.

잡을 수 없는 지나간 것에 대한 아쉬움이다.

얇은 옷이라 모래 대충 툭툭 털어내고 자동차까지 걸어오니 말라서 부슬부슬 하다. 조금 꿉꿉하지만, 자동차 시트에 비닐 넓게 펴고 앉았다. 창문 밖에서 불어오는 후덥지근한 바람도 너무 차갑게 느껴져서 문을 조금 닫았다.

집에 와서 샤워 끝내고 시계를 보니 11시 조금 지나 있었다. 2시간 조금 더 되는 시간에 모든 상황이 종료된 거다. 비료 받아오고, 바다까지 가서 해수욕 즐기고, 집에 와서 샤워하고, 다리 쭉 펴고 큰 대자로 누웠다. 이것 또한 제주 생활의 매력 아닌가. 비지땀 흘리며 풀 뽑던 일도 이 순간만큼은 낭만으로 느껴진다.

땀 흘려 일한 후에 잠깐 즐기는 이 즐거움을 어디다 비유할까.

일하지 않고 즐기는 휴가는 금방 시들해지지만, 땀 흘린 후에 시간 쪼개어 잠시 쉬는 즐거움은 지상 낙원이 아니라 구름 타고 노니는 신선이 된 기분이다. 나무 그늘을 스쳐 지나가는 한줄기 바람과, 코끝을 간지럽히는 진한 풀내음과, 냉수 한 사발 들이켜는 작은 것까지 깊이 감사한다.

이 순간, 내가 여기에 존재함은 삼라만상이 내게 잠시 빌려준 자리기에 겸손하게 감사하며 즐기려 한다. 쉼표 하나 찍고, 숨 고르기 하고, 하늘 한번 쳐다본다. 파란 하늘이면 더 좋지만, 하늘이 조금 흐리면 어떠리. 바람 불어 더 좋은 날도 있지 않은가.

망아지는 엄마 그늘에 누워서 노루잠을 자는데 나의 망중한은 노루 꼬리보다 훨씬 길다.

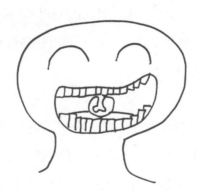

우리 집 영감과 나는 요로코롬 다르다오

제주에 이사 온 후 돼지감자를 처음 알게 되었지만, 지금은 돼지감자를 참 좋아한다. 생으로 된장에 찍어 먹고 갈아서 전도 부치고 깍두기도 담아 먹는다. 말려서 볶아 차를 우려도 구수하게 맛이 좋다. 이눌린 성분이 많아서 당뇨에 좋고 옛날엔 구황작물로 아이들도 많이 살렸다 한다. 다이어트에도 좋다 하니 격세지감이 들기도 한다.

그런 실제적인 좋은 점은 제쳐 두고 그냥 하는 짓이 참 귀엽다. 씨를 뿌리지도 않았는데 때가 되면 여기저기 기운차게 솟아오른다. 초대하지 않아도 당당하게 등장하니 그 기개 또한 가상하다.

쭈뼛쭈뼛 하지 않아서 나랑 많이 다르니 부럽기도 하다. 비료 농약 치지 않아도 잡초까지 스스로 소탕하며 잘 자란다. 엉뚱한 짓을 곧잘 하여 뚱딴지라는 별명도 있다. 돼지감자를 캐면, 한 톨도 없을 때가 있다. 여기저기 파다 보면 한 자나 멀리 떨어져서 가는 뿌리줄기로 연결된 곳에 수북이 한 소쿠리쯤 켜켜이 묻혀 있는 놈들도 있다. 그래서 뚱딴지인가 보다.

돌담 밑에 떼거리로 몰려 있는 놈, 담장 넘어 이웃집에 둥지를 튼 놈,

돌 속에 기어들어 가 있는 놈, 이쪽저쪽 파다 보면 결국 온 밭을 다 매게 된다. 말없이 농부를 훈련시켜서 살아갈 환경을 스스로 조성한다. 고얀 놈이로다.

올해는 놈들을 쫓아다녔는데도 수확이 시원찮다. 작년의 절반도 되지 않는 감자를 양파망에 넣고 말 밥통에 물을 받아 영감과 둘이 앉아서 주물러 씻었다. 흙탕물을 몇 번씩 갈아주며 씻어서 양파망에서 끄집어냈다.

잔뿌리, 잡풀, 돌멩이, 기타 이물질을 하나하나 골라냈다. 불순물을 하나씩 추려낼 때마다 모양을 갖춰가는 토실토실한 돼지감자가 탐스럽다. 찢기고 상한 놈은 칼로 빚어내고 밤톨만 한 녀석들도 다 골라냈다. 컨테이너(20kg)에 한가득이다. 비트와 섞어서 즙을 내야겠다.

물 빠지라고 비스듬히 고여 두고 우리 부부는 허리 쭉 펴고 서로 쳐다봤다. 햇볕에 그을려서 골골이 파인 주름 위로 땀이 송골송골 맺혀 있다. 조금 전까지 투닥투닥 하던 입씨름이 민망하여 마주 보고 그냥 웃었다.

우리 부부는 서로 많이 달라서 하는 일마다 그냥 순조롭게 넘어가는 일이 없다. 참 신기하게도 '동' 하면 자동으로 '서'라고 화답한다. 의도한 건 아닌데 완벽하게 서로 다른 모습에 결혼 초엔 많이 당황했었다.

일머리도 다르고 취향도 다르니 일을 하면서도 계속 싸운다. 티격태격 싸우다가 웃을 때도 있지만 토라져서 호미자루 집어 던지고 돌아설 때도 있다. 옥신각신 큰 전쟁 치르듯이 한바탕 겪고 나면 기진맥진하여 후 하고 한숨이 절로 나지만, 마주 보면 웃지 않을 수가 없다. 햇볕에 탄 백발의 노인이 소년처럼 환하게 웃다가 금방 토라지며 화를 낸다. 너무 뻔한 일에 고집을 부리니 혼자 다 하라고 돌아설 때도 있지만, 그래도 살아 있는 기세가 느껴져서 차라리 마음이 편하다.

살다 보면 어떻게 할 방법이 없을 정도로 어려운 문제에 부딪쳐 끙끙 댈 때가 있다. 사면초가, 진퇴양난이라고 하는 그 순간에 남편은 아무 생각없이 엉뚱한 짓을 한다. 어느 선택을 하든지 뚜렷하게 좋은 결과를 예상할 수 없으니 스트레스 받지 않으려고 차라리 휴식을 즐긴다. 푹 쉬고 난 다음에 마음에 와닿는 생각을 잡아버린다. 신발 탁 던져서 점치듯이 그렇게 정해버린다. 내일 걱정은 내일 하자고 사람 속을 뒤집어 놓고 정작 내일은 그냥 지나간다.

나는 고민 형이다. 몇 날 며칠 계속 엎치락뒤치락 생각하고 고민하면 머릿속이 엉킨 실타래처럼 뒤엉켜서 공중 분해할 것처럼 휑하다. 아닌 것은 골라내고 잘라내고 추려내다 보면 어느 순간 희미하게 길이 보이기 시작한다. 돼지감자 씻어서 이물질을 추려내듯이 아니다 싶은 생각들을 지우다 보면 머리 싸맸던 고민의 실체가 보이기 시작한다.

고운 비단길은 아니지만, 가시덤불 자갈길도 길은 길이니까 해결책이 떠오른 거다. 때로는 덤으로 소달구지도 얻어 탈 수 있고 예상했던 것만큼 험한 길이 길지 않을 수도 있다.

지금도 조금 어려운 일이 있으면 무조건 머리 싸매고 고민 모드에 들어간다. 한 며칠 씨름하다 보면 아무리 복잡한 문제라도 반드시 틈은 있고 틈새를 파고들다 보면 해결책은 있다.

숨은 묘책처럼 고운 꽃 길을 발견할 때도 있다.

그렇지만, 우리 영감이 참 부러울 때도 간혹 있다. 몇 날 며칠 씨름하여 얻은 해답이 동전 탁 던져 점쳐서 얻은 해결책과 비슷할 때도 있으니 팔자는 팔자다.

"좁쌀 열 번 굴려봐라. 도토리 한 번 구름만 할까."

굴리지도 않고 어부지리로 얻은 답으로 큰소리 뻥뻥 치는 우리 영감님이다. 동전 굴려서 답을 찾든지, 몸살 앓고 답을 찾던지 다 자기 복이고 팔자려니 생각한다.

한 이불 덮고 살아도 팔자는 다르다더니 꼭 맞는 말이다.

귤말랭이가 내게 한 말

넓지 않은 손바닥만 한 귤밭이지만, 해마다 엄청난 귤을 버리면서 마음 아팠다. 파치도 버리고 팔다 남은 귤도 버린다. 귤은 생물이라 오래 두면 상하지만, 나눠 먹는 일도 쉽지 않다.

귤 따서 선과하고 박스에 담고 포장하고 택배 부치는 일도 예삿일이 아니다. 택배비도 만만찮지만, 정이라고 부쳐줘도 부담스럽게 생각하는 것 같아서 내가 더 부담스럽다. 차라리 거름이라도 되라고 뛰어다니며 그 많은 걸 다 밟아 뭉갰다. 그 해 발생한 초파리를 생각하면 지금도 소름이 돋는다.

파치를 버리면 나무에 미안한 생각이 든다. 나름으로 열심히 컸는데 너무 크다고 너무 작다고 모양이 좀 없다고 홀대하는 것 같아서 괜히 미안해진다. 파치 귤을 활용할 수는 없을까?

남편을 꼬드겨서 대형 건조기를 샀다. 나의 말을 믿고 무슨 일이든 따라오는 남편이 고마웠다. 파치를 씻어서 껍질을 벗기고 알알이 떼어서 채반에 나란히 깔았다. 건조기에 켜켜이 넣고 온도 맞추어서 돌렸다. 꼬들꼬들 예쁘게 말라서 나오는 앙증맞은 모습에 감탄이 절로 나왔다. 수분 함량에 따라 구분 포장하였다.

바짝 말려서 하얀색 스티커 붙이고, 꼬들꼬들한 것은 빨강, 큼직한 젤리 같은 것은 노랑 스티커를 붙였다. 실리카겔을 넣고 **빵빵**하게 공기 주입 포장해서 상자에 차곡차곡 담았다. 뿌듯했다.

그러고 나니 또 다른 욕심이 생겼다. 잉여 농산으로 밭째 갈아 엎어지는 월동 무를 크게 한 자루 주워 오고, 청송 친구의 사과밭에서 사과도 주문했다. 무를 길쭉하게 썰어서 햇볕과 건조기에서 교대로 말리고, 사과는 얇게 썰어 건조기에서 말렸다.

과욕이 화를 부른다. 몸이 피곤하니 스스로 해도 될 일을 서로에게 해주길 바라다가 신경전까지 벌인다. 작은 말다툼도 일어나고 그 기쁨이 어느새 짜증으로 변해 있음을 느꼈다. 우리 둘은 지쳤다.

무는 다 썰지도 못하고 시들어가는데 사과는 냉장고에서 한겨울을 보낼 모양이다. 버려진 무였으니 또 버려도 크게 아까울 것 없지만, 냉장고의 사과는 먹어도 줄지 않는다.

유발 하라리는 『사피엔스』에서 말했다.

수렵 채집 생활로 가축을 길들이고 곡식을 재배하며 농업 혁명을 이룩한 호모사피엔스는 부를 축적하였지만, 더욱 배고파지고 더욱 힘들어지고 삶의 질은 더 나빠졌다고 한다. 농업 혁명은 덫이었고 역사상 최대의 사기였다고 그는 말한다. 누구의 잘못인가? 왕도 사제도 상인의 잘못도 아니다. 한 줌의 식물 종이 호모 사피엔스를 길들였지 호모 사피엔스가 이들을 길들인 게 아니었다고….

재물을 쌓기 위해 밭을 더 많이 일구고 창고를 지었지만, 인부를 관리해야 하고 여유 있는 생활로 번식은 늘어서 먹여야 할 식구는 많아졌다. 호모사피엔스의 DNA 복사본 개수는 늘어나지만, 더 많이 일해야 하고, 개인 삶의 질은 떨어지니 농업 혁명은 빛 좋은 개살구였다.

　욕심이다. 등 따뜻하고 배부르면서 무얼 더 바라는가. 가지고 누리는 게 얼마나 많은데 이리도 욕심을 부리는가.

　이 높은 하늘과 멀리 보이는 바다가 다 내 것이다. 또 뒷산은 얼마나 좋은가. 하루에 수십 번 올라가도 탓하는 사람 없고 내 집처럼 청소해도 나무라기는커녕 오히려 잘한다고 칭찬만 쏟아진다. 이렇게 풍부하게 살면서 욕심을 부리다니……. 사실 부를 축적하기 위해 귤말랭이 작업을 시작한 것은 아니었지만, 잠시만 방심하면 피어오르는 욕심에 굴복하는 것 같아서 한심하다.

　썩어서 버려야 할 것들이 꼬들꼬들 예쁘게 환골탈태하는 모습에 기분이 좋았다. 말리고 발효시키며 갈무리하는 걸 원래 좋아했는데 이번 일은 너무 지나쳤나 보다.

　하늘 쳐다보고 바람 소리 들으며 산에도 올라가고, 밭에 씨 뿌려 가꾸고 갈무리도 하고, 한 번쯤 호기 부려서 맛도 모르는 비싼 커피도 찾는다.

　그래 이대로 살자. 등 따뜻하고 배도 부르고 짝꿍도 있다. 좋아하는 일을 즐길 수 있는 정도까지만, 그래 그렇게만 하자!

　귤을 까서 채반에 나란히 늘어놓는 남편을 슬쩍 쳐다보았다. 참 좋은 사람이구나! 지금 저이는 무슨 생각을 할까? 나른한 오후의 정적으로 시간마저 멈춘 듯하다. 내려오는 눈꺼풀에 차라리 자유를 주자. 따뜻한 햇빛 속에 내려 감긴들 어떠리.

　꼬들꼬들한 귤말랭이가 달콤한 향기를 뿜는다.

한치네는 방 빼고 줄돔은 이사 오고

남편이 한치 물회를 산다고 한다. 그 양반의 외식 제안은 나에겐 대단한 횡재다. 삼시 세끼 해 먹는 대단하지도 않은 밥이 뭐가 그리 힘드냐고 하겠지만, 뭐 해 먹을까 고민하고 시장보고 다듬고 씻고 불 앞에서 지지고 볶고 만드는 게 보통 성가신 일이 아니다.

나이 들면서 입맛도 옛날 같지 않으니 음식 만들고 싶은 의욕도 더 없어지는 것 같다. 유명 맛집 찾아다니고 줄 서서 기다리는 절차들이 번거로워서 마트 드나들며 눈여겨봐 둔 간판을 찾았다. 붉은 글씨로 크게 쓰여 있는 '한치물회 전문'이라는 간판과는 달리 썰렁한 홀이 불길했다. 불길한 예감은 항상 적중한다.

"에구, 이게 뭔데?"

투명하지도 않은 한치 몇 조각을 젓가락으로 휘휘 저어서 찾아냈다. 모처럼 마음먹고 외식하였는데 사전 검색도 없이 들어와서 음식 주문한 게 잘못이었다. 냉동인지 활어인지 물어보지도 않고 덜렁 주문했으니 누구를 탓할 일도 아니다. 나이가 들면서 왜 이리 엉성한지 자책만 한다.

6, 7월 자리 축제가 잦아들면 8월은 한치 축제 시작이다. 채 친 깻잎,

오이, 양파, 위에 손가락이 훤히 보이는 한치 채 썰어 듬뿍 넣는다. 매콤
달콤새콤한 양념장 자작하게 붓고 푸석하게 부스러뜨린 굵은 얼음 넉넉
하게 뿌린다. 실파, 미나리, 풋고추 송송 썰어 넣고 깨소금도 듬뿍 뿌린
다. 서걱서걱 소리 나게 비벼서 한 사발 먹고 나면 입안이 얼얼하고 뱃속
까지 시원하다. 밥 없이도 배부르다.

몇 년 전 이맘때가 생각난다

　나의 제주 친구는 참 다양하다. 내가 농사꾼이니 농사꾼이 제일 많고
배타는 사람, 해녀, 박수, 스포츠 마사지 베테랑도 있다.

　일생에 진정한 친구 한 명이라도 있으면 성공한 삶이라고 폭 좁게 생
각하며 현실성 없는 소리로 자신을 얽어 매던 어리석은 시절은 이제 지
나갔다. 현재 내 주위에서 마음 터놓고 함께 웃을 수 있으면, 밥이라도
한끼 같이 먹고 싶으면, 나에겐 그냥 친구다.

　인연은 소중하지만, 만남과 헤어짐에 너무 연연하지 않음이 삶의 지혜
다. 만났다 헤어짐을 반복하는 게 삶이니까 현재 주위에 있는 사람이 가장
소중한 사람이다. 마음속에 품은 사람은 어쩌다 한 번씩만 꺼내 보며 추억
소환하면 된다. 함께 웃을 수 있으면 그것으로 그냥 소중한 사람이다.

　해 꼬리가 길게 늘어질 때쯤 남편과 도사님과 귀여운 보살님과 통통배
를 탔다. 지금 생각하면 무모하기 짝이 없는 짓이었다. 구명조끼도 입지
않고 칠흑 같은 늦여름 밤 번들거리는 밤바다를 4인용 통통배를 타고 돌
아다녔으니 무지가 용맹으로 이어졌나 보다.

　바다에도 고기가 지나다니는 길이 있다고 한다. 일찍 가서 자리 잡고

오밤중까지 기다려야 한다. 네 사람을 실은 작은 배가 통통통 하고 항구를 떠날 때 친구들과 우리 아이들은 부두에 서서 무사히 잘 다녀옵서 하고 손을 흔들어댄다.

하늘은 붉게 물드는데 흔드는 손을 뒤로하고 망망대해를 바라보니 콧등이 시큰하다. 대의를 품고 멀리 항해를 떠나는 뭐라도 된 것처럼 숙연한 감마저 든다.

일몰을 찾아 구경하러 다녔는데 바다 가운데 동동 떠서 일몰을 바라보니 멀리서 바라보던 그것과는 사뭇 다르다. 일몰의 한 부분이 되어 함께 흡수되어 흐르니 오히려 아무 느낌도 없다. 아무 생각 없이 부신 눈을 손으로 가리고 시원한 바람만 들이켰다. 블랙홀에 빨려 들어가는 것처럼, 그게 뭔지 모르지만 그런 느낌이었다. 빨갛게 불타는 하늘 끝으로 작은 통통배 하나가 질주한다. 꽁무니에 하얗게 포말을 일으키며 불타는 하늘 속으로 질주한다. 소리도 요란하게 우웨에엥 잉.

불야성이다. 여기저기 집어등의 환한 불빛이 수상촌을 이루고 있다. 시커먼 바다는 강한 집어등의 불빛에 반사되어 번들거리고 밤바다는 호수처럼 잔잔하다.

절대 움직이지 말라는 선장님의 명령에 주눅이 들어서 목이 뻣뻣해진다. 서로 자리 바꾸고 싶으면 선장님의 지시하에 바란스 맞춰가며 조심스레 바꾸었다. 낚싯바늘에 루어 매달고 긴 낚싯줄에 매달린 낚싯바늘을 뱃전에 촘촘히 꽂아 뒀다. 선장님이 투하하면 그놈들을 캄캄한 물속에 빨려 들게 줄을 풀어준다. 까딱까딱 느낌이 와서 줄을 당기면 은빛 재기처럼 뒤집어져서 물을 찍찍 뿜으며 올라온다. 푸른빛이 도는 갈색 한치가 뿜어내는 물이 은구슬 같다. 바늘을 잡고 위로 톡 치면 튕겨 나온다. 뱃전을 꽉 잡고 구경만 했지만, 손끝에서 온몸으로 전율이 느껴진다. 생과 사의 갈림길에서 사투하는 생명의 몸부림을 즐기는 이 인간들의 잔인함을 어이할꼬.

만선의 꿈을 안고 떠나 왔건만 어획량은 턱없이 부족했다. 손 흔들며 기다리던 친구들에게 할 말이 없었다. 늦은 밤에 우리는 제 바닥에 주저앉아서 적은 양이지만 한 점씩 나눠 먹었다. 다리는 라면에 넣어서 먹으니 세상 부럽지 않은 만찬이 되었다. 뜨거운 라면 국물을 훌훌 들이켜고 나니 긴장이 풀려서 피곤이 몰려온다.

작년엔 실력이 없어서 못 잡았지만, 올해는 한치 네가 윗동네로 이사하고 잡히지도 않는다고 한다. 아열대성 기후에 바다까지 따뜻해졌다. 아열대성 산호 군락이 제주 연안에서 발견됐다 하고, 어젯밤엔 소나기가 두 차례나 지나갔다. 아열대성 기후에 근접한 징조. 북극 얼음이 녹아 없어지고 생태계가 변한다고 하니 걱정이다. 섬나라들이 점점 가라앉는다 하니 사태는 더 심각하다. 태풍은 1년에 몇 개 정도 스쳐 지나갔는데 요즘은 더운 공기가 우리나라에 오래 머물면서 태풍의 진로마저 우리나라로 향하다니 갈수록 태산이다. 개수도 많아지고 강도마저 세어지니 대책을 세워야겠다.

지구 살리자는 목소리가 높아지지만 허공에서 맴돌고, 나부터 하는 작은 실천이 무슨 도움이 될까 확신도 되지 않아서 맥이 빠진다. 어째 도통 마음이 편치 않다.

길을 비좁게 메운 자동차 행렬, 어디를 가나 시원한 에어컨 바람, 이틀만 모으면 한짐이나 되는 폐비닐 플라스틱 제품, 택배용 스티로폼 상자, 어느 것 하나 내가 사용하지 않는 게 없다.

시장에서 고등어라도 한 마리 사서 비닐봉지에 넣어오면 아무 문제없는데 신문지에 둘둘 말아서 갖고 오면 어떤 일이 발생할까. 아이구 생각도 하기 싫다. 물론 한 사람 한 사람 자제하고 많이 쓰지 않아야 함은 너무나 당연하다. 나부터 그렇게 하면 지구 문제가 해결될 수 있을까. 위안은 되겠지만 밀려오는 바다 쓰레기는 무슨 수로 막을까. 어차피 필요해서 비닐, 플라스틱을 만들었는데 사용해도 환경에 영향 끼치지 않는 제품들을 만들 수는 없을까. 우주 별장을 꿈꾸는 지구인이 그런 제품 하나 만들지 못해서 온 바다를 쓰레기로 채운다고 생각하니 답답하다.

비록 환경 운동가가 되어 지구를 지키지는 못하지만, 내가 할 수 있는 일이라도 우선 그것만이라도 해 보자고 마음먹지만, 대책이 아닌 것 같아서 씁쓸하고 마음만 무겁다.

한치네는 이사 가고 줄돔은 이사 오고 물밑은 요즘 이사 철인가 보다.

만나고 헤어지고 소중한 인연들이 서로를 아쉬워한다. 가는 인연 잡을 수 없고 오는 인연 막을 수 없음이 삶인데 뒤돌아본다는 건 아직 인연이 남아 있다는 소린가. 한치네가 또 오려나?

실전에 강하다오

잔뜩 흐리지만 바람 한 점 없이 포근하다. 영화관을 가기 전에 남편과 점심 먹으러 차이니스 레스토랑에 들렀다.

"니 위딩마?"

중국집이란 생각을 전연 하지 않은 상태에서 그 소리를 들으니 한국말로 이게 무슨 말인가? 고개를 갸우뚱하고 서 있으니 또 두세 번 묻는다. 그러니까 남편이,

"아 예약요? 안 했는데."

"한국분이세요?"

아 그게 니 위딩마를 말하는 거였구나. 무안하고 창피하기도 했다. 아무 짓도 안 했으면 창피할 일도 아니지만, 새벽잠 설쳐가며 책 들고 씨름했는데 그것도 못 알아들었으니 이젠 구겨질 체면이 남아 있지도 않았다.

"예약했어요를 어떻게 말해요?"

식당을 나오면서 내가 다시 남편에게 물었다.

"몰라 그냥 눈치로 때려잡았지."

중국어 공부는 지금은 거의 다 잊어버렸지만 내가 조금 더 잘했는데

실전엔 남편이 강했다.

입장권을 끊어서 자리를 찾으니 우리 좌석에 누가 앉아 있었다. 이중 발매된 모양이다. 시비가 싫어서 한 좌석 옆으로 물러앉았다. 조금 있으니 좌석 원래 주인이 나타났다. 자리를 비워주고 관계자를 불러서 확인하였더니 우리는 맞는데 먼저와 앉은 사람이 내일 예매권을 가지고 앉아서 우기고 있었다.

불은 꺼지고 영화는 시작되려고 하는데 비켜주지 않는다. 남편은 욱해서 관리인에게 큰소리 칠 폼을 잡는다. 나는 보이지 않게 손을 꼭 잡았다. 남편은 말없이 어둠 속을 두리번거리며 저 앞쪽 빈자리 하나 찾아서 앉는다. 상영 시간 내내 신경이 쓰여서 집중할 수가 없었지만, 마음을 다잡으며 눈을 부릅뜨고 보는데 옆의 사람은 계속 전화 통화를 한다. 나름 조심한다고 속삭이며 업무 전화 받는데 그게 더 귀에 거슬렸다. 에고 오늘 일진이 사나운가 보다.

영화가 끝나고 불이 켜졌다.

저 앞에 머리 하얀 늙은이가 걸어 나가고 있다. 얼른 다가가서 손을 꼭 잡아줬다. 매표원 아가씨가 뒤따라와서 환불해 주겠다며 미안해서 쩔쩔맨다. 영화 잘 봤으니 환불은 필요 없다고 말하고 남편을 쳐다보니 별말 없이 따라온다. 한소리 할까 봐 조마조마했는데 아무 말이 없다.

"어떻게 된 일이우? 잘 참던데."

"당신이 내 손잡았을 때 참아야겠다고 이미 결심했지."

하고 씩 웃는다. 본인이 잘못하고도 잘했다고 항상 우겼는데 세월이 약이라는 생각이 든다. 나도 속으로 웃었다. 그럼요. 나도 실전에 강하다우. 졌다고 말하며 그냥 넘어가면, 져준다는 생각은 아니하우?

참 많이도 싸웠다. 40~50년을 함께 살면서 부질없는 싸움을 징그럽게 많이 했다. 우리는 너무나 달라서 일부러 짜 맞추어도 그렇게 못할 정도로 다르다. 외향적 내향적은 기본이고 짜장면 하면 짬뽕하고 국물 하면 건더기, 찬 것 하면 따뜻한 것, 결과하면 과정 등 반대말 찾기 하는 것처럼 확실하게 다르다.

처음엔 서로 조금 다른 성향이구나 생각했는데 세월이 지나면 지날수록 사고방식, 식성, 취미까지 정말 같은 게 하나도 없을 정도로 너무나 다르다. 참다가 싸우다가 이해하며 지내다가 무시하며 건너뛰다가 쥐어박다가 토라지다가 따지다가 별 짓을 다 했다. 이젠 웬만하면 무조건 다 져준다. 항복 받으려고 아웅다웅 토닥이면 속만 상하지 아무 소용이 없다. 뒤통수만 봐도 두 손 번쩍 치켜든 모습이 보이는데 확인사살까지 해서 무엇 하리오.

매표원 아가씨의 고마워하는 눈빛과 내가 손잡음의 의미를 빨리 알아채고 나의 뜻을 따라주는 남편의 마음을 읽을 수 있어서 참 뿌듯했다. 세월이 덧없이 흘러가지만은 않은 것 같아서 마음 따뜻하다. 잔뜩 흐린 날씨도 상큼함으로 다가오니 상황보다는 마음이 주체인 것만은 분명하다.

콩이냐 팥이냐 따지지 말고, 콩이라 했어도 팥이라 했겠거니 하고 지나가는 것도 늙음의 지혜다. 때로는 마음과 달리 행동이 다르게 표현될 때도 있음을 안다. 나도 많이 그래 봤으니까.

황혼이 아름답다고 말하는 건 이런 여유로움이 우리의 마음을 푸근하게 다독여주기 때문이 아닐까?

저물어가는 해가 하늘을 불태우며 사라져가듯이 나도 황혼을 아름답게 불태우며 사라져 가고 싶은가 보다. 뒷모습이 아름다운 늙은이가 되고 싶다.

전리품을 얻었으나

잠에서 깨는 그 순간을 포착하기란 쉽지 않다. 갑자기 정신이 또렷해지며 소리가 들린다. 이명처럼 찌르찌르 찌찌 잉 잉 하더니 귀가 번쩍 뜨이며 또각또각 초침 소리가 들린다. 끼리링 꼬루루 카랑카랑한 새 소리가 들리더니 푸드드득 꿩이 날아오른다. 동백 나뭇잎이 후드드르 흔들리며 바람이 지나간다. 깍 까악 까치가 합세해서 정적을 깨는데 쿠 푸 쿠 푸 어디서 가볍게 코고는 소리가 들린다.

돌아보니 옆 침대에서 우리 영감님이 헤벌쭉 입을 벌리고 코를 곤다. 한밤중이다. 그래요. 지난밤도 편안하게 잘 지냈습니다.

가볍고 사소한 일로 몇 번을 다투고 각방을 선언했다. 매스 미디어의 의도는 그런 것이 아니지만, 보고 들었다고 얼씨구~하고 각방 선언을 해버렸다. 처음엔 그만 참자 이 나이에 생각했는데 황혼, 자유, 편안함 등등 토크쇼는 옳다구나 맞장구칠 충분한 명분을 제공했다.

덥다고 창문을 열면 바로 닫고, 전기매트 온도로 싸우고, 화장실 드나들 때 서로 불평하고, 잠이 오지 않을 때 책 한 줄이라도 읽으려면 빠져

나오는 게 너무 번거로워서 차라리 눈감고 꼴딱 밤을 새웠다. 원래 부부는 그런 거라고, 참는 게 당연하다고 생각하며 불평 한번 안 했으니 왜 그러고 살았나 한심한 생각도 들었다.

창고 방을 깨끗이 청소하고 1인용 침대를 들여왔다.

밤이면 서쪽으로 난 작은 창으로 달이 동백나무 가지를 타고 지나가는 게 보이고 바람은 솔솔 불어 들어와 귓불을 간지럽힌다.

잠 안 올 땐 불을 환히 밝히고 책도 읽는다. 새벽에 눈 뜨면 음악도 듣는다. 바흐도 듣고 쇼팽도 듣고 영화음악도 즐기고, 이장희 최백호도 불러온다. 장르 불문하고 해방이다 하고 매 순간을 즐겼다. 안 추워? 물으면 괜찮아. 덥지 않아? 해도 좋아. 1년을 그러면서 잘 살았다. 거실에서 함께 TV보다가 잘 시간이면 돌아서서 각자 방으로 향한다.

어느 날, 잘 자라고 말하며 돌아서는 남편의 뒷모습이 참 보기 싫었다. 납작한 뒤통수가 흰머리에 덮여서 더 납작해 보이며 구부정한 허리와 구겨진 어깨가 눈에 거슬려 도통 잠이 오지 않았다. 저러다가 덜컥 병이라도 나면 어쩌나? 밤에 갑자기 아파서 부르면 들릴까? 아플 나이도 되었는데. 이제는 서로가 밤새 안녕이라는데 이러다가 서로의 임종도 놓치는 건 아닐까?

곰국 끓여 놓고 여행이라도 가고 싶었는데 편하게 살 팔자는 아닌가보다. 측은지심이 발동하고 짠해지는 게 즐거워도 즐겁지 않다. 상대방의 희생이 따른 평화는 진정한 화해의 의미가 아님을 깨달았다.

싸움의 일방적 승리는 마음에 허함만 남기고 무너졌다.

"여보 침대 사러 갑시다."

아래층의 거실에 침대를 두 개 나란히 이쪽저쪽 벽에다 붙이고 방을 꾸몄다. 그리고 규칙을 정했다.

잠은 같이 자지만 방해되는 행동은 하지 않는다. 창문 열까 닫을까 TV 끄고 잘까 상대편 의견 존중하고 매트리스 온도는 각자 조정한다. 화장실도 문 쾅 닫지 않고 조용히 다닌다. 새벽에 잠이 깨면 뒤치락거리지 않고 살며시 빠져나와 옆방으로 이동한다. 책도 읽고 차도 끓여 먹고 할 짓 다 한다. 가끔 남편이 먼저 일어나 점령할 때도 있다. 남편의 책 읽는 모습이 참 보기 좋다.

속 많이 썩였으니 아침 침대 정리는 혼자 다 하겠다고 손도 대지 못하게 하는 남편을 보니 세월이 약인가 보다. 식탁 정리하고 잔반도 냉장고에 쑤셔 넣는다. 설거지하겠다고 소매도 걷어붙이니 늙긴 늙었나 보다. 전리품 치고는 볼품없지만, 그래도 건지긴 건졌다.

어제는 이런 말도 들었다.

"여보, 당신도 1년에 한 번쯤은 비행기 타고 육지 나들이 다녀오구려."

평생 처음 들어본 말이다.

"혼자서는 아무 데도 가지 못할 거면서. 가긴 어딜 가. 내가 데려가야지. 당신 용기 없잖아."

하던 사람이 많이도 변했다. 자다가 한 번씩 이불을 끌어당겨 덮어주는 손길을 느낄 때 콧등이 시큰해지며 편안하다. 앞서거니 뒤서거니 누가 먼저 갈지 모르지만, 그래요 가는 날까지 그냥 이렇게 이렇게만 삽시다. 더 늙어 외로울 때 벗이라도 해주면서….

까짓것 전리품이야 있어도 그만 없어도 그만 아닌가. 다다익선인데 많으면 많을수록 좋은가?

나의 전리품이 그대 가슴에 생채기를 낸다면 그것 챙겨 무엇하리.

작은 할매는 모든 게 커 보인다

지난 장마에 벽이 꿉꿉하게 습기가 차는 듯하더니 창 밑 바닥에 물이 고인다. 지붕 누수 공사를 시작했는데 사장 혼자서 뚝딱거리니 남편은 애가 쓰여서 도와준다며 지붕을 오르내린다. 11월의 지붕 위는 한겨울처럼 쌀쌀한데 말려도 듣지 않고 고집을 부리니 골만 깊어질 것 같아서 입을 다물었다.

가벼운 산길조차 잔기침을 하며 숨이 차서 힘들어했지만, 지붕 위에서 찬바람 맞고 감기에 걸린 줄만 알았다. 동네 의원에서 진료도 받았지만, 잘 낫지 않아서 CD 한 장 들고 종합병원을 찾았다. 남편은 열이 나기 시작했고 나도 뛰어다니다가 지쳐서 열이 높아졌다.

진료실에 들어가지도 못하고 코로나 응급 선별진료소로 안내되었다. 무장해제하고 음압실에 갇혀서 빵 한 조각으로 저녁을 해결하였다. 음성으로 판명되어 일반병실에서 치료를 하였지만, 하루만에 악화하여 산소 농도가 떨어지고 열이 올라서 중환자실로 옮겨졌다.

폐렴이지만 원인을 알 수 없어서 치료가 힘들다는 말에 절망감을 느꼈다. 무시무시한 많은 조항의 동의서에 서명하고, 위험하니까 시술 전 모습이라도 보아두라고 면회를 허락해 주었다. 남편의 산소마스크 뒤로 감은 눈끝에 작은 물방울이 살짝 보인다. 잘 시술되지 않으면 자가 호흡이 곤란해지고, 그렇게 2년을 더 살 수도 있다고 했다. 잘해야 2년 정도 인공호흡기를 부착하고 산다는 소리니 마음 준비하라는 듯하여 얼떨결에 받아들였다. 포기는 했는데 내가 무얼 포기했는지 머리만 어지러웠다.

"네 아버지 이번에 가려는 모양이다. 아버지의 지난 잘못이 다 용서가 되는 게 내가 네 아버지를 보낼 준비가 된 듯하다."

마음이 섬찟해지는 게 너무 어이없어서 아무 생각이 안 난다. 유체 이탈하여 동동거리며 뛰어다니는 머리 하얀 유기물질을 무심히 내려다본다. 딸의 손에 이리저리 끌려 다니며 나 아닌 내가 되어 머릿속이 하얗게 비어지고, 그래 그러면 그리고 어… 빈 껍질만 돌아다니고 있었다.

눈물 펑펑 쏟다가, 이러면 안 된다고 마음 다잡는다. 지붕 오르락내리락하며 끊었던 담배 다시 피우는 모습에 만정 다 떨어져서 그래 네 맘대로 해봐라 원망 하면서 병원 선택에 소홀했던 게 마음에 걸린다.

예기치 않은 짧은 순간에 모든 게 결정되어 끌려가는 삶의 모습이 내 것이 아닌 양 어안이 벙벙하여 정신을 차릴 수가 없었다. 허공에 둥둥 뜬 듯이 며칠을 보냈다. 중환자실의 비상호출에 대기하며 근 보름을 그렇게 보냈다.

새벽 호출에 혼비백산하여 뛰어갔더니 일반병실로 옮긴다고 휠체어를 타고 나온다. 장지 걱정하며 뛰어갔는데 휠체어 타고 나오니 다행이다 싶은 마음 앞서 미워졌다. 쏟아지는 눈물을 주체할 수 없어서 돌아서는

데 형광등 깜박거리는 썰렁한 복도가 눈에 거슬려서 차라리 눈을 감아버렸다.

들어가는 휠체어의 뒷모습에 무너져 내렸는데 굴러오는 휠체어를 보며, 안도와 함께 너무 호들갑을 떤 듯하여 머쓱하다. 밝지 않은 불빛에 반사되어 번들거리는 복도 바닥에 옅은 그림자가 우루루 지나간다. 이 새벽에 나같은 사람이 여럿 있나 보다.

나는 참 복이 많다. 미우나 고우나 늙어도, 그래도 서방인데 저승길 가다가 돌아와 주었으니 눈물 나게 고마울 뿐이다. 코로나가 이렇게 기승을 부리는데 밖에 나가면 위험하다고 병실에서 나가지 못하게 한다. 드나드는 사람 철통같이 경비하고 호위무사가 수 십 명이니 어느 왕비가 부럽겠는가.

다른 병실의 간병인들은 왜 이리 친절한지 전자레인지를 잘 사용 못하는 나를 보고 가다 말고 돌아서서 가르쳐준다. 책 읽으라고 면회 오는 사람도 통제해주고 독서실처럼 조용하다. 밝은 조명을 밤낮으로 켜 두니 밤에 불 켠다고 눈총 받을 일도 없다.

병실에 들어오지도 못하지만, 자식들은 오밀조밀 반찬 싸 들고 아침이면 문안 온다. 손자놈은 멀리서 두 팔로 크게 하트를 만들며 사랑을 외쳐댄다. 평소엔 제 할아버지만 찾던 놈이 할머니를 외쳐대니 개선장군이나 된 듯하다.

하늘 길 시원하게 다 보이는 입원실 창문 앞에서 하나, 둘, 하나, 둘, 제자리걸음으로 운동도 한다. 죽음의 문턱을 지켜본 덕분에 마음이 담대해져서 남의 시선이 부담스럽지도 않다. 비행기는 수십 대 주차장에 엎드려 있고, 주인님 필요하시면 언제든지 타십시요 충성을 맹세한다.

"야 이놈아 아직 때가 아니다."

조용하게 타이르고, 잽싸게 발을 움직인다. 만들어 주는 밥 먹고 운동하고 책 보고 병원 내의 편의점 과일도 사 먹는다. 의사 선생님은 올해가 가기 전에 집에 보내주겠다고 약속도 하시고, 운동을 열심히 시키라는데 서방님은 누워서 TV만 열공이다. 침대에서 내려오기도 싫어하니 찰싹 엉덩짝이라도 치고 싶지만, 어디쯤이 엉덩이인지 앙상한 뼈가 달그락거린다.

"아가야, 이리 온."

손바닥 탁탁 치며 부르는데, 하늘은 왜 이리 맑은지 살짝 짜증이 난다. 그래도 맑으니 얼마나 다행인가. 비라도 주룩주룩 내렸다면 코 박고 죽을 접시 물이라도 찾았을 텐데 밝은 햇살로 처방책까지 마련해 주니 복도 많다. 작은 할매는 모든 게 커 보인다. 분에 넘치게 과분하여 모든 게 커 보인다.

3장

돌담을 쌓으며

동전 양면

신우네가 학교 부근으로 집을 옮긴 지도 몇 해 되었다. 집이 학교에서 너무 멀었는데 지금은 살짝살짝 낮은 담 타넘고 학교 들락거린다. 아파트 울타리와 학교 담벼락이 같으니 질러가는 그 요령을 알면서도 슬쩍 눈감아 준다. 그 정도 잘잘못은 스스로 터득해 나가라는 생각에서다.

신우는 토요일이면 축구 경기하러 간다. 한여름에도 비지땀 흘리며 뛰어다니는 모습이 대견하다. 친한 친구들이 학군 찾아서 전학 가버린 빈자리를 지키면서 걱정마세요를 외치는 늠름함에 훌쩍 커버린 세월을 느낀다.

딸아이가 이유식을 만들어 왔다. 한 울타리 안에 살면서 안채 바깥채 손자가 왔다 갔다 한다. 제주만의 풍습인데 부모와 결혼한 자식이 한 울타리에 살면서 딴살림한다. 처음엔 말도 안 된다고 생각했는데 살다 보니 그게 또 익숙해져서 나름대로 편리함도 있었다.

손자가 태어나서 3개월쯤 지나니 이유식 할 시기라고 부산을 떤다. 예전엔 6개월쯤 지나야 이유식 시작했는데 요즘은 많이 빨라졌다. 인터넷 뒤져보며 요란을 떠는 바람에 가르쳐 줄 여유도 없었다. 어떤 건 몇 개월 후부터 어떤 건 많이 먹이고 어떤 건 안 되고, 꼼꼼히 따져가며 만들어 왔는데 우리 신우는 두 숟가락 먹고 고개를 획 돌려버린다. 자꾸 입에 넣어주니 나중엔 울어 버린다.

"이상하다. 어제는 맛있게 잘 먹었는데."

사위와 딸아이는 둘이서 쩔쩔맨다.

"물 좀 먹여 봐. 목마른가 보다."

그냥 그럴 것 같아서 뱉은 말인데 딱 먹혀 들었다. 울음 멈추고 물을 몇 숟가락이나 먹고 죽을 먹는다. 역시 하며 두 녀석이 엄지손가락을 네 개나 치켜든다.

40년 전이다.

그때만 해도 골목마다 주산, 암산, 컴퓨터 학원이 몇 집 건너 있었다. 본체는 밑바닥에 깔고 집채만 한 모니터가 그 위에 덩그러니 자리를 차지한 큰 컴퓨터를 구입하고 학원에 수강 신청했다. 베이식을 2개월 해야 다음 단계로 넘어간다니 열심히 했다. 지금 생각하니 쓸데없는 걸 가르쳤고, 그걸 해야만 컴퓨터를 할 수 있다기에 그냥 믿고 따라 했다. 컴퓨터를 처음 접하는 사람들에게 전공자들이 공부하는 기초를 가르쳤으니 어이없지만, 그때는 몰랐다. 초등학생 틈에 끼어 낑낑대며 열심히 문제를 풀었다. 안스러웠는지 원장님이 그러셨다.

"조금 있으면 윈도우라는 게 나오는데 창이 뜨고 손가락만 갖다 대면 원하는 방에 들어갈 수 있어요."

몇 년 후에 윈도95가 출시되고 쉽게 컴퓨터와 접할 수 있었다. 옥션 구매에 재미 붙여서 싼 물건 찾아다녔다. 아이디 만들고 골뱅이, E메일, 메신저 등 낯선 말들도 입에 자주 올렸다. E메일 주소 주고받는 게 무슨 큰 자랑거리라고 목에 힘이 들어갔다. 딸아이 미국 있을 때 메신저로 소식 주고받으며 시대를 앞서가는 양 허세를 부렸다. 컴퓨터를 만질 수 있다고 무슨 큰 재주나 있는 것처럼 우쭐대기도 하고, 앞선 엄마라고 부러움도 샀다.

이제는 스마트폰이 있어서 세상만사 오케이다. 따로 배울 필요도 없다. 모르는 게 있으면 손가락만 갖다 대면 세상 지식 모든 게 와르르 몰려든다. 누구에게 물어볼 '필요'가 전혀 없다. 인터넷 연결하여 한 가지 물어보면 친절하게 열두 가지 답을 알려준다. 우리 늙은이에게만 그런 게 아닐 거다. 젊은이들도 '그거'만 손에 들면 의심스럽고 염려스러운 구식 육아법에서 벗어날 수 있다. 좀 더 과학적이고 확실한 방법이 손안에 있는데 굳이 '어른의 지혜'가 필요 없다.

서로 대화할 일이 줄어들고 의견 충돌도 거의 없다. 손가락만 갖다 대면 비슷한 경험과 해결책까지 막 쏟아지니까 빠르게 해결한다. 구식 경험으로 불필요한 입씨름을 할 필요가 없어진 거다.

공감대 형성도 할 겨를이 없다. 질문하고 답하며 의견 충돌도 하고, 합일점을 찾으며 서로의 마음을 알아가고, 그래야 정도 깊어지는데 불편한 건 무조건 외면하고 피해간다. 모르는 게 있어도 아무 생각 없이 인터넷을 뒤진다. 여러가지 방법을 찾으며 좀 생각하고 궁리하다가 마지막에 인터넷을 들여다보고 해결하면 좋겠지만 그게 되지 않는다.

쉬운 길을 돌아가는 어리석음을 누가 하겠는가? 답을 알고 나면 금방 잊어버리고 또 찾아보고, 뭐랬더라 또 찾아 보고를 반복한다.

단순한 건망증이라 탓할 일은 아닌 것 같다. 쉽게 얻으면 쉽게 잃어버리는 걸 망각하며 산다. 수많은 정보를 거르고 걸러서 내 지식으로 만들려면 질러가는 빠른 길이 때로는 독이 됨을 알아야 할 것이다. 습관처럼 되어버린 '쉽고 빠르게'는 생각하고 성찰하며 나를 돌아볼 여유마저 삼켜버리는데, 남을 생각하고 남의 마음을 읽을 여유는 언감생심이다.

그놈이 편리하고 참 좋은데, 그놈이 참 재미있고 심심치도 않은데, 좋긴 한데, 그래 그놈 없으면 절대 안 되지! 문화의 발달은 편리한 삶을 주지만 마음의 벽은 자꾸 두텁게 쌓이는 것 같다. 편하니까 쌓고 쌓다 보니 성이 되고 스스로 갇힌다. 원하든 원하지 않든 타인과 공유할 이유가 줄어들고, 자기만의 세계에 갇혀 일인 왕국을 만들어가는 건 아닐까?

요즘은 어디를 가던지 누구나 휴대폰만 들여다본다. 식당에 가면 진풍경이 벌어진다. 한 테이블에서 한두 사람은 밥 먹고, 두세 사람은 휴대폰 만지작거리고, 딴 곳 보는 사람도 있고, 한둘은 서로 이야기하고, 친구들인 것 같은데 저들은 왜 모였을까?

심지어 단둘이 만나서 대화 없이 휴대폰만 들여다보며 키득대는 젊은이들을 보면 저들은 왜 만났을까 의문스럽다. 격세지감이 아니라 외계인을 보는 느낌이다. 아니 내가 외계에서 왔는가?

우리에 갇혀 있는지 우리를 들여다보고 있는지 감을 잡지 못하겠다. 흘러가는 시대에 빠르게 편승하지 않으면 동시대를 산다는 생각이 들지 않는다. 어렵게 발맞추어 가자니 어지러워 바로 설 수도 없고 숨이 차니 난감하기만 하다.

무지개사랑

할머니~.

날다람쥐 같은 놈이 쪼르르 뛰어오더니 쪽쪽쪽쪽 뽀뽀 세례를 24번이나 퍼붓는다.

"할머니, 엄마는 23번만 했어."

"할머니는 얼굴이 예쁘니까 안경은 쓰지 말아요. 꼭 필요할 때만 쓰세요."

돋보기 쓴 모습이 보기 싫었나 보다. 이런 살가운 녀석이 한때는 할머니 속을 엄청 애타게 했다. 지금은 유치원 부근에 이사하여 일주일에 한 번 정도 오지만 올 때마다 오만가지 재롱으로 애간장을 녹인다.

신우의 생각(2016. 7)

우리 할머니는 참 바보다. 내가 그렇게도 싫다고 했는데 만나면 두 팔 벌려서 안으려고 한다. 뽀뽀해달라고도 하고. 아~ 글쎄, 엉덩이까지 토닥토닥 한다니까. 나는 큰 형아인데. 말도 안 돼! 말도 안 돼 흥! 치 뿡.

아 글쎄, 엉덩이 한쪽은 할머니 거, 한쪽은 신우 거라나? 그래서 단호하게 말했다.

"어린이집 수영장에 할머니 거 빠뜨려버렸어요. 이제 할머니 거 없어요."

그래도 바보처럼 웃기만 한다. 진짜 바보 아냐? 흰자위 최대한 많이 노출해서 흥 치 뿡 해버렸다. 그게 무슨 웃을 일인가? 손뼉 치며 깔깔 웃어댄다.

"나 참 어이없어서."

사실은 나에게 아픈 과거가 하나 있다. 우리 할머니를 생각하면 그래서는 안 되는데 생각하면서도 보기 싫고 같이 있기 싫은 건 어쩔 수 없다.

구름 잔뜩 낀 날 내가 싫어하는 바람이 부는 것 같다. 할머니랑 같이 있으면 꼭 둘만 남는다. 할머니와 같이 있을 땐 주위에 아무도 없다. 우리 가족의 불문율처럼 꼭 그렇게만 된다.

나는 태어나서 2년 반 동안 거의 할머니 손에서 자랐다. 엄마 아빠 할아버지 삼촌 다 출근하고 할머니랑 둘만 온종일 집에서 놀았다. 아니 할머니와 일도 같이 했다. 식탁 위에서 자동차도 굴리고 채소 밭에서 풀도 뽑고 잔디 위에서 뛰어놀았다.

큰 대야에 물 받아 놓고 물장구도 쳤다. 그게 풀장이라니? 우리 할머니는 풀장에 가보지도 못한 것 같다.

도로 가에 앉아서 오고 가는 차 헤아리고, 오름 밑 산책길을 걸어 다니면서 노래 부르고 춤도 추었다. 할머니가 자꾸 시킨다. 들꽃 이름 풀 이름 가르쳐 주었는데 하나도 모르겠다. 썬더 파워! 그것도 모르면서 잘난 척은 어지간히 한다. 나 참, 흥! 치! 뿡!

계란 삶고 김밥 싸서 소풍 가자고 한다. 기분 좋아서 따라나섰더니 마당 등나무 밑 살평상에서 짐을 풀어놓는다. 소풍이라고? 그땐 나도 그런 줄 알았는데 지금은 다 안다. 뻥치지 마! 나도 다 안다구. 흥! 치! 뿡!

내 나이 두 살 반 때 나는 어린이집에 처음 갔다. 처음엔 할머니 엄마 손 꼭 잡고 떨어지지 않으려 했는데 지금은 혼자라도 잘 간다. 차 타고 가면 재미도 있다. 친구들과도 잘 논다.

토요일과 일요일은 나에겐 천국 같은 날이다. 엄마 아빠랑 놀이 공원도 가고 맛 있는 아이스크림이랑 피자도 먹고 물고기도 보러 간다. 교통박물관에서 자동차도 운전했다. 경마 공원에 진짜 소풍도 간다. 마트도 가고, 자동차 타고 가면서 내가 빵빵 소리 내어 달라고 하면 빠빵 하고 소리도 곧잘 내준다. 입으로도 빵빵 한다. 같이 노래도 부르고 이야기도 한다.

우리 엄마 아빠 최고!

월요일이 되면 우리 집은 전쟁터다. 나는 어린이집 가기 싫다고 울고 우리집 식구들은 모두 나와서 달래고 난리다. 갔다 올게. 손 흔들며 도망치듯 뛰어가는 어른들의 모습에 어이가 없어서 내가 조금 양보해 주었더니 우리 신우 철들었다고 좋아서 난리다. 나~ 참~ 어쩔 수 없을 땐 슬그머니 양보하는 것도 미덕인 줄 모르나? 아무튼 우리 할머니가 문제야. 할머니랑 있을 땐 항상 그랬어.

심심하고 재미없고 외롭기도 하고 사실 좀 무서울 때도 많았다. 큰 마루에서 잠이 깨어 혼자라는 걸 알았을 때 얼마나 무서운지 알기나 해? 내가 무서워서 울면 우리 할머니는 채소밭에 있다가 화들짝 놀라서 얼굴이 노랗게 되어 막 뛰어나온다. 그럼 뭐해 이미 늦었다구. 벌써 다 무서워 버렸다구. 할머니 미워. 흥 치 뿡.

내 나이 4살. 지금은 참 행복하다.

재택이라나? 엄마 아빠는 집에서 일한다. 어린이집 갔다 오면 엄마 아빠가 함께 마중 나온다. 활짝 웃으며 두 팔 벌리고. 월화수목 손꼽아 토요일을 기다린다.

이건 비밀인데 할머니 집 지나칠 때면 나는 눈 꼭 감고 빨리 지나려고 한다. 그때마다 엄마 아빠는 꼭 인사하고 지나가라고 한다. 붙들리면 큰일인데.

어린이집 갔다 와서 다녀왔습니다. 인사하면 할머니는 꼭 들어오라고 한다. 맛있는 거 줄게. 쉬었다가 가라. 별별 소리로 꼬드겨도 난 끄떡하지 않는다.

"모기 물어, 피곤해, 집에 갈래, 똥마려."

그러면 우리 할머니는

"그래 그래 빨리 집에 가라 임시키! 고얀 노무 시키!"

한다. 할머니 아무리 그래도 난 절대 안 잡혀. 둘만 있는 것 정말 싫다구. 그래도 지금은 철이 조금 들었다. 싫지만 엉덩이 뒤로 쑥 빼고 뽀뽀해 줘도 우리 할머니 좋아서 입이 함박만 하다. 우리 할머니 진짜 바보 아냐?

어제는 엄마 아빠랑 바다에 가는데 우리 할머니 같이 가자고 조른다.

"신우야, 할머니도 데려가 줘."

나는 단호하게 말했다.

"할머니 바다에 가면 어린이들 다 도망갈걸? 안돼!"
할머니와 있으면 또 둘만 될 것 같아서 불안하다.
그렇지만 할머니 사랑해요!

지나간 이야기 하나
(동상이몽)

한 울타리 안에 딸네가 둥지를 틀었다.

많이 고민하고 수없이 되짚어보며 궁리하고 내린 결정이지만, 두 가정이 한 울타리에 함께 산다는 게 그리 녹록한 일은 아니다. 품 안의 자식이라고 하던 옛 어른들의 말씀처럼 이미 다 자란 자식의 가정과 한 울타리에 사는 것이니 쉽지 않음은 너무나 당연한 일이다. 학교 졸업하고 직장생활 하느라고 멀리 떨어져 살았지만, 그래도 그때는 품 안의 자식이다.

어느 날 갑자기 낯선 남자가 어머니 아버지라고 부르고, 손자라는 존재가 영역을 주장하며 세력을 넓혀간다. 품속을 파고들던 자식이 군대를 이끌고 나의 옆에서 진 치니 나의 생활 리듬이 깨지는 건 당연지사다. 간혹 언짢은 일이 있어서 섭섭하다가도 마음 들킬까 봐 편치 않았다. 행여나 옹졸한 늙은이로 낙인 찍힐까 봐 겁이 났나 보다.

엄마의 큰 목소리가 쩌렁쩌렁 울려도 엄마니까 다 통했는데 그 시절은 다 지나갔다. 아직 꿈에서 덜 깨어났는지 아직도 한 번씩 목소리가 높아진다. 민들레 씨가 바람에 날아가 버렸는데, 먼 하늘을 수놓으며 다 날아가 버렸는데, 꽃피던 그 시절의 꿈에 젖어 있다.

같이 외출하지 않으려고 수 없이 다짐하였지만, 내가 먼저 제의하고 말았다.

"맛있는 거 먹으러 가자. 엄마가 쏜다."

왜 모르겠는가. 모처럼 휴일인데 할 일도 많고 갈 데는 왜 없겠는가. 딸네 일이 요즘 잘 풀리지 않는 것 같아서 기분 전환시켜주고 싶었다. 요즘 자꾸 불거지는 엇박자가 신경 쓰였지만 오지랖 넓게 주책 부리고 말았다.

젊은 시절, 우리를 따라다니시던 어른들은 참 편하실 줄 알았는데 이 나이 되어보니 어른 노릇 하기도 참 힘들다는 생각에 뒤늦은 반성을 한다.

차 안은 조용하고 딸 내외만 몇 마디 주고받는다. 어째 눈치가 보인다. 오늘 내가 헛다리 짚은 건 아닌지 마음이 편치 않다. 다른 계획이 있는데 어쩔 수 없이 끌려 나온 건 아닌가. 왠지 오늘 예감이 좋지 않다.

네 살배기 손자놈은 말을 걸어도 대답도 하지 않고 영감과 아들놈은 경쟁이라도 하듯이 손자놈에게 말이라도 붙여보려고 애를 쓴다. 손자놈은 자기 엄마 아빠와 얘기하고 싶어서 안달이다. 모처럼의 휴일인데 당연한 일이지만 자꾸 고깝게 여겨진다. 기저귀 갈아주며 온갖 정성 기울여 키웠건만 할머니는 쳐다보지도 않는다.

잠시 후 침묵이다. 조용한 차 안에서 딸 내외만 소곤소곤 얘기하고 손자놈은 딴짓하고 우리 영감은 그 옆에서 손자놈만 쳐다본다. 우리 내외는 말을 잘 안 한다. 함께 오래 살았지만 원래 둘 다 뚝뚝하여 다정스레 말을 주고받지 못한다. 영감은 딸네의 대화에 끼어들려고 틈새 노리다가 항상 나한테 핀잔 받는다. 어른 답게 처신하라고 면박을 주었지만, 왠지 처량해 보여서 더 슬퍼진다. 다 큰 우리 아들은 어린 조카만 눈에 들어온다. 장가갈 나이가 되었는지 어린 조카를 끔찍이 좋아한다.

눈치 없는 영감과 분위기 파악 못 하는 아들놈과 세상 모든 게 자기 것인 게 당연한 어린아이와 너무 눈치 빨라 대책 없는 할망구는 좁은 차 안에서 함께 공기를 마시며 멀뚱멀뚱 눈알만 굴리고 있다. 가라앉은 분위기가 무거운지 차도 힘들어서 허우적댄다.

어찌어찌 밥은 다 먹고 바다가 훤히 펼쳐진 해안의 빙숫집에 눈꽃 빙수를 먹으러 갔다. 주문하고 빙수가 나오는 사이에 멀뚱하게 있기도 민망하여서 휴대폰을 끄집어냈다. 오늘따라 무슨 주문이라도 걸린 것처럼 다들 말이 없다. 아들놈이랑 영감도 따라 끄집어냈다.

안경 없이 눈도 침침하여 잘 보이지 않았지만 들여다보고 있었다. 귀로는 옆 테이블 이야기 듣고 눈은 휴대폰을 들여다보고 생각은 엉킨 실타래 푸느라 정신이 없다. 사위 놈이 자기 마누라한테 작은 소리로 얘기한다.

"저 봐. 요즘 세태라니까. 다들 휴대폰만 들여다보고 있잖아."

나는 속으로 말했다.

야 이놈아. 보고 싶어 보냐? 이거 안 보면 눈을 어디에 두냐?

나이가 들면 하고 싶은 대로 다 하며 살 줄 알았는데 하고 싶은 말까지도 더 할 수 없고 눈치만 늘어간다. 윗사람 눈치는 조금만 양보하면 참 쉬운데 아랫사람 눈치는 날이 갈수록 더 서러워진다.

수북이 쌓인 큰 팥빙수 그릇에 숟가락 여섯 개가 꽂혔다. 아무 말없이 떠먹는 달콤함에 입이 붙어버렸는지 조용하다. 다들 무얼 생각하며 팥빙수를 녹이는지 궁금해지는데 찰떡은 목구멍을 간지럽히며 착 달라붙는다.

엄마는 바다다

책꽂이에서 책 꺼내 보듯이 지나간 기억을 하나씩 꺼내본다.

색이 곱지 않아도 빛 바랜 갈피 사이로 은은하게 퍼지는 몽환적인 향에 취하여 입가에 옅은 미소가 번진다. 이게 추억이라는 것인가 보다. 뒤돌아보면 환갑이 지난 날도 어려 보이고 일곱 살 개구쟁이 때도 다 큰 듯이 느껴진다.

오후 서너 시쯤 되었을까? 저녁엔 돼지고기 듬뿍 넣고 김치 찜이나 해서 애들이랑 같이 먹어야겠다 생각하며 큰 냄비에 돼지고기 큼직하게 썰어 넣고 김치 썰어서 막 넣으려는데 신우랑 어미가 들여다본다. 신우가 가자고 해서 바다에 간다고 한다.

딸네와 한 울타리에 살면서 열두 번도 더 후회하고 열두 번도 더 잘했다고 마음 다독였지만, 자식과 함께 산다는 게 그리 녹록지만은 않다.

"신우야 맛있는 거 사와."

하니까 요 녀석 말본새 보소.

"아니."

한다. 왜냐고 물으니

"우리 것만 살 거예요."

하도 어이가 없어서 웃으며 어미에게 한소리 했다.

"애들 다 어른 보고 배우는데 잘 좀 가르쳐."

그냥 예끼놈하고 눈만 한번 부라리고 지나갔으면 될 일을 또 긁어 부스럼을 일으켰다. 기저귀 갈아주며 업어 키운 손자놈에게 공치사라도 듣고 싶어 주책을 부린 모양이다. 사위 놈은 "애가 그러는데 어쩌겠어요."

구시렁구시렁 중얼거리고 딸년은 홱 돌아서서 어린 손자놈에게 버럭 소리를 지른다.

"너는 왜 그딴소릴 해서."

어쩌고저쩌고 애를 막 나무란다. 뒤도 돌아보지 않고 차를 타버리니 무안했다. 웃으며 가볍게 한마디 했는데 너무 정색하고 토라지니 진짜 화가 났다. 한울타리에 살면서 네 식구, 내 식구 너무 선을 그으니 아무리 어린 놈이지만 섭섭하다. 그래도 좋게 이해하려고 애썼는데 어미 아비 하는 태도 보니까 어린 놈에게 섭섭할 것 하나도 없다고 느껴졌다.

늙어 갈수록 왜 이렇게 자주 섭섭해지고 폭이 좁아질까. 넓은 바다처럼 웬만한 건 받아들여서 다 녹여버리고 싶은데 생각처럼 잘되지 않는다.

태풍에 거센 파도가 몰아쳐서 해안을 덮쳐도 바다는 잔잔하게 일렁이는 평정을 다시 찾는다.

다 이해하고 베풀자고 수없이 다짐하고 또 다짐하지만, 같은 후회만 되풀이한다. 바다처럼 빨리 평정을 되찾아야 할 텐데. 오늘 밤도 잠을 좀 설칠 것 같다. 그러다가 또 풀어지고 풀어질 걸 알면서 또 섭섭해져서 잠 못들에 한다.

에고 한심한 할미야. 나이가 들면 국화 빵 틀에 찍어내듯이 뚝딱 어른 이 만들어지는 게 아니다. 겉은 타고 속은 설익어서 먹지도 못하는 국화 빵이 될 수도 있다는 걸 잘 알지만, 한심한 할미는 그래도 오늘 밤은 섭 섭하다.

나도 우리 엄마에게 저랬을까? 나 때문에 우리 엄마는 뭐가 섭섭하셨 을까. 지금 생각하니 내가 한 짓은 더 심했다. 원래 누군가에게 마음 터 놓고 얘기하는 싹싹하고 원만한 성격이 못되어서 차갑다는 말도 자주 듣 는다.

그때는 사는 게 너무 힘들어서 우리 엄마랑 마음 터놓고 편하게 이야 기 한번 할 수 없었다. 행여 딸이 마음 풀어져서 허물어질까 봐 우리 엄 마는 항상 채찍질만 하셨다. 속내를 잘 보이지도 않지만, 징징거리고 싶 지 않아서 엄마에게 다가가지도 않았다. 솔직히 말하면 나 이리 힘든데 엄마가 알아서 나 좀 안아줘 하는 어리광이었다. 그러다 어느 날 정신 줄 놓으시고 돌아가셨다. 편찮으셔서 누워 계실 때 다정하게 다가가서 발이 라도 주물러 드리며 말벗이 되지 못한 게 한없이 후회스럽다.

나이 들어 부리는 어리광이 이렇게 추한 줄 그때는 와 닿지 않았다. 우 리 엄마는 섭섭해할 여유도 없으셨을 거다. 할 말만 하는 딸내미가 참 매 정스럽다 느끼시며 쳐다보기도 싫으셨을 거다. 속상한 일이 있으면 엄마 에게 좀 징징거리기도 하며, 때로는 살갑게 다가와 말 상대도 되어주고,

미운 정 고운 정 함께 나누는 게 모녀 사이인데 버거운 딸년이 얼마나 얄미우셨을까. 잘못도 하고 꾸중도 듣고 치대기도 하고 곰살맞게 착 감기는 딸년을 원하셨을 거라는 생각이 이 나이 되어서야 든다. 속 썩이지 않고 잘 커 주기만 하면 부모에게 할 도리 다한다고 생각하는 매정하고 오만한 딸년이 얼마나 섭섭하셨을까?

그래 엄마는 바다다.

멀찍이서 아 바다다 참 좋다 하고 돌아서면 바다는 섭섭하다.

조약돌도 던지고 찰방찰방 맨발로 파도도 즐기고 곁에 앉아서 지평선을 바라봐 주고 때로는 도란도란 얘기도 걸어주면 흐뭇하다. 하늘 닮은 바다지만, 바다 눈빛도 함께 읽어주면 뭘 더 바랄까? 기후 이변으로 요즘 바다는 풍랑이 자주이니 하해란 말도 쓰기가 민망해진다. 그래도 엄마는 바다다.

세월이 약이라 했던가. 엄마보다 일찍 철이 들어가는 딸을 보며 돌아가신 어머니께 한없이 죄송하다.

"어이구, 우리 엄마 또 삐졌구나? 아이고, 그게 아니잖아. 오버야 오버."

어르고 달래며 설레발치는 딸아이를 보며 인생은 정답이 없다는 것을 한 번 더 느낀다.

커피 한잔을 끓일게요

전시 작품 준비하느라 바쁘다는 자기 아빠를 집에 두고 온 손자 놈이 심통이 났다.

함께 놀아달라고 해서 말판게임을 하는데 자꾸 반칙한다. 게임 같은 것 별로 좋아하지 않던 차에 이때다 싶어서 삐친 척해버렸다.

얼른 할배를 부르고 한바탕 소란을 떤 후 탈출에 성공하였다. 눈길 한번 받으려고 주책스럽게 손자놈에게 아양 떨었는데 이제는 꾸중도 할 수 있고 급하면 엉덩짝 한 대 때려도 군소리 없으니 이만하면 더 바랄 게 없다.

지금은 따로 살지만 두어 해 전까지 함께 살았다. 함께 살며 겪은 그 많은 고통스러운 일들이 우리를 성장시켰나 보다. 그 아픈 시련을 겪으며 서로 깊게 이해하고 사랑하게 되었으니 고통 뒤엔 꼭 어떤 보상이 따른다는 옛 어른들의 말씀이 헛됨이 없다.

직장생활 하느라 떨어져 살던 딸아이가 결혼하고 산달이 가까워졌을 때 함께 살자고 집으로 쳐들어왔다. 짝꿍도 함께 달고 왔으니 불협화음이 생긴 건 어쩌면 당연한 일일지도 모르겠다.

자식도 겉 낳지 속 낳는 건 아니라더니, 부모 자식 사이니까 그냥 서로 통하는 건 아닌가 보다. 서로 끊임없이 노력하여야 좋은 관계를 유지할 수 있다. 부부나 친구도 노력 없이는 쉽게 허물어진다.

　사람은 이기적인 동물이니 깊이 들여다보면 다 자기를 위해 살고 있다. 태아 때부터 물속을 헤엄쳐 다니면서 살아남는 방법을 모색하며 탯줄을 붙잡고 촉각을 곤두세운다. 자궁은 아이를 위하여 식성까지 변화시켜가며 영양공급을 하지만 궁극적으로 생명에 이상이 오면 영양공급이 끊어진다. 의지가 아닌 생리적 현상이니 의지 전의 이기적 본능이다. 정자가 난자를 만나기 위한 입성도 치열한 경쟁을 치러야 하니 이기적이 되지 않으면 살아남을 수 없겠다.

　자식이 데려온 짝꿍이지만, 그냥 예쁘게만 보이지는 않는다. 사위도 자식이지만 팔이 자꾸 안으로 굽는 건 어쩔 수 없다. 사위는 고양이라는 옛말도 있지 않은가. 백 년 손이라는 말은 딸 가진 부모의 억지춘향이다.

　작은 일에 서로 상처 많이 받았지만, 딸이 그 화살을 다 막으려다 일은 자꾸 더 커졌다. 힘든 일을 참 많이도 겪었다. 부딪히는 사이 서로의 아픔을 알게 되었다. 나만 아픈 줄 알았는데 부딪히면 상대편도 나만큼 아프다는 걸 왜 몰랐을까? 미운 정이 들었는지 가슴으로 보이기 시작했다.

　세상 살아가는 게 그리 녹록지 않음을 알기에, 그 아픔이 깊은 상처가 되지 않기를 바라는 마음이다. 어쩌면 이게 사랑인지도 모르겠다.

　지금은 소중한 나의 친구들을 포석하여 둔 듯이 의기양양하다. 영감 친구, 손자놈 친구, 딸년 친구, 사위 놈 친구, 아들놈 친구 다 모이면 그냥 스스럼없다.

물감은 섞으면 섞을수록 검은 어두운 색이 되지만, 빛은 색을 합할수록 색이 없어진다고 들었다. 화려하지 않으면서 융화되어가는 우리의 마음이 그냥 소중할 뿐이다. 개성이 강하여 튀는 듯하지만 하나 둘 합해져서 색깔 없이 밝아지면 그냥 환한 빛이 되리라.

*꿈나무
봄(신우 태명)이네와 합가 전 설레며 쓰다.

공사가 시작되었다.

귤나무 38그루 뽑아내고 봄(신우 태명)이네가 집을 짓는다. 아는 분들은 적극적으로 만류하신다.

"며느리와는 살아도 딸과는 힘들어."

"요즘 세상에 웬 합가야."

나를 믿고, 너를 믿고, 우리를 믿으니까. 어디 한번 잘해보자.

안거리, 밖거리는 제주만의 풍습이다. 한 울타리 안에 두 채의 집이 마주하고 2~3대가 딴살림한다. 밥도 따로 해먹고, 생활도 따로 하고 완전 딴살림이다.

처음엔 말도 안 된다고 비웃었는데 곰곰이 생각해 보니 참 합리적이라는 생각이 든다. 조손간 한집에 함께 살며 겪는 불편함 갈등 등 하나하나 손꼽아보면 끝도 없지만, 따로 산다고 편한 것도 아니다. 따로 살면 알게 모르게 자식 된 도리 운운하며 젊은이들의 부담감은 가중되고, 어른들도 보고 싶은 손자 참고 기다렸더니 아이들이 좀 커서는 미운 정이 들지 않아 정이 두텁지 않다. 시큰둥하게 꿔다 놓은 보릿자루처럼 멀뚱거린다. 자주 보지 않으면 살가운 정도 그만큼 줄어들고 푸근하지 않다.

조손이 한 울타리에 따로 집을 짓고 사는 제주의 생활 방식이 모든 걸 해결하는 건 아니지만, 그래도 실보다 득이 클 것 같다. 생각해보면 염려스러운 게 한둘이 아니지만, 그래 우린 서로 믿으니까 어디 한번 살아보자.

집채만 한 덤프트럭이 들락거리고, 포크레인이 쿵쾅거리며 먼지를 뿜는다. 방풍림이 쓰러지고 귤나무는 뽑히고 땅은 파헤쳐져 돌무더기를 쏟아낸다. 좀은 불안하다. 어수선해서 일이 손에 잡히지 않는다. 우리 둥이는 제집에 쑥 들어가 꼼짝 않는다. 짖을 엄두도 나지 않는가 보다. 마음이 복잡하다. 설레기도 하고 두렵기도 하고 어설픈 시도가 우리 사이를 뒤흔들어 놓는 건 아닐까 걱정이 된다. 하나하나 부딪힐 때마다 서로 사랑하니까 슬기롭게 헤쳐 나갈 거라 믿는다.

펼쳐질 많은 일을 기대하며 나는 오늘도 다짐한다. 곱고 아름다운 양탄자를 엮으리라! 될 수 있으면 어두운 색은 쓰지 않고 예쁜 꿈을 곱게 새겨 넣으리라. 어떠랴. 간혹 진한 갈색이 나오면 거기에 맞게 어울리는 색으로 곱게 갖다 붙이고, 회색이면 또 어떠리. 그놈도 짝으로 갖다 붙이면 어울리는 놈도 엄청 많은데.

훗날, 먼 훗날에 우리가 엮은 그 양탄자가 우리의 기쁨이 되길 간절히 소원한다. 커피가 쓰지 않으면 무슨 맛으로 마시겠는가. 너무 쓰면 설탕 조금 넣고 그래도 맛이 엉성하면 우유도 조금 넣어보자.

짙은 커피 향이 가슴을 훑고 지나갈 때, 여유롭게 커피 한잔을 함께 나누자.

쓴 커피의 맛을 알 때쯤이면 우리의 인생도 더욱더 깊어지겠지….

일만 원짜리 집

어느 날, 여덟 살짜리 어린 손자놈이 헐레벌떡 뛰어와서 삼촌을 부른다.

"삼촌 빨리 와 봐. 용돈 줄게."

꼬깃꼬깃 일만 원짜리 지폐를 주머니에서 끄집어내더니 덩치 큰 삼촌의 손에 꼭 쥐어준다. 삼촌은 돈도 벌고 있는데 네가 왜 용돈을 주느냐고 물으니까,

"집도 사고 독립도 해야 하는데 돈이 필요할 것 같아서요. 집 사는 데 보태세요."

한다. 초등학교 3학년 어린아이가 당돌하고 좀 어이없지만, 코끝이 찡하다. 장가도 가지 않고 좀 어눌해 보이는 삼촌이 걱정이 되었던 모양이다.

"응 알았어. 고맙다."

그러더니 삼촌은 이튿날 은행에 입금했다고 한다. 그 삼촌에 그 조카다. 어린아이의 어이없는 순수함은 마음에 진심으로 깊이 다가오나 보다.

대가족은 아니었지만 육 남매의 맏집인 우리 집은 명절이면 시끌벅적이다. 일을 시원스레 후딱후딱 추슬러 내지 못하여서 나는 명절이 되면

일주일 전부터 부산 떤다. 이불 꺼내 말리고 시장보고 밑반찬 만들고 당일 먹을 음식은 따로 시장 본다.

식구들이 다 떠난 후에 부랴부랴 친정집에 인사 간다. 형제들이 다 떠난 썰렁한 친정에서 부모님과 마주 앉은 명절 상은 왠지 허전하고 서글프기까지 하다. 누구에게 화낼 일은 아닌데 공연히 심술이 나고 만사가 심드렁하다. 이불 호청 뜯어 세탁하고 그릇 정리 등 청소하는 데 며칠은 걸린다. 하루이틀 짧은 기간이지만 사람이 들고난 자리는 일이 많다. 한 번 몸살을 앓아야 겨우 마무리된다.

아이들은 시험 기간이라도 겹치면 밖으로 나돈다. 맏집 그늘에 가리어 많이 손해 보는 듯하여 마음이 아팠지만, 그러려니 하고 삭히는 수밖에 별도리가 없었다. 여러 곳에 흩어져 살다가 한꺼번에 모이면 말도 많고 탈도 많고 살얼음을 딛는 순간들도 많았지만, 그래도 울타리라 여기며 더러는 위안도 되었다. 야속하고 얄미운 감정과 때로는 억울한 생각들도 세월이 지나면 추억이라는 그리운 색깔로 채색되기도 한다.

이제는 어른들도 돌아가시고 집마다 아이들도 다 자기 가정 이루어 사니 집안 식구가 다 함께 모일 기회도 없어져서 홀가분하다. 정말 편하고 신경 쓸 일도 없어서 한 짐 든 듯이 편안하다. 명절이 되어도 한 며칠 먹을 것 시장 보고 매끼 다른 종류로 해먹으니 질리지도 않고 힘겹지도 않아서 내 세상 만났다고 좋아한다.

아이들이 찾아와도 별로 달라질 것도 없다. 합리적이란 미명 아래 편하게 지낸다. 손자놈 입에 떡 하나 물려주고 서로 편하게 지낸다. 식사 한 끼 같이하고 모여 앉아 얘기하다가 잠자기 위해 집으로 간다. 엎어지면 코 닿을 데니 구태여 불편하게 함께 잘 필요 없다고 떠밀어 보낸다. 그런데, 조용하게 밀려오는 이 애잔함은 무엇인가? 그리움인가? 지난날의 회한인가? 나이 들어감의 서글픔인가?

돌아서면 명절이고, 돌아서면 생신이고, 어버이날, 어린이날, 아이들 생일, 크리스마스, 결혼기념일 등 챙겨야 할 일들이 많아서 이런 '의식'이 많음을 불평했었다. 성가시고 신경 쓰이고 돈 걱정도 되는 일들을 형식적인 연례행사로 그냥 답습하듯이 했다. 필요 없는 일이라고 허례허식이라고 불평했던 그 모든 일들이 헛된 일이 아니었음을 이제는 깨닫는다. 이 나이 되어서야 선조들의 소리 없는 가르침이 교훈이었음을 비로소 깨닫는다.

'기념일'과 '~식' 등을 통하여 여러 사람 앞에서 스스로 다짐도 하지만, 남에게 알려서 무언의 약속을 지켜가겠다고 다지는 마음이기도 하다.

일가친척이 정을 공유하는 큰 울타리라는 든든함으로 마음의 평안도 찾는다. 한 해의 연륜이 쌓일 때마다 매년 그날의 느낌이 달라지고 서로의 마음에 진한 혈육애도 새긴다. 식구들이 서로 부대끼며 자주 만나야 정도 생긴다. 미운 정이 곰삭아야 온전한 사랑이 싹을 틔우나 보다.

요즘은 자식 집에 가면서도 호텔 예약하고 가는 사람이 많다. 서로 폐를 끼치지 않으려는 미명이지만 끈끈한 정에 얽혀서 불편해지는 게 싫어서 외면하는지도 모른다. 서로 조심하여 삼가고 예의 차려 피해가니 곰삭은 정이 쌓일 여유가 없다. 겉은 평온하게 잘 지내지만 그 자리에 투명한 벽이 두꺼워져 외로움이 쌓여간다.

예전엔 아무개 집 손님 왔다 하면 손님상에 놓을 반찬까지 옆집에서 걱정한다. 방학만 되면 집마다 어린 손님들이 거의 와 있어서 동네 분위기도 들뜨고 어수선해지기까지 했다. 조금 먼 친척이 와도 으레 자고 간다고 생각한다. 요 하나 깔고 이불 끌어당겨 같이 덮고 도란도란 이야기꽃 피우며 그렇게 들 살았다.

너무 오래 머물고 있어서 가라 하지도 못하고 난처해서 밥솥 바닥 누룽지를 박박 긁어서 양식 걱정을 내비치기도 했다. 오래 앉아서 움직일 줄 모르는 손님에게는 방구석에 빗자루 세워 두면 빨리 간다는 비방도 있었다.

기차 안에서 파는 실로 엮은 사과 한 줄 사 오면 아이들은 그거 나누어 먹으며 좋아했다. 담벼락에 붙어 서서 한 개 남은 앞니로 갉아먹으며 우리 집에 손님 왔다고 자랑했다. 서로 크게 도움을 주고받지 못하지만, 친척이 많아서 외롭지는 않았다.

숙모, 고모, 이모, 삼촌, 외삼촌, 외숙모, 사촌, 고종사촌, 외사촌, 이종사촌 등 친척이라면 가장 기본적인 이 호칭이 몇 개나 살아남을까? 집안 조카 땜에 골치 아프고 삼촌이 말썽부리고 아무개 마누라가 집을 나가서 이 일을 어찌하나. 정말 싫었던 이런 뿌리 얽힘이 차라리 그리워짐을 늙음의 회한이라고 하기엔 너무 슬프다. 호칭들을 점점 잃어버리다가 사전에서마저 고어로 등재될 날이 올 것 같아 쓸쓸하다.

삼촌은 조카를 끔찍이 사랑한다. 웃을 때 한쪽 입술 끝이 살짝 치켜 올라가서 삐딱하게 보이지만 조카 얘기만 나오면 활짝 웃는다. 반듯한 대

칭으로 하얀 이를 드러내며 세상에서 가장 밝은 표정처럼 멋있어 보인다. 그늘 한 점 없이 완벽하게 환한 웃음을 짓는다.

내가 그 둘 사이에서 무엇을 바라는지 나도 잘 모르지만, 그냥 흐뭇하다. 눈 한번 깜박이고 나면 사라질 신기루라 해도 밀려오는 행복감을 부정할 수 없다. 일만 원짜리 큰 집을 짓고 사는 아들의 모습에 마음 푸근하다.

4장

아픈 손가락

화려한 외출

바위손이 취직했다. 좋은 사장님 만나서 나도 함께 취직했다. 바위손이 익숙해질 때까지 함께 일할 수 있도록 사장님이 허락해 주셔서 직원들 점심을 준비하는 일이다.

바위손은 대학 졸업 후 여러 번의 짧은 직장 생활을 하였지만, 상처가 너무 커서 직업은 포기하고 그 동안 집에서 빈둥거렸다. 이제 어둔 장막을 밀치고 세상 밖으로 발을 내딛는다. 눈이 부셔서 힘들어하는 청년은 작은 엄마의 등뒤로 자꾸 숨어든다.

30분쯤 걸어서 출근하는 길은 멀기만 하다.

"남들은 올레길 걸으려고 비행기 타고 오는데 우린 매일 걸으니 참 행복하다 그치?"

대답이 없다. 2월의 이른 아침은 꼭두새벽처럼 느껴진다. 싸라기 같은 눈발이 제주 바람 타고 사방에서 불어 젖히니 눈바람이 따끔따끔 얼굴을 후려친다.

"그래 아들아, 곧 익숙해질 거야. 엄마가 도와 줄게."

"꼭 해야 해요?"

연신 뒤돌아보며 눈물 글썽이는 아들의 모습이 가슴을 후벼 판다. 엄마가 벌어서 평생 아무 걱정 없이 여행이나 다니면서 살게 하고 싶지만, 어차피 인생은 혼자인데 누구에게 기대지 않고 혼자 힘으로 살게 하려면 훈련을 시켜야 한다.

대학 졸업하고 여러 곳에서 일했었다.

바위손은 상대의 말을 이해 못하고 상대는 바위손의 말을 이해 못했다. 마음에는 귀가 없고 귀에는 마음이 없으니 오해는 쌓이고…. 그리고는 그만뒀다.

중증장애인은 사람들의 관심과 많은 도움을 받지만 가벼운 장애는 더 불안하다. 마음의 병을 앓는 자폐 쪽은 더욱더 힘들다. 박쥐처럼 어디서도 인정받지 못한다. 일반인은 덜 떨어진 놈이라고 구박하고 장애인들은 멀쩡하게 생긴 놈이 엄살 떤다고 거들떠보지도 않는다.

장애인 체육대회를 다녀온 엄마들은 한짐 더 짊어진 듯한 어두운 마음으로 돌아오기 일쑤다. 어떤 장애를 가졌건 자기들끼리 모여서 웃고 떠들고 장난치고 재미있게 노는데 자폐 아이들은 각자 다른 곳을 쳐다보며 각자 다른 짓을 하고 논다. 혼자만의 세계에 갇혀서 나가지도 들어오게도 하지 않으니 외로운 저 껍데기를 어떻게 깨줄까? 선생님들도 외롭긴 마찬가지다. 아무리 공을 들여도 마음조차 받아 주지 않으니 돌아오는 메아리도 없다.

재작년인가?

바위손이 여름 땡볕에 한 시간을 걸어서 집에 왔다. 노인 요양소 청소 잡역 일인데 땀 냄새가 염려되어 버스타지 않고 걸어왔단다. 샤워실이 없어서 씻지도 못하고 끓어오르는 아스팔트길을 한 시간 걸어왔다.

지난 몇 년간의 악몽들이 되살아나는지 아들은 뒤돌아보고 또 돌아보고 엄마 눈치 살핀다. 아들아, 제발 잘! 제발 잘 견뎌 주길…. 조금 더디지만 익숙해지면 성실하기 그지없는 녀석이다. 님들이여, 눈으로 그냥 보지 마시고 가슴으로 봐주셨으면 하고 간절히 빌어 본다.

우리 바위손은 자폐성 발달장애다. 4살 때 소아 자폐라고 진단하더니, 몇 년 지나니까 정서 장애라고 통칭하더니, 지금은 그냥 발달장애로 불린다. 여러 종류로 나눠지는데 우리 바위손은 자폐다. 원인도 모르고 수십 년간 그냥 버텨 온 거다. 바위손은 엄마가 바위 되어 등을 들이밀어 줘야 살아간다고 엄마가 붙여준 엄마만의 애칭이다.

두 돌 지나고부터 업고 뛰어다녔다. 유명하다는 병원 찾아 다니며 많이도 울었다. 그땐 그게 잘 알려지지 않아서 애가 늦될 수도 있으니 걱정 말라고 의사 선생님도 대수롭지 않게 생각하시는 분이 많았다. 빽빽하게 기록한 자료들을 의사 선생님께 제공만 하고 소득도 없이 등을 돌려야 했던 적이 수없이 많았다.

지난 세월이 머릿속을 어지럽게 유영한다. 수십 년의 모질고 긴 세월이다. 지난 세월 돌아보면 화살과 같이 빠르다고들 하는데 아들과의 세월을 돌아보면 느린 화면을 돌려보듯이 순간순간이 선명하게 떠오른다.

차라리 빠른 화살이었으면 훌훌 털기라도 할 것 같다.

아들아, 고맙다!

장애 극복하려고 지금도 애쓰고 있는 네 모습에 사랑과 존경을 함께 보낸다. 어두운 장막 밀치고 화려한 외출을 하였으니 잠시 눈이 부셔도 곧 익숙해질 거라고 애써 마음을 다진다.

우리 바위손 좋아하는 것.

클라리넷, 피아노, 클래식 감상, 비행기, KTX… 버스, 기차, 배, 타기, 여행(타기 위해서 여행하는 것 같다), 맛있는 음식(포크, 나이프), 누나, 조카.

우리 바위손 싫어하는 것.

사람 많은 곳(복잡한 버스는 몇 대라도 그냥 보낸다), 소음, 목소리 큰 사람, 처음 접하는 것, 변동 사항 등.

근사한 여행

바위손이 여행을 떠난다. 새벽 일찍부터 달그락거리며 준비하더니 희뿌연 새벽을 뒤로하고 돌담 사잇길을 빠져나간다.

커피포트가 달그락거리더니 이어서 라면 냄새가 코끝을 간지럽힌다. 컵라면을 끓여 먹는지 후루룩거리는 소리가 활기차다. 로션 얼굴에 탁탁 두드려 바르고 거울 한번 쓰윽 쳐다본다. 6시5분 첫 버스 타고 신창에서 공항 행 버스 갈아탄다. 9시 발 서울행 첫 비행기, 그것도 큰 놈 골라서 탄다. 기종, 편 명, 항공사, 이륙 소리 등 꼼꼼하게 따진다. 고등학교 때도 버스 골라서 타다가 늘 지각하더니 비행기도 까다롭게 골라서 탄다.

명동서 눈요기하고 이태원 가서 근사하게 폼 잡으며 식사도 한다. 영어로 주문하고 간단하게 대화하며 이국적인 문화도 즐긴다. 영어가 능통하지 않음을 아는데 그게 가능할까 생각도 하지만, 불쑥 들이밀고 스스럼없이 얘기하는 장애라는 그 부분이 가능하게 했을지도 모른다.

낙원상가에서 악기도 둘러보고 서점에서 악보도 고른다. 서울역까지 지하철 타고 부산행 KTX 특실 탄다. 느긋하게 음악 들으며 부산까지 온전히 혼자만의 시간을 즐긴다. 아무 방해도 받지 않는 특별한 혼자만의 시간을 야무지게 즐긴다.

자갈치 시장 한 바퀴 둘러보고 가끔은 회 한 접시도 먹는다. 서둘러 제주행 비행기 탄다. 버스 타고 비행기 타고 전철 타고 밥 먹고 기차 타고 커피 한잔하고 또 버스 타고 비행기 타고 밥 먹고 타고 또 타고 또 먹고 또 타는 게 여행 일정이다.

도착하는 시간이 버스가 끊길 시간이 될 것 같아 마중 나갔다. 저 멀리 쏟아지는 사람들 머리 위에 한 뼘보다 훨씬 더 높은 곳에서 해맑은 미소가 나를 설레게 한다. 훤칠한 키, 우뚝한 콧날, 밝게 웃는 저 멋진 청년이 내 아들이다.

아깝다. 참 아깝다. 생각할수록 참 아깝다는 생각에 마음이 무거워진다. 자폐증이란 큰 멍에를 지고 저렇게 훌륭하게 자랐는데 웬 고약한 투정인고. 지금은 발달장애라고 두루뭉술하게 다 포함하지만 엄밀하게 말해서 지적장애, 자폐, 과잉행동 장애, 정서장애 등 조금씩 다르다.

칭얼대지 않아 순둥이로만 알았다. 불러도 대답하지 않고 도움을 요청도 안 한다. 어디 가자고 하면 말없이 다가와 손안에 작은 주먹을 쏘옥 집어넣는다. 서너 살 될 때까지 엄마 소리도 하지 않았다.

어느 날, 어린이집에서 피아노 반주를 하는 바위손을 보고 깜짝 놀랐다.

절대음감 가지고 태어나서 특별한 교육 없이 여러 종류의 악기를 다 다루는 걸 보고 천재가 태어난 줄 알았다. 그때는 정말 그랬다. 특수학교 졸업 후 선생님들의 완강한 반대를 무릅쓰고 조금 늦은 나이에 일반학교에 들어갔다. 초등학교 입학 후엔 머리가 너무 좋아 살짝 돈 아이라고 놀림 당하며 외톨이로 힘들게 자랐다.

바위손이 어릴 때, 버스 타려면 한참 실랑이를 벌여야 했다. 버스 문 앞에서 눈을 감아버리니 그 덩치 큰 놈을 번쩍 안아서 태우곤 했었다. 잠시만 손을 놓으면 흔적도 없이 사라져버리니 아이 찾아 돌아다니다가 몇 년 세월을 날려버렸다. 학교생활 적응 못하여 초등학교도 못 마칠 줄 알았는데 음악 대학까지 졸업했다.

취직 시험을 치면 자꾸 떨어지지만, 시향 단원 모집하면 기를 쓰고 원서 낸다. 스스로 원서 내고 강원도까지 시험을 치러 가기도 한다. 면접관이 왜 지원하였냐고 물으면,

"먹고 살기 힘들어서요."

하고 당당하게 말한다. 좀 그럴듯하고 멋있게 얘기하지 못했다고 면박을 주면,

"엄마 사실이 그런데 어쩌라고."

진지하게 쳐다보는데 나도 할 말이 없어진다. 특별한 일이 아니면 매일 한두 시간씩 빠지지 않고 연습하는 아들에게 그만둬 달라고 뼈아픈 말을 하고 말았다. 나이가 몇인데 아직도 그러고 있냐고. 몇 년 전, 이웃에게 방해된다고 방문 닫고 땀을 뻘뻘 흘리면서 연습하는 아들에게 이제 악기 그만하면 안 되느냐고 모진 말을 해 놓고는 얼마나 후회했는지 모른다.

아들에게 음악은 신체의 일부다. 다른 음악인들처럼 훌륭한 연주로 남

들에게 감동을 준다거나, 음악을 좋아해서 본인이 흠뻑 빠진다거나, 남을 가르치고 싶은 그런 열정이 아니라 그냥 호흡이다. 잠시라도 멈추면 죽을 것 같은 호흡이다. 바위손에게 클라리넷은 몸의 일부이며 호흡이다. 남의 귀를 위함이 아니라 연습하는 그 순간순간이 그렇게 좋을 수가 없다니 이해 못 할 일이 한둘이 아니다.

여행계획 세우고, 혼자 비행기표 예약하고, 며칠을 신나게 돌아다니다가 저렇게 성큼성큼 웃으며 돌아와 주니 그저 고마울 뿐이다.

아들아! 힘들고 고통스러운 날들 잘 버텨주고, 이렇게 훌륭하게 잘 자라 주어서 정말 고맙다!

잡념

뒤돌아보지 말고 앞만 바라보며 살라고 인생 선배들은 말한다. 과거에 휘둘리지 말고 진취적인 삶을 살라는 말인 줄 알지만, 잘되지 않는다.

살다가 일이 꼬이면 왜 나에게 이런 일이 일어나는지 누군가가 원망스럽고, 시원스레 잘 풀려도 지난날의 악몽들이 되살아나 자기 연민에 빠져서 깊은 골을 헤맨다.

생을 정리할 나이에 이르니 이제는 좀 편해진다. 훤히 보이는 앞일보다 지나온 길이 차라리 따뜻하게 마음을 적셔주며 때로는 감사함으로 다가온다. 화려하고 고운 색이 아니어서 오히려 세월의 무상함과 더 잘 어울리는 듯하니 늙음도 때로는 약이 되나보다.

쓰라린 과거도 세월이 지나면서 갈고 닦이고 한 겹 한 겹 덧입혀져 아름답게 채색되나 보다. 향수가 되어 머릿속을 헤매고 다닐 때면 그 향에 취하여서 반나절은 꿈에 젖는다. 쌉사름한 커피가 목젖을 적시면 콧구멍으로 구수한 향이 피어나듯이….

젊은 그 시절 많이 힘들었다. 아무리 힘들어도 밥은 먹어야 하고 화장실도 가야하고 웃음 띠고 사람들도 만나야 한다. 가기 싫은 모임은 왜 그리 많은지.

어느 날, 곱게 화장하고 밝은 얼굴로 사람들과 인사를 나누었다. 1년에 한두 번 보는 남편 친구 부인이 반갑게 다가오더니 말을 건다. 몇 마디 이야기 끝에,

"아이구 참 낙천적인 성격이셔. 참 낙천적이야."

찬물이 정수리를 거쳐 온몸으로 퍼지는 듯했다. 이게 무슨 뜻일까?

"네 그렇게 살아요."

답은 했지만, 멍한 기분으로 몇 날 며칠을 곱씹었다. 긍정적이다든가 평정을 잃지 않고 잘 견딘다든가 그런 좋은 뜻으로 받아들여지지 않고 천하태평 답답한 친구야. 조롱하듯이 들린다. 나의 편협한 못난 성격 때문일까? 합리적이고 긍정적이라고 밝게 들리지 않고 어리석어서 근심과 걱정을 모르고 사는 사람으로 비친 듯하여 비위가 상했다.

지금은 돌아가신 지 십여 년이 지났지만, 어머니와 어린 딸과 3대가 모여 이야기 보따리를 풀었다. 별일 아닌 우호적인 발언에 발끈하는 나를 보며 어머니는 웃으셨다.

"너를 아는 사람이 낙천적이라 했다면 아마 엄청난 칭찬이었을 거다."

거기다가 어린 딸아이는 합리적이라고 살까지 붙이며 치켜세운다. 1년에 두세 번씩 떠올라 곱씹게 만들며 기분 싸하게 했던 그 단어가 거짓말처럼 밝게 다가온다. 누군가가 인정해준다는 얄팍한 자존심이 사슬을 풀어준 듯 편해진다. 같은 말에 천국과 지옥을 넘나드니 문제는 받아들이는 자세였다.

생각해 보면 나는 참 운이 좋은 사람이다. 갓 태어나자마자 엄마 등에 매달려서 피난하였다. 여린 피부에 칠팔 월 땡볕은 아궁이불 같았다. 부푼 풍선 얼굴로 피난을 다녔어도 살아남았다. 콩밭에 버려진 많은 아이들과 달리 엄마 등에서 살아남았다.

6.25동란 전후의 불안정한 정세를 겪었고, 건국 초기의 독재와, 4.19혁명, 5.16쿠데타, 군정을 거쳐 10.26 대통령 피살, 또 12.12 쿠데타가 일어나고, 5.18항쟁, 민정이 이어지나 싶었는데 또 대통령이 탄핵당하고 구속된 가운데 이게 나라냐고 사람들이 저마다의 소리를 높이고, 뭐가 잘못됐냐고 반대 목소리도 높아진다.

믿고 따를 존경할 만한 어른은 없고, 정의의 개념조차 흐려지고 극과 극이 대립하여 으르렁 대기만 한다. 옳고 그름을 따지지 않고 서로의 주장이 옳음을 죽기 살기로 우겨댄다. 백성들의 우두머리는 저마다 태평성대를 약속했지만, 그건 그냥 약속이다. 엄마 등에 매달려서 겨우 살아남은 공포에서 벗어나지도 못했는데 잔설은 머리를 하얗게 덮었다. 그래도 웃으며 잘살고 있다.

나는 원래 몸이 약했다. 바람 불면 기둥 붙잡으라는 놀림을 받았고, 밥을 많이 먹으면 엄마가 기뻐하셔서 꾸역꾸역 많이 먹다가 식탈이 나기도 했다. 우리 세대가 배고픔에 시달리지 않았으니 얼마나 복된 삶이었나. 하얀 쌀밥을 배부르게 먹었다.

삐쩍 마른 장작개비가 달그락거리며 세상을 혼자 지고 가듯이 힘들게 살았다. 고개 쑥 빼고 땅만 바라보며 철학자가 된 듯이 고상 떨었는데 나이가 들면서 진짜 개고생을 하면서 살았다.

건강 경제 자식 등 나쁜 일들이 한꺼번에 쏟아져 들어왔다. 변변한 직업도 없이 남들이 힘들어하는 일들을 골고루 섭렵했다. 육가공 회사에 취직하였는데 사장님은 면접에서 마음에 들지 않았나 보다. 닭고기 꼬치라며 꼬챙이에 꿰라고 강낭콩만 한 닭살을 잘라 주었다. 종일 꿰었는데 폐기처분이다. 일당도 주지 않고 잘라버렸다. 못 하시겠지요? 그러면서 당연하다는 듯이 사표처리 하였다.

마음이 조급해서 여기저기 찌르고 다녔지만 변변한 월급조차 받지 못하면서 고생만 했다. 눈물 콧물 쏟으며 비참하게 생각해야 할 판에 아무렇지도 않았다.

"이건 아니네. 그래 이건 정말 아니네. 나와는 맞지 않아."

그러고는 아무렇지도 않았다. 그러고 보니 그 친구의 참 낙천적인 성격이네 하던 그 소리에 발끈할 이유는 하나도 없었다. 한고비 지나가고 또 한고비 지나가고 세월은 말없이 지나가면서 고비들을 함께 데려갔다.

돌아보니 제주에 산 지도 근 20년이다. 저지 오름이 우리 집 뒷산이고 멀리 보이는 한경 앞바다가 우리 집 연못이다. 밭에는 사시사철 푸른 먹거리가 자라니 양식 꾸러 갈 일도 없다. 바위손이라는 별명을 가진 아들 놈이 수시로 속옷도 사오고 홍시도 사오고 맥주도 사다 나른다.

"어머니 코로나 끝나면 크루즈 한번 갑시다."

"해랑열차가 나을까?"

바위손은 함께 여행 갈 꿈에 들떠 있다. 엄마 등을 들이밀어야 살아갈 수 있다고 눈물 섞어 지은 별명이 이제는 내 별명이 되었다. 아들놈의 등에 기대어 바위손이 되어 살아가야겠다. 가끔 노루와 눈도 맞춘다. 쳐다보면 장끼는 거만하게 외면하고 푸드덕 날아오르지만, 까투리는 새끼들을 거느리고 귤나무 밑으로 종종거리며 기어든다. 귤나무 밑을 돌아다니더니 이제는 안마당까지 떼거리로 몰려다닌다.

길어야 한 시간 조금 넘는 산행인데 오름에서 이웃과도 만난다. 새로 생긴 카페에서 도시 사람처럼 아포카토를 먹기도 하지만, 담 넘어 건네주는 이웃집 부침개 접시는 정말 반갑다. 세상에서 제일 맛있는 것은 남이 해주는 음식이라더니 정까지 보태져서 환상적이다.

긍정적이면 어떻고 낙천적이면 어떠리.

가물어서 바위에 말라 비틀어진 채 붙어 있던 바위손은 안개비만 살짝 내려도 손을 쫙 펴며 푸르름을 뿜어낸다. 온 산의 푸르름을 다 불러모으겠다는 듯이…….

바위손이 바위 되어 등 내밀어 주면 나는 바위손 되어 날아다니는 안개까지 다 불러 모아야겠다.

울어멍네 농장에 경사 났네
(바위손의 취업행진)

[발달장애인 수기 공모전 대상 수상작]

깊은 산중 바위틈에 붙어사는 바위손은 말라죽은 듯이 비틀어져 있다가 안개비만 살짝 내려도 억센 손을 활짝 펴고 싱싱하게 푸르름을 부른다.

바위가 심장 저 밑바닥 끝에서 깊이 품고 있었기에, 어떤 메마름도 바위손을 목마르게 하지 않았다.

'바위손'은 엄마가 붙여준 애칭이지만, 하루빨리 벗어나길 간절히 바란다.

바위손이 취직했다.

공예품을 만드는 공방인데 말을 못 하는 동료와 같이 일했다. 처음이라 잘 몰라서 작은 실수를 하고 수습할 길이 없어서 종이에 글을 써서 줬다고 한다.

"I am sorry."

그 아이는 이걸 못 읽었고 사장님은 배웠으면 얼마나 배웠다고 영어를 쓰냐? 하며 문제가 커졌다. 다 같은 장애를 가졌는데 이쪽 장애는 배려를 받지 못했다.

바위손이 취직했다.

요양 시설에서 잡일을 한다.

유리창도 닦고 휠체어도 밀어드리고 남자가 할 일을 도맡아 한다.

땀을 많이 흘리는 일이라 샤워하지 않고 퇴근하기란 고역이다.

본인도 괴롭겠지만 더 큰 문제는 냄새 때문에 버스를 타지 못한다. 여름 땡볕에 1시간 걸어서 퇴근하는 어려움을 보고 사표 내는 데 동의했다.

바위손이 취직했다.

한약 제조회사다. 직장 생활에서 좋은 기억이 별로 없는 바위손은 심한거부 반응을 보였다. 궁여지책으로 엄마도 함께 취직하였다. 엄마는 직원들 점심밥을 담당하였다. 아빠도 합류하여서 한 사무실에서 가끔 서로 눈 맞추며 신바람 나서 일하다가 엄마도 아빠도 사직했다.

그리고 바위손은 피해망상에 시달린다.

쳐다보면 흘겨보는 줄 알고 상대가 평소보다 말이 없으면 자기 때문에 화난 줄 안다. 뒷마당에서 동료에게 마대 자루로 위협을 받았다 하니 그만두라고 먼저 말해버렸다.

바위손이 취직했다.

아파트 청소부다.

천한 일 마다하지 않고 열심히 해주니 고마웠다.

여름날 파리 끓는 음식물 처리통 청소를 청소 아주머니 돕는다고 팔걷고 나선다. 이제 한시름 놓았다고 좋아했더니 같이 일하는 나이 든 아저씨가 자꾸 시비를 건다. 아들이지만, 어른들 세계이니 가서 따질 수도 없고….

영문도 모른 채 또 사표다.

바위손이 취직했다.

초등학교 방과 후 교사다. 교통비가 되지 않는다.

교사를 원하는 학교가 많지 않아서 여러 학교를 돌아다닐 수도 없다.

바위손이 취직했다.

공사현장에서 차량흐름을 통제하는 신호수다. 한여름에 냉장고도 하나 없는 실외 작은 파라솔 아래서 먼지 풀풀 마시며 이를 악물고 견딘다. 대견하다.

그런데 문제가 불거졌다.

융통성이 없다.

어떤 덩치 큰 덤프트럭은 이기심으로 규정을 지키지 않고, 어떤 높은 분의 승용차는 특권으로 규정을 지키지 않고, 융통성 없는 신호수는 차를 막고 시비를 벌인다. 위에서는 알아서 모시지 않는다고 불호령이 떨어지고, 바로 윗분은 철통 수비를 하라고 호통을 친다. 땡볕에 새까맣게 타서 뛰어다니는 신호수에게 어떤 트럭 운전사는 음료수를 손에 쥐어 주기도 한다. 1년을 잘 버티고 사표를 냈다. 동료가 바위손을 위하여 상사에게 항의하는 모습을 보며 함께 일하는 '동료'가 뭔지도 알아가는 듯하다.

바위손이 취직했다.

경비 교육받아서 자격증 따고 국제학교의 보안팀에 입사했다.

잘 적응했다. 짧은 영어지만 도움이 되었다. 우편물 분류하며 외국인들이 찾아오면 안내하는 등 영어 잘 모르는 어른들 틈에서 어느 정도 인정도 받고 성실히 잘 근무하였다.

그런데 또 문제가 불거졌다.

모두가 꺼리는 여직원 기숙사를 야간 순찰하였다. 복도를 지나갈 때 어느 여직원이 방문을 열어놓고 옷을 갈아입었다. 바위손도 놀라고 여직원도 놀라고 함께 소리를 질렀다. 그리고 잘렸다.

바위손의 성실함과 그날의 근무 중 과실은 없었다고 밝혀졌지만, 그래도 잘렸다.

바위손이 취직했다.

6개월의 휴직 수당 지급 기간이 만료될 즈음 스스로 근로 복지공단을 찾아가서 취업 신청을 하고 왔다.

교육받고 면접 보고 당당하게 합격했다. 정말 기뻤다. 다른 때와는 차원이 다르다. 누가 종용하지도 않았는데 스스로 했다는 것에 큰 의미를 부여하고 싶다. 아직은 별소리 없이 잘 견디는데, 그냥 지켜볼 뿐이다.

생활비를 부담할 줄도 알고 한 번씩 밥도 산다. 직원 카드 들이밀고 할인 혜택도 받고, 지난 추석 땐 상여금으로 받은 티켓으로 고급 식당에서 밥도 얻어먹었다. 언젠가 같이 차를 타고 회사 내에 진입하는데 차량 통제기가 놓여 있었다. 이걸 어쩌나 속으로 걱정하는데 가로 놓인 막대기가 스르르 올라간다. 눈물이 왈칵 쏟아졌다.

"어머, 우리 아들을 알아보네?"

이제 바위손이란 이름을 쓰지 말아야겠다. 누군가에게 등도 빌려줄 수 있는 듬직한 바위로 거듭날 수 있으면 참 좋겠다.

한때는 보이지 않는 사회를 향하여 울분을 토할 때도 있었다.

사회에 피해 주지 않는 바른 인간으로 키우려고 인생을 송두리째 바쳤는데, 다 키우고 나니 받아주는 곳은 아무 데도 없었다.

장애인 그룹에선 '멀쩡하게 생긴 게…' 하고 비난하고, 비장애인 그룹에선 '덜떨어진 모자란 인간'이라고 상대하려고도 않는다.

조금만 기다려주고, 잘하고 있다고 한마디만 해주면 충분히 감당할 수 있는데….

꿈같은 소망이 잠깐 스쳐 지나간다.

의사가 진단하듯이 꼼꼼히 살펴보고 "음~ 이 정도면 이런 일은 감당할 수 있겠구나." 그러고는 해당 업체와 연결하여 일할 수 있도록 도와주는 시스템을 갖춘 사회. 너무 황홀하여 눈물이 난다.

하지만, 지금은 내 생각이 조금 바뀌었다.

모든 게 성장의 과정이었다는 걸 지금은 안다.

조금 더디게 자랐을 뿐이고, 사회도 더디지만 자라고 있는 중이라고 믿기에….

그런 역경이 자양분이 되어 바위손은 잘도 자랐다.

절대로 직장생활을 하지 않을 거라던 놈이 다음 직장에선 조금 더 성숙한 모습을 보인다.

세월이 약이라는 말처럼 마흔을 넘어서니 직장이 무엇인지 깨달아가는 듯하다.

마음 같아서는 고생시키지 말고 편안하게 살 수 있도록 방법을 찾고 싶었지만, 혼자가 아닌 '인간'으로 살게 하고 싶었다. 직장에서 윗분을 스승 삼고 동료를 친구삼아 대화하며 배우라고 밀어붙인 게 보약이었나 보다.

한동안 대학진학 시킨 걸 많이 후회했다.

할 줄 아는 게 음악밖에 없고 음악을 원하는 직장은 없었으니 취업이 되지 않음은 당연한 일이지만, 음악인은 음악만 하고 살아야 한다고 고집하니 차라리 고등교육 하지 말고 일찍이 단순 노동하며 살도록 훈련했으면 본인은 더 행복하지 않았을까? 하는 아쉬움도 있다. 음악을 숙명처럼 생각하는지 지금도 매일 클라리넷을 연습한다. 퇴근 후나 외출 후나 심지어 여행에서 돌아온 후에도 피곤함을 무릅쓰고 연습한다.

연습 소리는 심장을 후벼 파듯이 아프게 들리지만 말릴 수가 없다.

삶의 일부분이 되었으니 왜 하는지 이유는 없다.

본인도 왜 하는지 이유를 말하지 않는다.

아직도 부족한 게 많지만, 훌쩍 커버린 모습에 지난날이 꿈속의 한 장면처럼 아스라이 멀어져간다.

내가 바위 되어 바위손을 떠받치고 살았는데, 어느새 내가 바위손 되어 바위에 기대고 있다.

애처로워 안고 있으면 평생 안고 살아야 한다.

내가 살아있을 때 걸음마도 시키고 산도 탈 수 있도록 가르쳐야 한다.

혼자 살날을 대비하여 지금도 독립훈련 중이다.

슬픈 이별식
(바위손은 클라리넷을 떠나보내다)

닫힌 아들의 방문 앞에서

충혈된 두 눈에
눈물이 그렁그렁
그렇게 방문은 닫히고
슬픈 이별식은
닫힌 방문 사이로 삐져나온다.

친구여
연인이여
그대는 나의 호흡이어라.

너무 버겁다고
감당할 수가 없다고
숨이 가빠 허덕인다.

삶의 무게에 짓눌려
무겁게 회한으로 내려앉으니
우리는 인연이 아니었음을
울음 섞어 토해낸다.

펑펑 눈물 쏟으며
싸고 또 싸고
행여 다칠 새라
30여 년 미운 님을 떠나보낸다.
나의 클라리넷이여.

난롯불에 손 녹여가며 치르던 입시도
경연장의 싸한 공기의 흐름도
흘러가버린 강물이어라.

나의 사랑 그대는
그대였기에
내가 잊었노라.
이미 잊었노라.

슬픈 이별식은 그렇게 끝이 나고
방문 밖에

동그마니 낯익은 상자 하나
들여다보고 또 들여다보고
그래도 그대는
잊었노라.
내가 이미
잊었노라.

아들은 40여 년을 매일 1시간 이상 클라리넷을 연습하며 살았다.

쳇바퀴처럼 돌아가는 의미 없는 삶의 굴레에서 어느 날, 뛰어내려 환승하고 싶어 했다.

직장생활은 연습 시간을 허락하지 않았고 뚜렷한 목표는 없었지만, 소리는 매끄럽지 않게 불협화음만 쏟아낸다.

타고난 절대음감은 귓속을 후벼 파고 심장을 갉아먹었다.

자폐란 삶의 굴레는 그대로 자꾸 굴러가길 종용했지만, 아들은 용감하게 쳇바퀴에서 뛰어내렸다.

함께 살아온 삶이기에 나는 그의 심정이 되어 눈물 쏟아내며 이 글을 썼다.

아모르 파티

희망을 내려놓으세요.

희망의 달콤함에 속아서 눈물 펑펑 쏟지 말고, 희망도 절망도 다 함께 내려놓으세요. 현실을 직시하고, 한 걸음 한 걸음 최선을 다하여 꾸준히 걷다 보면 어느 순간 목표한 고지에 이미 올라 있음을 느끼게 됩니다. 지난 고통이 성장의 밑거름이었음을 알게 되지요.

발달장애 우리 아이들은 조금 더디게 크지만, 꾸준히 성장하고 있습니다.

지난 연말, 중환자실에 누워 있는 남편을 뒤로하고 시상식장을 찾아갔다. 공모전에 출품한 수기가 대상이라니 뛸 듯이 기뻤지만, 급성폐렴에 걸려 삶과 죽음을 넘나드는 남편이 중환자실에서 발목을 잡는 바람에 마냥 기뻐할 수도 없었다.

코로나가 기승을 부리는 때인지라 집합금지로 행사가 축소되었다. 모인 사람들의 표정까지 한눈에 들어오는 작은 회의실은 기쁨과 회한으로 술렁였다.

글 써서 큰 상을 받기는 처음이라 생소하고 어색하여 쭈뼛거리며 섰는데 수상 소감을 말하라고 한다. 목소리 가다듬고 무어라도 말해야 한다고 느끼는 순간 가슴에서 뭉클하고 툭 튀어나오는 첫마디가

"희망을 내려놓으세요."

순간 싸한 분위기에 방안 전체가 얼어붙은 듯 달그락거렸다. 조금 위안이 되는 말이라도 들을까 실낱 같은 희망으로 모여 있던 사람들은 얼어붙은 분위기에 들숨 날숨마저 신경이 쓰이는 듯 바스락거렸다.

당황하는 눈빛을 애써 숨기며 태연한 척하는 사람들의 모습들이 귀로 보였다. 어떤 이는 눈망울만 데굴데굴 굴리고 손가락을 조몰락거리며 천정을 멀뚱히 쳐다보는 이도 있다. 귓속으로 들어오는 생생한 모습들에 숨이 멎을 것 같다. 의도하지 않은 말이었지만 수백 번 고쳐 물어도 나는 같은 말을 주절댈 수밖에 없었다.

옆에 앉았던 딸아이는 구시렁대며 타박했다. 하고많은 말 중에 왜 그런 말을 하여서 분위기 썰렁하게 하느냐고 옆구리를 찔러댔다. 절망하지도 말라고 말했다며 볼멘소리를 하였다.

집에 와서 곰곰이 생각하니 내가 잘못했다 하는 생각보다 조금 여유를 가지고 감싸 안았으면 얼마나 좋았을까 입맛이 쓰다.

희망을 품으라고 가볍게 위로하여 수없이 절망의 나락으로 떨어뜨리기보다 빨리 인정하고 받아들여서 삶이 지치지 않도록 격려하고 싶어서였다. 발달장애란 약 먹고 수술하고 치료하면 완치되는 질병이 아니다. 부족한 부분을 사회에 잘 적응할 수 있도록 훈련하여 함께 어울려 살 수

있도록 도와주는 일을 보호자는 해야 한다. 가벼운 위로에 안주하여 대수롭지 않은 일에 눈물 찔끔대며 감상에 젖는 것은 사치다.

대범하게 운명으로 받아들이고, 웬만한 일에 절망하지 말고, 조금 호전되었다고 희망에 부풀어 둥둥 떠다니지 말았으면 한다. 눈 깜박하는 순간 저 깊은 나락으로 곤두박질치는 일을 수없이 겪으며 살았으니 방심하지 말라는 다짐이다.

외롭고 힘든 싸움에 삶이 지치면 푸른 하늘도 조잘대는 새소리도 함께 시들하다. 장기전을 대비하여 푸른 하늘도 즐기고 새들과 함께 노래하며 눈물밥도 달게 먹을 수 있어야 한다.

며칠 전, 몇 번 읽다가 포기한 책을 집어 들었다.

프리드리히 니체의 『차라투스트라는 이렇게 말하였다』를 다시 읽기 시작했다. 이해도 되지 않고 재미도 없어서 포기한 책이다. 오기로 또 펼쳐 들고 또 몇 년이 지나가고 그러기를 수십 년을 했다. 도통 알아먹지도 못할 소설책을 나는 왜 읽으려고 기를 쓰는가? 한심해서 또 읽으려고 도전했다.

몰라도 읽고 나면 뭔가 걸러지겠지 생각하며 거울을 보는데 하얗게 내려앉은 서리가 눈에 거슬린다. 허투루 흘려 보낸 듯한 세월에 애꿎은 흰 머리만 뒤로 쓸어 넘기며 씁쓸해한다.

니체를 탐구하기엔 철학적인 기반이 튼실치 못하여 두드리지도 못하였다고 자책하며 사전을 뒤적였다. 어디를 파고들어야 차라투스트라가 하는 말을 이해할 수 있을까 생각하면서 여기저기를 파고 다녔다. 아모르 파티! 아모르 파티가 눈에 들어왔다. 대중가요의 달콤한 노랫말이라고 생각했는데, 아모르 파티가 니체의 사상이라니, 처음 알았다. 김연자의 노래인 줄만 알았지 그런 심오한 뜻이라고 생각 못했다.

네가 온몸으로 견뎌낸 것들이 쌓여 너를 만드는 거야. 희망의 노예가 되지 말고 성장과 자유의 즐거움을 누려봐. 인간에게 다가오는 운명을 감수하는 것으로 그치는 것이 아니라 이것을 오히려 긍정하고 자신의 것으로 받아들여 사랑하는 것, 자신의 운명을 거부하는 것이 아니라 개척해 나가는….

아모르 파티는 니체의 운명관을 나타내는 용어다. 운명을 사랑하라. 라틴어로 사랑을 뜻하는 아모르와 운명을 뜻하는 파티의 합성어(amor fati)다.

영겁회귀의 윤회를 거듭하는 운명을 거부하지 말고 사랑하며 이겨 나가라는 말이다.

불교의 윤회와 조금 다르게 자신의 삶이 영원히 반복되어 윤회한다는 말이 답답했지만, 살면서 궁여지책으로 끌어들인 삶의 방식이 아모르 파티랑 비슷한 거 같아서 위안이 된다.

영겁회귀든 영원회귀든 깊이 몰두할 생각은 없지만, 나와 생각이 비슷한 위대한 철학자가 있다는 사실만으로 철학도가 된 듯하다.

사과를 씻었다. 씨를 도려내고 8등분으로 잘랐다. 껍질까지 꼭꼭 씹어서 먹었다. 그래! 잘근잘근 씹어서 통째로 다 먹으리라. 나의 인생을 온전히 사랑하리라. 그럼 씨는 남겨둬야지. 종족 보존을 위하여 씨까지 먹어서야 쓰나? 하기사 사과도 살아남기 위하여 독성분을 씨에 넣어뒀다

하니 먹지도 못하겠다. 맛도 없지만, 치아가 부실하여 먹지 못함을 이렇게 비겁하게 피해 가면서 아모르 파티를 주장한다.

언제 또 껍질을 벗기는 순간이 올지 모르지만, 인생을 통째로 사랑하리라. 나에게 주어진 쓴맛 떫은맛 다 도려내고 달콤함만 취하려고 응석 부리지 말아야겠다. 그것도 나에게 주어진 삶이니 그것마저 사랑하리라.

아모르 파티!

글을 맺으면서

지난 세월 이야기하라면 책을 열두 권 써도 모자라겠다고 장난삼아 얘기했는데 이렇게 맺음말을 쓰고 있으니 꿈만 같다.

제주살이 십여 년이 더욱 곱게 느껴지니 고향보다 더 고향 같아서 회귀본능이라는 느낌 마저 든다. 마무리하다가 글을 통하여 지나온 길을 돌아보았다. 부정적인 시선에서 벗어나 스스로 인정하는 삶을 살고 있는 나의 모습에 마음이 편하다. 나를 인정하고 남도 인정하는 너그러움을 나의 책을 통하여 배운다.

하늘 위 높은 분의 실수도 나의 실수도 아닌 섭리였음을, 그럴 수밖에 없는 섭리였음을 이제는 알 것 같다. 우주만물이 한 치의 오차도 없이 돌아가는데 나도 그 일부임에 책임을 느낀다면 오만일까?

본문 '삶을 배운다'에서 왜 나에게 이런 시련을 주느냐고 울부짖지도 않고, 두 번 꽃 피고 열매 맺게 해 줘서 감사하다고 방정도 떨지 않는다. 기상이변이 어쩌고저쩌고 남 탓하며 원망도 하지 않고 묵묵히 주어진 여건에 최선을 다하며 살아가는 모습에 절로 고개가 숙여진다.

어느덧 자연의 일부가 되어 있는 나를 보며 글을 쓴 보람을 느낀다.

수많은 책 속을 함께 산책하던 스승님들, 손바닥만 한 까만 휴대전화, 엄지손가락 두 개 그리고 절친이라고 치켜세우며 동기 부여하던 딸 신지영에게 감사한다.

많은 세월 애증으로 담금질하여 어미를 사람답게 만들어준 아들 화니에게 사랑을 보낸다.

저승 가면 모른척하라고 눈 흘겼던 남편이지만, 한 편의 짧은 글이라도 최대의 찬사를 아끼지 않던 남편에게 이 책을 바친다.

삽화 그려 준 김신우, 책 표지 꾸며 준 김경환 화백, 편집하느라 고생한 신지영에게 거듭 감사한다.

십여 년의 오랜 세월, 믿고 비싼 귤 사 주신 울어멍네 고객님들께 깊이 감사드립니다.